Martina Kempff
Kehraus für eine Leiche

PIPER

Zu diesem Buch

Endlich wird Katja Kleins Traum vom eigenen Gourmet-Restaurant im abgelegenen Eifelörtchen Kehr wahr. Doch schon der Eröffnungstag entwickelt sich zu einem Albtraum. Sie verbrüht sich die Hand, und die Gäste verschmähen doch tatsächlich ihre ausgewählten Köstlichkeiten und verlangen stattdessen Rühreier. Zu allem Überfluss fängt auch noch ihr Freund, der belgische Polizeiinspektor Marcel Langer, mitten im Gastraum an, gegen sie zu ermitteln. Aber was hat sie mit dem Mord an einem Mann zu tun, der ihr bisher nur als halb nacktes Muskelpaket in einem erotischen Wandkalender bekannt war? Sie stellt eigene Ermittlungen an – und die führen sie zusammen mit Marcel in einen Kölner Puff, zu einem geheimnisvollen Gnadenhof und tief hinein in alle nur erdenklichen Abgründe.

Martina Kempff ist Autorin, Übersetzerin und freie Journalistin. Sie war Redakteurin bei der Berliner Morgenpost, Reporterin bei Welt und Bunte, bevor sie für mehrere Jahre nach Griechenland und später nach Amsterdam zog. Ihrer Fangemeinde ist sie bisher hauptsächlich als Autorin erfolgreicher historischer Romane wie »Die Königsmacherin«, »Die Beutefrau« oder zuletzt »Die Kathedrale der Ketzerin« bekannt. Nach acht Jahren in der Eifel lebt Martina Kempff seit kurzem im Bergischen Land. »Kehraus für eine Leiche« ist nach »Einkehr zum tödlichen Frieden« und »Pendelverkehr« ihr dritter Eifel-Krimi.
Weiteres zur Autorin: www.martinakempff.de

Martina Kempff

KEHRAUS FÜR EINE LEICHE

Ein Eifel-Krimi

Piper München Zürich

Mehr über unsere Autoren und Bücher:
www.piper.de

Von Martina Kempff liegen vor:
Die Königsmacherin (Piper)
Die Rebellin von Mykonos (Piper)
Die Beutefrau (Piper)
Die Marketenderin (Piper)
Die Schattenjägerin (Piper)
Einkehr zum tödlichen Frieden (Piper)
Die Welfenkaiserin (Piper)
Pendelverkehr (Piper)
Die Kathedrale der Ketzerin (Pendo)
Kehraus für eine Leiche (Piper)

FSC www.fsc.org
MIX
Papier aus verantwortungsvollen Quellen
FSC® C083411

Originalausgabe
1. Auflage Oktober 2011
3. Auflage Februar 2012

Umschlag: semper smile, München
Umschlagmotiv: Kurt Kormann / Corbis, Brian Roberts / stock.xchng
Satz: Kösel, Krugzell
Gesetzt aus der Rotis
Papier: Munken Print von Arctic Paper Munkedals AB, Schweden
Druck und Bindung: CPI – Clausen & Bosse, Leck
Printed in Germany ISBN 978-3-492-25834-0

Für Nathalie Heinen, die mir mit Witz, Weitblick und sprachlicher Kompetenz ihre Heimat, die Deutschsprachige Gemeinschaft Belgiens, immer wieder aufs Neue ans Herz legt.

Franziska Bram (1860 – 1932) über die Eifel:

»Auf diesem Boden wachsen sonderbare Menschen, bei Arm und Reich. Zäh und tüchtig, verschlagen und heimlich, Bauern und Diplomaten, die wissen, wie man Flöhe husten hört und Mücken zur Ader lässt.«

Und die von noch viel mehr Dingen zwischen Himmel und Erde wissen, die Nichteifelern von der Wiege bis zum Grab ein Geheimnis bleiben werden.

1_ERSCHRECKEN

Mittwochnachmittag

»Möchten Sie ein Huhn adoptieren?«

Die Stimme klingt weich, weiblich und sehr jung. Dennoch jagt sie mir einen Todesschreck ein. Ich habe keinen Menschen herankommen hören. Niemals wäre ich vor meinem Restaurant auf die Leiter gestiegen, wenn ich irgendjemanden in Sichtweite vermutet hätte. Zentnermenschen wie ich vertrauen ihr Gewicht ohnehin nicht gern ansteigenden Sprossen an. Aber mir bleibt keine Wahl. Weil das immer noch schief hängende Restaurantschild meine Mitarbeiter nicht zu stören scheint, werde ich es eben selbst gerade rücken müssen.

An diesem ungewöhnlich freundlichen Frühlingstag Ende April rechne ich mit keiner Windhose, die mich herabschleudern könnte. Wiewohl ich sehr gut weiß, dass hier in der Schnee-Eifel, kurz Schneifel genannt, nicht nur jede von mir bestiegene Leiter, sondern auch das Wetter sehr schnell umschlagen kann.

Wenn die *Einkehr* morgen endlich aufmacht, soll alles perfekt sein. Schließlich habe ich lange genug auf dieses Ereignis warten müssen. Nicht nur Behördenquälereien, sondern vor allem Gewaltverbrechen scheußlichster Art hatten die Eröffnung meines speziellen Feinschmeckerrestaurants immer weiter hinausgezögert.

Aber da nicht nur meine Zukunft, sondern auch die meiner Freunde vom Erfolg der *Einkehr* abhängt und ich zudem aus statistischen Gründen davon ausgehe, dass in diesem Flecken namens Kehr für Jahrhunderte im Voraus genug gemordet worden ist, bin ich hier an der deutsch-belgischen Grenze geblieben. Mit dem Restaurantschild hat Jupp heute früh unsere Zukunft festgenagelt. Nur leider schief.

Ästhetisch und symbolisch verstörend. Darum bin ich in die Luft gegangen.

Aus der ich jetzt äußerst vorsichtig hinabsteige.

»Wie bitte?«, frage ich, als ich wieder meinen eigenen festen Grund unter den Füßen habe.

Vor mir steht ein streng bezopftes blondes Mädchen in einem viel zu umfänglichen geblümten Kittelkleid, das in den Fünfzigerjahren wohl der letzte Schrei gewesen sein mag. Unter dem absurden Gewand lässt die Frühlingsbrise eine sehr zierliche Figur erahnen. Ein solches Bauernkind habe ich hier noch nie gesehen. Es hält mir ein Papptablett mit Eiern hin und wiederholt die Frage, die mich erschreckt hat: »Möchten Sie ein Huhn adoptieren?«

»In der Schale?«, gebe ich prompt zurück und streichele ein braunes Ei.

»Natürlich nicht«, flüstert das vielleicht fünfzehnjährige Mädchen, wird knallrot und verstummt. Offensichtlich pubertäre Verlegenheit. Erst als sie mich fast flehentlich ansieht, fällt mir auf, wie ausnehmend hübsch das so unvorteilhaft hergerichtete Geschöpf ist. Eine zarte exquisit erblühte Schönheit, bei der sich bereits klassische Züge ähnlich denen einer Diva der Kinofrühzeit abzeichnen.

Kein Modefotograf würde an einer solchen Versuchung vorbeigehen können, ohne ihr mit ein paar aufmunternden Worten seine Visitenkarte zuzustecken. In meinem früheren Leben als Moderedakteurin für ein Hochglanzblatt ist mein Blick für das optisch Besondere im Alltäglichen aufs Feinste geschärft worden. Dieses Engelsgesicht ist eine Sensation.

»Wenn du einen Witz machst, darf ich das auch«, gebe ich sanft zurück. Ich überlege, ob es nun ein Segen oder ein Fluch ist, dass die großen dunkelblauen Augen unter diesen Nerzhaar-Wimpern nur kuhbestandene Weiden und menschenleere Weiten erblicken müssen.

»Es ist kein Witz. Wenn Sie ein Huhn adoptieren, schenkt es Ihnen jeden Tag ein Ei«, erwidert sie.

»Schau mal«, sage ich, deute nach oben auf das Schild und sehe gleich wieder weg. »Das hier ist ein Restaurant. Was nutzt mir da ein einziges Ei am Tag?«

»Eben!«, bestätigt das Mädchen. »Wenn Sie zehn Hühner adoptieren, kommt Sie das im Monat günstiger, als jeden Tag zehn Eier woanders zu kaufen.«

Vorsichtig stellt sie das Eiertablett auf einem der beiden Gartentische am Eingang ab.

»Genauso stelle ich mir mein Restaurant vor«, sage ich kopfschüttelnd. »Unter jedem Stuhl scharrt ein Huhn.«

»Nein, nein«, sagt die schöne junge Hühneradoptionsvermittlerin, »die Tiere bleiben bei uns; Sie müssen sich um gar nichts kümmern, und die Eier bringe ich Ihnen jeden Tag selbst her. Ein Huhn kostet zehn Euro im Monat, zehn Hühner sind achtzig Euro und zwanzig Hühner hundertfünfzig Euro. So viel Bioeier im Laden kosten …«

»… mehr«, erwidere ich nickend, ohne nachzurechnen. *Als Schwan unter Hühnern.* So ähnlich könnte die Schlagzeile lauten, mit der meine Exkollegen vom Boulevard den sicheren Sieg dieser Eifelerin beim Model-Casting feiern würden.

»Und Sie tun ein gutes Werk, wenn Sie unseren Gnadenhof unterstützen.«

Nein, ich täte kein gutes Werk, meinen alten Kontakten dieses Landei zum Fraß vorzuwerfen. Die Branche würde sie kaputt machen, ihr vermutlich in jederlei Hinsicht die Unschuld rauben. So etwas darf ich nicht auf mein Gewissen laden.

Gnadenhof, hat sie gesagt. Also wohnt das Mädchen in Gudruns altem Haus ein paar Hundert Meter weiter. Es gehört jetzt David, dem Mann aus Texas, der im vorigen Jahr herkam, um jenes Eigentum wieder in Besitz zu nehmen, das seiner Familie von den Nazis gestohlen worden war. Wir hatten seine Mutter zwei Jahre zuvor als legitime Erbin ausfindig gemacht und ihr den Hof übereignet, den ich durch Unrechtshandlungen anderer geerbt hatte. Und auf dem meine Freundin Gudrun aufgewachsen ist.

Gudrun hat sich vor fast zwei Jahren in einer Hinterkammer meines Restaurants häuslich niedergelassen und wird ab morgen in der *Einkehr* den Gästen die Gerichte vorsetzen, die ich komponiere. Gudrun ist sehr tüchtig und von angenehm ausgeglichenem Gemüt – wenn sie nicht gerade einen der grausamen Schicksalsschläge einstecken muss, von denen sie gebeutelt wird. Dann putzt sie.

Vor Kurzem ist David bei ihr eingezogen. Er ist immer gut gelaunt und zeichnet sich durch erstaunliche Bedürfnislosigkeit aus. Mit den Worten, er wisse noch nicht, ob er sich auf lange Sicht in der Eifel einrichten wolle, zerstob er allerdings Gudruns Traum von der Rückkehr in ihr altes Elternhaus am Arm des Mannes, dem es jetzt gehört. Als er vor drei Monaten ankündigte, den Hof einer armen Bauernfamilie zu verpachten, deren eigenes Anwesen wegen der dramatisch gesunkenen Milchpreise zwangsversteigert wurde, hatte Gudrun mit Engelszungen auf ihn eingeredet.

»Mit einem Gnadenhof gehen die sofort wieder bankrott! Wer zahlt schon gutes Geld für schlechte alte Tiere? So etwas hat in der Eifel keine Zukunft«, sagte sie. Die beschwörende Betonung, die sie auf das Wort *Zukunft* legte, ließ uns alle erschauern. Jeder Ansatz, sich ihren Traum von einem Mann fürs Leben zu verwirklichen, ist bisher in eine Katastrophe gemündet, an deren Ende mehr als nur eine Leiche zu beklagen war.

Die Kleine mit dem Eiertablett sieht aus, als würde sie zu Hause Ärger kriegen, wenn sie mit ihrer Adoptionsmission scheitert.

Ich stehe wieder auf und mustere die mittelgroßen Eier. Von alten ausgemusterten Hühnern? Wohl eher von Hennen, denen der Gnadenhof ein Dasein in der Legebatterie erspart hat.

»Wie heißt du?«, frage ich.

»Pia«, antwortet sie und setzt zögerlich hinzu: »Prönsfeldt.«

Den Namen könnte sie nach Streichung des Umlauts als Model glatt behalten.

»Wir sind die Pees«, erklärt Pia. Ein bitterer Unterton schwingt in ihrer Stimme mit. »Mein Papa heißt Paul, meine Mama Petra und meine Schwester Patti, eigentlich heißt sie Patrizia. Blöd, nicht?«

»Es gibt Schlimmeres«, sage ich leichthin. »Ich habe auch die gleichen Anfangsbuchstaben. Katja Klein. Wenn ich einen Mann namens Klaus geheiratet und der meinen Nachnamen angenommen hätte, hätten wir unsere Kinder Karl und Katharina nennen können; das wären dann unsere Großen und wir gemeinsam die Kaas gewesen.«

Zum ersten Mal schleicht sich ein Lächeln in das bisher so ernste und fast ängstlich wirkende Gesicht. Auf dem Wochenmarkt hat dieses Mädchen bestimmt noch nie gestanden.

»Sind Sie aber nicht.«

»Nein. Wie alt bist du, Pia?«

Sie zögert.

»Gerade achtzehn geworden«, flüstert sie schließlich.

Das überrascht mich, ich hatte sie auf höchstens fünfzehn geschätzt.

»Oh, Entschuldigung, da muss ich ja Sie sagen.«

»Nee, nee, ist schon gut so«, wehrt sie ab. »Meine Schwester und ich werden immer für jünger gehalten.«

»Später werdet ihr euch darüber freuen.«

»Ich weiß nicht.«

»Ist deine Schwester jünger oder älter?«

»Ein Jahr älter.«

»Dann seid ihr euch wohl sehr nah?«

Sie antwortet nicht.

»Ich hätte gern eine Schwester in meinem Alter gehabt«, sage ich, »aber ich war ein Einzelkind.«

»Muss schön gewesen sein.«

»Versteht ihr euch denn nicht?«

»Doch, doch«, antwortet sie eilig. »Meine Schwester ist meine beste Freundin.«

Klar, denke ich, sie sind neu hier, und in der Nachbarschaft gibt es kaum jemanden in ihrem Alter.

»Aber du hast auch einen Papa«, fahre ich fort. »Ich hatte leider keinen.«

»Es gibt Schlimmeres«, gibt sie mir ohne ein Lächeln meine Worte zurück. Eilig setzt sie hinzu:

»Möchten Sie nun die Hühner adoptieren?«

»Wie viele habt ihr denn?

»Weiß nicht genau, dreißig, vierzig. Und einen Hahn.«

»Natürlich. Und was habt ihr denn noch für Tiere?«

»Vier Pferde, ein Muli, einen Pfau, zwei Kühe, sieben Hunde, neun Katzen, ein Schaf, fünf Schweine und ein paar Gänse. Sind Sie an einem Hund interessiert?«

»Da hätte Linus bestimmt was dagegen.«

»Ist das Ihr Mann?«

»Nein, mein Hund.«

Mit Karacho fährt ein Wagen in den Hof. Der belgische Jeep hält mit quietschenden Reifen. Erschrocken starrt Pia auf die Aufschrift *Polizei* und greift nach dem Eiertablett.

»Es ist nicht verboten, Hühner zur Adoption freizugeben«, beruhige ich sie und treffe rasch eine Entscheidung.

»Gib mir die Eier«, sage ich und nehme dem Mädchen die Nachkommenschaft meiner künftigen Adoptivschar ab. Die Menschen auf der Kehr sollten einander beistehen. Und natürlich auch Geld in meinem Restaurant lassen. Ich verbuche die Sache unter Nachbarschaftshilfe mit Eigenwerbung. Zudem ist es praktischer, Eier ins Haus geliefert zu bekommen, als sie im Auto selbst zu transportieren.

»Ich bring euch das Geld morgen vorbei und schau mir meine Hühner an«, sage ich. »Außerdem lade ich die gesamte Familie« – beinahe hätte ich gesagt alle Pees – »zur Eröffnung ein. Sag das bitte deinen Eltern.«

Pia nickt und huscht davon, bevor Marcel seinem Auto entstiegen ist. Der Polizeiinspektor aus der Deutschsprachigen Gemeinschaft Belgiens, kurz DG genannt, ist zwar mein Freund, aber als meinen Lebensgefährten betrachte ich ihn nicht. Mit Gewichtigkeit kenne ich mich aus, und eine solche Bezeichnung würde zu schwer auf unserer fragilen emotionalen Beziehung lasten.

»Tach, wer war die denn?«, fragt er und schaut dem rennenden Mädchen hinterher.

»Eine spät pubertierende Eifelerin, die an meine Mutterinstinkte appelliert hat«, sage ich, »erkläre ich dir nachher.«

Andere Paare fallen sich bei der Begrüßung um den Hals. Uns überkommt das nur, wenn einer von uns beiden gerade knapp dem Tod entronnen ist, also eher selten. Ein Wiedersehensritual der Zärtlichkeit haben wir nicht entwickeln können. Das mag unserem Alter geschuldet sein – Marcel wird die fünfzig auch demnächst überschreiten –, aber vermutlich hat das eher mit jenem Selbstschutz zu tun, den wir uns beruflich und privat angeeignet haben. Wenn man so unterschiedliche Leben führt wie wir, weiß man nie, in welcher Verfassung man den anderen bei der nächsten Begegnung antrifft. Vor allem, da wir einander drei Tage weder gesehen noch gesprochen haben. Ein sehr verzwickter Fall erfordere seine ganze Aufmerksamkeit, hatte Marcel gesagt, und ich weiß, wie übel gelaunt ihn schlecht laufende Ermittlungen machen können. Er wiederum weiß, welchem Stress ich vor der Restauranteröffnung ausgesetzt bin und wie unleidlich ich werden kann, wenn etwas nicht nach meinen Vorstellungen läuft. Solche Bedenken stehen einer spontanen Umarmung im Wege. Stattdessen sondiert man die atmosphärische Lage und äußert vorsichtshalber erst mal konstruktive Kritik.

»Das Schild hängt schief«, bemerkt Marcel und weist nach oben.

»Sage ich ja«, stimme ich ihm zu. »Alles muss man hier selbst machen.«

Ihn anziehen auch, denke ich, trete näher an ihn heran und berühre entgeistert einen bunten Hemdknopf.

»Habe ich selber angenäht«, bemerkt er stolz. »Sie gleichen der Hemdfarbe am ehesten.«

»Sie sind orange.«

»Die Verkäuferin hat gesagt, sie könnten als aubergine durchgehen.«

»Immer wieder erstaunlich, was bei euch in Belgien so alles durchgehen kann«, murmele ich.

Die schrecklichen Knöpfe sehe ich gar nicht mehr, als wir mit Gudrun und David bei Hein und Jupp am üppig gedeckten Tisch sitzen und über mein Restaurant, über Hühneradoptionen und die Familie Pee reden. Ich sehe etwas anderes. Verstohlene Blicke, die Marcel auf den Wandkalender dieses Schwulenhaushalts wirft. Er nimmt an unserem Gespräch überhaupt nicht teil, sondern starrt immer wieder auf das Foto eines nur mit einem Lendenschurz ziemlich unzureichend bekleideten jungen Muskelpakets mit Kussmund und keck aufgesetztem Bauarbeiterhelm, unter dem ein paar blonde Haarsträhnen dekorativ hervorlugen. Zugegeben, ein knackiger Knabe, aber was fasziniert meinen Freund an ihm?

»Amalie«, sagt Hein. »Das ist doch ein schöner Hühnername. Oder Feodora, Luzinda, Kiki und Mimi. Du musst deinen Pflegehennen unbedingt Namen geben, Katja, das ist persönlicher.«

»Ich pflege sie nicht, sondern koche ihre Kinder«, gebe ich zu bedenken. »Was meinst du, Marcel, ist es da ethisch vertretbar, die Mütter zu taufen? Marcel?«

»Häh?«

Erst bei der zweiten Nennung seines Namens scheint Marcel aus der Trance zu erwachen, in die ihn offensichtlich dieses Mannsbild an der Wand versetzt hat.

»Schlag du doch mal einen passenden Namen vor«, versetzt Jupp sanft, meinen Blick meidend.

»Fred«, beeilt sich Marcel, dem Vorschlag nachzukommen.

Peinliches Schweigen.

»Ist Fred ein Frauenname in Deutschland?«, fragt David schließlich.

»Kurzform für Frederike«, presse ich hervor. Ich kann einfach nicht glauben, dass ich mich in Marcel so geirrt haben soll. Nicht nur mir wird die Sache langsam unheimlich.

»Hast du ein neues Hobby, Marcel?«, erkundigt sich Hein.

Ein neues Hobby? Seit wann ist das eine Umschreibung für sexuelle Neuorientierung?

»Was für ein Hobby?«, fragt Marcel irritiert.

»Na, Fotografieren!«, ruft Hein. »Ich kann ja verstehen, dass du das Foto auch toll findest. Der Mai ist rein künstlerisch gesehen das weitaus beste Bild in diesem Kalender.«

Marcel schüttelt den Kopf und starrt weiter auf das Bild.

Hein schlägt auf den Tisch, dass die Tassen klirren. »Das ist ja nicht mehr zum Aushalten! Nun steh schon auf und schau es dir genauer an!«

Ich kann es nicht fassen: Marcel steht tatsächlich auf und schreitet zur Wand. Wir sind alle sehr still, als er das Foto intensiv mustert.

»Hackerstivvell!«, schreckt er uns plötzlich auf. »Das ist er!«

»Wer denn?«, flüstert Gudrun.

»Mein Opfer!«

»Dein was?«, frage ich fassungslos.

»Meine Leiche«, setzt Marcel hinzu. »Kann ich das Bild haben?«

»Hol es dir, hol es nur«, sagt Hein, obwohl der Mai noch gar nicht begonnen hat, aber einem derart verstörten Mann darf man nichts abschlagen. »Du kannst den ganzen Kalender mitholen, wenn du willst«, setzt er eilig hinzu.

»Danke, den werde ich auch brauchen.«

Marcel atmet tief aus, als er den Wandkalender herunternimmt.

David ist als Einzigem die Farbe nicht aus dem Gesicht gewichen. Er sieht völlig entspannt aus, betrachtet uns nur etwas ratlos. Aber er lebt erst seit Kurzem auf der Kehr und hat vermutlich noch nie so tief in die Abgründe von vermeintlich wohlvertrauten Menschen blicken müssen wie wir anderen. Wenn ich eins aus den vergangenen beiden Jahren in der Eifel gelernt habe, dann ist es, niemandem mehr rückhaltlos zu vertrauen.

»Ist das dein John Doe?«, fragt David sachlich.

Marcel nickt.

Ich schlage mir an die Stirn. Natürlich! Wie konnte ich nur so blöd sein?

»Du kennst seinen Namen?«, ruft Gudrun entsetzt. Ich ahne, was in ihr vorgeht, und beeile mich, sie zu beruhigen.

»John Doe nennt die Polizei in Amerika unidentifizierte Leichen«, erläutere ich, blicke Marcel Zustimmung heischend an und erschauere nun doch wieder angesichts der orangen Knöpfe auf dem auberginefarbenen Stoff. »Das ist ein Aushilfsname so ähnlich wie Max Mustermann bei uns. Oder Fred bei Marcel.«

»Ach so«, sagt Gudrun misstrauisch.

Marcel steht immer noch.

»Endlich haben wir eine Spur«, sagt er. »Seit drei Tagen versuchen wir herauszufinden, wer der Mann ist.«

»Wie, wo und wann habt ihr ihn gefunden?«, frage ich.

»Vor drei Tagen. Erstochen. Mit dem Kopf im Eiterbach, nahe der N 626.«

Er seufzt, klemmt sich den Kalender unter den Arm und leert im Stehen seine Tasse Kaffee.

»Entschuldigt, aber ich fahre gleich ins Büro und gehe der Sache nach. Tut mir leid.«

Mir nicht. Ich bin erleichtert. Darüber, dass diesmal eine Leiche ein Stück weit weg von der Kehr in Belgien aufgefunden wurde. Und darüber, dass Marcel nur seinen Job tut. Herausfinden muss, wer der arme junge Bauarbeiter war und wer dafür gesorgt hat, dass er nie wieder ein Kalenderblatt schmücken wird.

»Scheußliche Geschichte«, seufzt Hein, als die Haustür hinter Marcel ins Schloss fällt. »Vielleicht hat der Mann einen Freund, der noch gar nichts weiß. Und sich später Vorwürfe machen wird, weil er geglaubt hat, der Junge geht fremd. Weil der sich nicht gemeldet hat. Furchtbar.«

»Die armen Eltern«, sagt Jupp.

»Aber mit uns hat das alles nichts zu tun«, bemerkt Gudrun und strahlt David an. »Wie klug, dass du das gleich verstanden hast!«

»Was hast du gedacht?«, fragt David grinsend zurück. »Dass Marcel ein Date mit dem Bild will?«

Unsere Runde bricht in erlösendes Gelächter aus. Welch ein absurder Gedanke!

2_GLAUBEN

Donnerstagmorgen

Marcel steht in meiner Restaurantküche. Er trägt einen lila Kittel und hält mein Lieblingsmesser mit dem Magnolienholzgriff in der Hand. Jetzt beugt er sich über den nackten Bauarbeiter, der zwischen den Tabletts mit dem Amuse-Gueule auf dem Holztisch liegt. Ruckartig stößt er das Messer in den Toten, zieht es wieder heraus und greift mit der anderen Hand in den Körper hinein.

»Wollen Sie die Eier?«, fragt Pia.

»Nein«, antwortet Marcel, »das Herz.«

Er reicht ihr einen orangen Hemdknopf, an dem ein Blutstropfen glitzert.

»Nehmen Sie nur«, sagt er, und da weiß ich, dass ich träume, denn das Wort *nehmen* ist Marcel wie jedem Eifeler fremd. Es würde ihm in keinem seiner Träume oder gar im echten Leben einfallen. Was man woanders *nimmt,* wird im hiesigen Dialekt grundsätzlich *geholt* – was für alle Zusammensetzungen gilt. Hier wird Blut *abgeholt,* der Führerschein mangels Kontrollen allerdings eher seltener, ein Kredit *aufgeholt,* Verantwortung *überholt,* etwas Schönes *weggeholt, mitgeholt oder unterholt.*

Marcel kann zudem nicht an meinem geliebten alten Holztisch stehen, weil ich diesen auf Anordnung der Gewerbeaufsicht durch eine Edelstahlanrichte habe ersetzen müssen. Der laute Knall, mit dem der alte Holztisch jetzt zusammenbricht, weckt mich endgültig auf.

Erleichtert stelle ich fest, dass der Lärm von draußen kommt, besser gesagt, von oben. Dumpfes Grollen dringt durch die Mauern meines belgischen Bruchsteinhauses.

Nun, vielleicht sollte ich dieses Frühlingsgewitter als himmlisches Feuerwerk zur Eröffnung meines Restaurants feiern. Mich freuen, dass es zu so früher Stunde ausgebrochen ist und die Chance minimiert, am Abend meine Gäste fernzuhalten.

Ich richte mich in meinem Anderthalbpersonenbett auf und blicke aus dem vorhanglosen Schlafzimmerfenster nach Westen über das belgische Land, in dem ich seit bald zwei Jahren zu Hause bin. Mein Restaurant befindet sich in Deutschland, in Nordrhein-Westfalen. Dennoch kann ich zu Fuß zur Arbeit. Denn der heruntergekommene Hof, in dem ich wohne, liegt dem Restaurant genau gegenüber. Dazwischen gibt es nur die Bundesstraße 265, die asphaltgraue Grenze zwischen Deutschland und Belgien. Farblich passend zum heutigen Morgenhimmel. Kurz nach sieben, viel zu früh zum Aufstehen.

Zu spät aber, um wieder einzuschlafen, findet Linus. Offenbar vom Gewitter geweckt, trottet das schwarze Ungetüm in mein Schlafzimmer, verbeißt sich in mein weißes Federbett, reißt es mir vom Leib und schleppt es wie eine erbeutete Braut in den Flur. Ich höre beglücktes Knurren, als er sich darüber hermacht, wie jede Bestie wahrscheinlich abwägend, ob er es nun zerfetzen oder sich genüsslich darauf herumwälzen soll. Ich bin zu müde, um ihn zurückzupfeifen, zumal in diesem Haus der Hund darüber entscheidet, ob er folgsam ist oder nicht. Sein beklagenswerter Ungehorsam ist nicht meine Schuld. Als ich Linus erbte, war er bereits zu alt, um sich von Hierarchie noch beeindrucken zu lassen. Frierend wuchte ich mich aus dem Bett und stapfe schlaftrunken in den Flur. Konziliantes Fiepen kommt von dem schwarzen Riesenfleck auf der wahrscheinlich nicht mehr so weißen Decke.

Ich brauche starken schwarzen Kaffee, bevor ich mich dem Rest eines Tages stelle, der mit so unheilvollen Traumbildern begonnen hat. Träume sind nicht esoterische Zukunftsvisionen, sondern unverarbeitete Restbestände des Vortags, sage ich mir, bin allerdings immer noch etwas erschrocken, Marcel als Bauarbeiterschlachter gesehen zu haben. Noch dazu mit meinem Santoku-Messer, das ich seit einigen Tagen schmerzlich vermisse. Da hat mein träumender Geist einiges zusammengeführt, das nicht zusammengehört, höchstens allegorisch. Zu einer ganz normalen polizeilichen Ermittlung gehört eben das Sezieren der Erkenntnisse in so fein geschnittene Scheiben, wie sie nur mit einem Santoku-Messer herzustellen sind. Dass Marcel nicht vollkommen ist, dokumentiert der orange Hemdknopf, der wohl nur deswegen blutig ist, weil mein Unterbewusstsein das belgische Aubergine aufgefrischt hat. Das Symbol der Eier ist eine Erinnerung an ausstehende Schulden beim Gnadenhof.

Meine Hände zittern leicht, als ich das fast noch kochende Wasser in den Filter gieße. Im Restaurant gibt es eine teure Kaffeemaschine, aber in meinem eigenen Haus bereite ich mein Aufwachgetränk auf jene altmodische Weise zu, die ich von meiner Mutter einst erlernt habe. Da gurgelt und röchelt nichts, da ist nicht zur Unzeit irgendeine Kammer leer, da läuft nichts über, und zudem verbreitet sich betörender Kaffeeduft. Über jeden Arbeitsgang behalte ich die Kontrolle. Es sei denn, der Himmel beschließt just in jenem Moment, da ich den Filter bis an den Rand gefüllt habe, mir und meiner Vermessenheit einen Donnerknall zu versetzen. Und zwar so krachend, dass ich vor Schreck mit dem Heißwasserkessel den Kaffeetrichter anstoße. Der Versuch, die ganze Sache im Gleichgewicht zu halten, endet mit brühend heißem Kaffeesatz samt Papierfilter auf meiner rechten Hand.

Ich renne zur Spüle und drehe den Kaltwasserhahn auf. Es gurgelt und zischt. Unter dem sich flugs verbreitenden Kaffeeduft lauert der Geruch von verbranntem Steak. Ich verfluche das alte Haus mitsamt seinen Rohren, die ich längst hätte erneuern lassen müssen. Als die ersten Tropfen aus dem Hahn kommen, steht meine Hand schon längst in Flammen.

»Was ist mit deiner Hand?«

Entsetzt starrt Gudrun, zu der ich ins Restaurant gestürzt bin, auf das rote Stück Fleisch am Ausläufer meines rechten Armes.

»Verbrannt«, flüstere ich. »Was soll ich bloß machen? So kann ich doch nicht kochen! Und wie soll ich den Gästen die Hand geben? Ausgerechnet am Eröffnungstag!«

»So was ist an jedem Tag schlecht«, stellt Gudrun gelassen fest, »aber das kriegen wir schon hin.«

»Komm mir jetzt bloß nicht mit Butter oder Mehl«, wehre ich mögliche Eifeler Hausmittel ab.

»Wo denkst du hin!«, erwidert sie empört. »Das würde alles nur schlimmer machen.«

»Eben.«

»Wo ist das Telefon? Es steht nicht auf der Ladestation.«

»Wen willst du um diese Zeit denn anrufen?«, frage ich, zutiefst betroffen, dass sie mir bei meinem Schmerz offenbar erst nach einem Telefonat beistehen will.

»Den Gesundbeter, natürlich.«

»Wie bitte?«, frage ich.

»Du brauchst ja nicht dran zu glauben, aber du wirst sehen, dass es hilft«, versichert Gudrun und rennt hinaus.

Im Flur stößt sie offenbar mit David zusammen. Ich höre Kosenamen, die mich erschauern lassen, schürze in Erwartung des prompt eintretenden Geschmatzes selbst die Lippen und höre dann Gudruns resolute Bemerkung: »Lass mich, David, das ist jetzt sehr wichtig! Du hast doch gestern Nacht in den USA angerufen. Wo ist das Telefon?«

Na toll, ein Überseegespräch auf meine Rechnung. Kopfschüttelnd lasse ich das erste *crushed ice* aus dem neuen Apparat auf eine Serviette fallen.

»Oh, heck, I'm sorry.«

Die Entschuldigung ist angebracht. Ich sehe allerdings kein Heck, sondern einen durchtrainierten sehr attraktiven männlichen Bug. Gegen den überhaupt nichts einzuwenden ist.

Außer, dass er sich in meiner Restaurantküche befindet. Auch gut gebaute männliche Wesen sollten hier mehr als nur einen Slip tragen.

»Guten Morgen«, sage ich, vermutlich mit sehr weit hochgezogenen Augenbrauen und sehr schmalem Mund.

»Ja, ich wusste nicht, dass du schon hier bist«, stottert Gudruns Amerikaner, wirft kurz einen sehnsuchtsvollen Blick auf die Kaffeemaschine und flüchtet.

»Ich habe es!«, trällert Gudruns näher kommende Stimme.

»Hilf mir lieber, das Tuch um die Hand zu wickeln«, fordere ich sie auf, als sie mit einem großen Grinsen und dem Telefon am Ohr in die Küche schwebt.

»Es klingelt schon! Ja, guten Tag, Herr Schmitz, ich bin die Gudrun Arndt von der Kehr. Ja, von der deutschen Seite, das stimmt. Meine Freundin hat sich grad mit Kaffeesatz ganz fürchterlich die Hand verbrannt …«

Sie hört einen Moment zu, sagt dann: »Katja Klein … Nein, nicht verwandt mit den anderen Kleins von der Kehr. Aber ihre Großeltern hatten den alten Lebensmittelladen in Hallschlag …«

»Gudrun!«, flüstere ich ungeduldig und halte ihr meine Hand hin. Sie klemmt das Telefon zwischen Ohr und Schulter, während sie mir flink das Eistuch um die verbrühte Hand wickelt.

»Der rechte Handrücken und die Finger … ich glaube, alle … Ja, vielen Dank, Herr Schmitz. Auch im Namen von Frau Klein. Gott segne Sie.«

Triumphierend schaut sie mich an, als sie das Telefon auf die Anrichte legt.

»Das war's?«, frage ich.

»Ja, er wird jetzt für dich beten, und heute Mittag siehst du nicht mal mehr eine Spur von der Verbrennung.«

»Heute Mittag habe ich Brandblasen, und morgen früh geht mir die Haut in Streifen ab. Alles in meinem Namen.«

»Es schadet nicht, wenn du ein bisschen dran glaubst.«

»Aha, und damit den Selbstheilungsprozess in Gang setze, oder wie? Du hast vergessen, ihm zu sagen, dass ich mit dem lieben Herrgott nichts zu schaffen habe und nicht einmal getauft bin.«

»Das ist ihm egal. Er heilt sogar Protestanten.«

»Gesetzt den Fall, diese Telefonbrandsorge funktioniert«, sage ich unwillig, »was bin ich ihm dann schuldig? Der wird doch seine Dienste nicht umsonst anbieten.«

»Natürlich tut er das. Es wäre nicht richtig, gesundzubeten für dran zu verdienen.«

Klar, denke ich, das wäre ungesetzlich.

»Dann würde er zur Strafe Kopfschmerzen kriegen«, fährt Gudrun fort. »Wenn er dir eine Warze wegbetet, gibt er dir sogar Geld dafür. Mensch, was haben wir für ein Glück, dass er noch zu Hause war!«

»Wo heilt er denn sonst noch?«

»Auf Klos zum Beispiel«, antwortet Gudrun. Sie drückt auf einen Knopf der teuren Kaffeemaschine. Es gurgelt.

»Er ist Klempner.«

Gas, Wasser …

»Scheiße!«, entfährt es mir. »Warum hast du das nicht gleich gesagt! Dann hätten wir ihn lieber darum bitten sollen, meine Rohre auszuwechseln.« Ich halte die gesunde Hand hin, um den Kaffee in Empfang zu nehmen. Den brauche ich jetzt dringend. Aber mit zwei Stück Zucker macht Gudrun ihn für mich ungenießbar.

»Du weißt doch, dass ich keinen Zucker nehme!«

»David schon«, bemerkt Gudrun und rührt um. Angesichts meiner Behinderung hat sie dann doch das Herz, mir einen korrekt gefüllten großen Becher hinzustellen, bevor sie wieder zu ihrem Liebsten entschwebt.

Ich bin sehr froh, am Eröffnungstag zu so früher Stunde in der *Einkehr* zu sein. Mit einer Hand kann ich die letzten Vorbereitungen nämlich nur sehr langsam treffen.

Es gibt viel zu tun. Damit wir uns am ersten Abend alle den

Gästen persönlicher widmen können, wird ausnahmsweise kein Menü serviert. Stattdessen gibt es ein kalt-warmes Buffet.

Es erweist sich mir als unmöglich, einhändig die Mini-Paprikaschoten zu enthäuten und auszuhöhlen, also versuche ich mich an der Eier-Sardellen-Knoblauch-Füllung, die aber auch nur zweihändig zu bewerkstelligen ist.

»Gut, dass du mich geweckt hast«, sage ich zu Linus, als ich erfolgreich die dazugehörige Orangen-Koriander-Holunderblütensirup-Vinaigrette anrühre. Ich werfe meinem Hund ein Wurstende zu. Moment mal! Wenn er mir die Bettdecke nicht geklaut hätte, wäre ich nicht kurz vor dem Donnerschlag in die Küche gegangen und könnte jetzt ungehindert basteln …

»Her mit der Wurst!«, schnauze ich ihn an.

Er schleckt sich das Maul.

Gegen Mittag fallen Hein, Jupp und Marcel gleichzeitig bei uns ein. Ich sitze mit erhobener rechter Hand am Küchenfenster und kommandiere Gudrun und David herum.

Beide schälen, füllen, hacken, schnipseln, filetieren, entkernen, rühren, blanchieren, schneiden zu, schrecken ab und klappern, dass es eine Lust ist, zuzusehen. Nur das Würzen übernehme ich selber.

Noch vor zwei Jahren war Gudrun über meine unkonventionellen Häppchen entsetzt, und jetzt beobachte ich, wie sie voller Wollust Ingwerwurzel schabt, Hühnerteile unbekümmert mit Ahornsirup glaciert, Backpflaumen geschickt mit hauchdünnen geräucherten Entenbrustscheibchen umwickelt und gänzlich unangeekelt Lebensmittel zueinander führt, die nach ihrem früheren Ausschließlichkeitsdenken nur in festgelegten Partnerschaften auftreten durften, wenn sie sie denn überhaupt kannte.

Ich hüte mich, ihre Wandlung wohlwollend zu kommentieren. Damit würde ich sie nur zu jenem Satz herausfordern, mit dem sie bisher nahezu jeden meiner kulinarischen Einfälle niedergemacht hat: »Aber der Eifeler isst so was nicht.«

Der will Jägerschnitzel, meint sie.

Das wird er auch bei mir bestellen können. Und sich hoffentlich freuen, wenn kein Schweinefleisch mit in Mehlschwitze weichender Panierpappe serviert wird. Sondern ein hauchdünn geklopftes Hirschschnitzel mit Walnusskruste, in das Pfifferlinge mit Sauerkirschen eingerollt werden.

David stellt sich bei der Küchenarbeit überraschend gewandt an, hinterfragt keine meiner Anweisungen und erledigt mit geschwinder Akkuratesse, was ihm aufgetragen wird. Er arbeitet sehr sauber.

Gern würde ich mehr über ihn in Erfahrung bringen. Zum Beispiel, welchen Beruf er erlernt hat. Auf Fragen nach seiner Tätigkeit in Texas kommt nämlich immer nur eine Antwort auf Englisch: »A little bit of this and a little bit of that.« Frei übersetzt: alles Mögliche. Den ungelernten Arbeiter kann ich ihm nicht abnehmen.

»Er ist eben Künstler«, wehrt Gudrun stets mein offensichtlich unerwünschtes Nachbohren ab. Welcher Art weiß sie nicht oder behält sie für sich. Letzteres glaube ich nicht, es sei denn, er schafft Kunstwerke à la Jeff Koons, was sie vor Grauen garantiert ignorieren würde. Auch moderne Klecksereien sind ganz sicher nicht seine Sache, wenn ich sehe, wie akribisch er Karotten zurechtschneidet, wie ordentlich er alle Zutaten aufreiht und wie emsig er hinter sich und Gudrun herwischt. Gudrun hofft vermutlich, dass er von den Erträgen irgendwelcher transatlantischer Latifundien leben kann, was ich ebenfalls nicht annehme. Ich kenne nur seine Vergangenheit, genauer gesagt, die seiner Eifeler Vorfahren.

In meinem ererbten Besitz habe ich ein offizielles Schriftstück entdeckt, in dem den Angehörigen auf der Kehr der Tod seiner Großmutter Elli Rescheid mitgeteilt wurde. Sie sei bedauerlicherweise an Herzversagen gestorben. Stempel und Unterschrift: *Der Standesbeamte von Birkenau.* Noch nie haben sich mir die Härchen auf meinen Unterarmen so aufgestellt wie bei der Lektüre dieses Schreibens.

Der Mann, der Davids jüdische Großmutter dem Tod in der Gaskammer ausgeliefert hat, erhielt zur Belohnung den Hof und galt irgendwann als der reichste Grundbesitzer der Kehr. Er hieß Werner Arndt und war Gudruns Vater.

Dass ihm und seiner eigenen Familie dieser Bluthof kein Glück gebracht und er ihn später auf ekelige Weise an meine Verwandtschaft verloren hat, ist wiederum eine andere Geschichte. Wie auch die mühsame Suche nach den wirklichen Erben des einstigen Rescheid-Hofs. Weder Gudrun noch ich hatten auch nur einen Moment lang erwogen, das Grundstück zu behalten, und wir fühlten beide so etwas wie Dankbarkeit, als wir David endlich aufgespürt hatten.

Heute sind der Enkel des Opfers und die Tochter des Täters ein Paar. Ich habe nicht den Eindruck, dass dies zwischen den beiden ein Thema ist. Der Mantel der Geschichte scheint dieselbe gnädig bedeckt zu haben. Auf eine direkte Frage von mir sagte David kurz nach seiner Ankunft: »Das ist alles zwar ganz furchtbar, aber so lange her. Ich habe damit nichts zu tun und Gudrun auch nicht.« In einem Kitschroman würde es heißen, die Liebe habe den Sieg davongetragen. Aber wohin wird sie ihn tragen, den Sieg?

Mir bleibt die Sache unheimlich. Davids Mutter Mathilde lebt noch. Sie war elf Jahre alt, als sie die Eltern verlor und bei Fremden aufwuchs. Sie wird Erinnerungen haben. Vielleicht auch Zorn und Rachegefühle?

Ich weiß, dass in David Quirks Elternhaus viel Deutsch gesprochen wurde. Sein Vater, selbst deutsch-irischer Abstammung, hatte als Besatzungsoffizier die blutjunge Mathilde in die Staaten *mitgeholt* – wie der Eifeler sagt.

Als er Jahrzehnte später pensioniert wurde und mit ihr nach Temple in Texas zog, kam die Überraschung. Sie wurde in einem Alter schwanger, in dem sich andere Frauen mit der Menopause abquälen.

»Dann musst du ja der Augapfel deiner Mutter sein«, sagte ich, als ich dies aus David herausgequetscht hatte.

»The apple of her eye«, erwiderte er nickend. »Meine Mutter mordet für mich.« Daraufhin erklärte ich ihm den deutschen Konjunktiv, den er sehr verwirrend fand.

»Und was hält sie davon, dass du jetzt schon so lange in Deutschland bist?«

»Sie hofft, dass ich hier eine Frau finde, mit der sie in ihrer Muttersprache reden kann.«

Für Gudrun, die bei diesen Worten ein inneres Leuchten nach außen sandte, gilt dieser Satz als Beweis, dass David in seiner Heimat tatsächlich ungebunden ist.

»Erzählen kann man viel«, gab ich ihr zu bedenken, »was weißt du denn wirklich von David?«

»Ich weiß, dass er gut zu mir ist«, sagte sie einfach. Das ließ mich verstummen.

Meine beiden Küchenhelfer begrüßen die drei Neuankömmlinge mit großem Jubel.

»Ran ans Werk!«, befiehlt Gudrun und drückt Marcel das Fleischermesser in die Hand. Mir läuft ein kalter Schauer über den Rücken. Marcel legt das Messer neben dem fertigen Kalbsbraten ab, der in Scheiben geschnitten meine spezielle Grapefruit-Rosmarin-Honig-Kapern-Tonnato-Soße begleiten soll.

»Ich muss mir wohl mal zuerst die Hände waschen«, bemerkt er und stutzt, als er mich sieht.

»Arbeitsunfall?«, fragt er besorgt, greift nach meinem Arm und streichelt ihn zur Begrüßung oberhalb des Verbandes.

»Verbrannt«, erwidere ich.

»Ich habe schon Herrn Schmitz angerufen«, versichert Gudrun eilig.

»Gut gemacht«, sagt Marcel nickend. »Wann?«

»Ganz früh heute Morgen, kurz nachdem es passiert ist. Er war glücklicherweise zu Hause.«

»Dann können wir ja den Verband schon abholen«, sagt Marcel und knipst die Sicherheitsnadel an der Mullbinde auf.

»Spinnt ihr jetzt alle?«, will ich wissen, entreiße zwar meinen Arm seinem Griff, nicht aber den Zipfel des Verbandes, den er rasch abwickelt. Mir fällt plötzlich auf, dass ich nicht mehr weiß, wann ich den Schmerz zuletzt verspürt habe. Den Eisverband habe ich vor Stunden gewechselt. Die Hand fühlt sich nur eingebunden, aber nicht mehr brennend an. Das hat bestimmt mit der Konzentration auf meine Arbeit, besser gesagt aufs Herumscheuchen der anderen zu tun. Ich hatte überhaupt keine Zeit, mich um meine Verletzung zu kümmern. Ablenkung ist bekanntlich der größte Schmerzvertreiber.

Jetzt ist die Hand ausgewickelt. Der Druck des Verbandes hat sie schneeweiß gemacht. Ich starre auf Hand- und Fingerrücken, mache eine Faust und löse sie wieder. Die normale Hautfarbe kehrt allmählich zurück. Nicht einmal der Hauch einer Rötung ist noch zu erkennen. Fassungslos schaue ich auf die Fläche, die unzweifelhaft verbrüht war. Nichts davon zu sehen. Von einem alten Altersfleck abgesehen geradezu jungfräulich. Ich komme mir wie eine Betrügerin vor.

Gehörte meine Verbrennung etwa zu dem Traum, in dem Marcel das Fleischermesser in den Bauarbeiter stößt? Aber die Szene der Nacht hatte eine comicgleiche Optik; da stimmten weder Perspektiven noch Farben, die schwarzbraune Filtermasse auf meiner Hand am Morgen hingegen war schmerzlich real.

»Sie war wirklich richtig verbrannt«, stottere ich. »Gudrun ist meine Zeugin!«

Gudrun nickt.

»Richtig böse verbrannt«, bestätigt sie.

»Herr Schmitz ist ein Segenskundiger«, informiert mich Marcel. »Er hat dir den Brand geholt.«

»Genommen«, wende ich ein, das Eifeler Idiom momentan nicht ertragend. »Der kann mich doch nicht so mir nichts, dir nichts übers Telefon heilen!«

»Das macht ja auch nicht er, sondern der Herrgott«, sagt Gudrun ungeduldig.

»Übers Telefon?«, wiederhole ich. Mit diesem Mummenschanz möchte ich nichts zu tun haben. »Es war das kalte Wasser und das Eis«, erkläre ich. »Weil ich das eben so schnell draufgetan habe. Sag doch auch was, Hein!« Der ist weltgewandter als die anderen und, wie ich bisher geglaubt habe, jeglichem Aberglauben abgeneigt.

Hein lacht.

»Wir Eifeler lassen jedem seinen Glauben«, sagt er salomonisch. »Glaube du also ruhig dran, Katja, dass dir Wasser und Eis den Brand geholt haben. Hauptsache, er ist weg. Wer heilt, hat recht. Was gibt es Neues über unseren armen toten Bauarbeiter, Marcel?«

»Er war kein Bauarbeiter«, antwortet der belgische Polizeiinspektor und verstummt.

»Nein?«, fragt Jupp. Er klingt enttäuscht. Jetzt ahne ich auch, weshalb der Mai auf dem Kalender in seinem Losheimer Haus vorzeitig aufgeblättert wurde. Der Anblick eines Schwulen in einem der letzten originären Männerberufe hat Jupp erfreut. Schließlich verdient er sich neben Renovierungsaufgaben bei mir und anderen sein Geld als Waldarbeiter.

»Was war er dann? Nur Model?«

Marcel seufzt. »Ihr wisst doch, dass ich euch über laufende Ermittlungen nichts sagen darf.«

»Das ist unfair«, erwidert Jupp vorwurfsvoll. »Es war *unser* Kalender!«

»Wir haben dir einmal geholfen«, setzt Hein noch einen drauf, »woher willst du wissen, dass wir dir nicht auch sonst weiterhelfen können? Du wirst nicht bestreiten können, dass ich mich in der Schwulenszene gut auskenne.«

In einem früheren Leben hat Hein als Eventmanager in Köln schwule Veranstaltungen organisiert.

»Vielleicht war er ja gar nicht schwul«, lässt Marcel noch einen Informationshappen los. »Die Kalenderleute haben ihn über eine Kölner Agentur für Künstlervermittlung engagiert. Auf die zuständige Dame hat er einen ganz normalen Eindruck gemacht.«

»Normal«, seufzt Hein, verdreht die Augen und fährt sich durch sein lila-grünes Haar. »Die Heten und ihre Vorurteile. Mein Jupp würde auf die auch einen ganz normalen Eindruck machen oder etwa nicht? Also, wie heißt der Mann?«

»Ich bin hergekommen, für Katja beim Kochen zu helfen, nicht für ausgefragt zu werden«, sagt Marcel leise. »Oder hast du den Teig für die Frischkäse-Orangensenf-Kumquat-Taschen etwa schon ausgerollt? Mit dem Fleisch soll sich David abgeben; der kann das besser.«

Während er den Teig aus dem Kühlschrank holt, drehe und wende ich meine rechte Hand. Als sei sie mir gerade erst angepasst worden und ich müsste sie auf ihre Funktionstüchtigkeit prüfen. Mit der Linken streiche ich über gänzlich unversehrte Haut und schüttele den Kopf.

»All die vielen Brandopfer bei Katastrophen«, flüstere ich. »In der Dritten Welt, zum Beispiel. Warum betet die denn keiner gesund?«

Die Panik, die mich angesichts der vielen Vorbereitungen am Morgen ergriffen hat, breitet sich jetzt, eine Stunde vor der offiziellen Eröffnung, immer weiter aus. Dabei ist alles rechtzeitig fertig geworden. Ich habe sogar noch Zeit gefunden, nach Belgien hinüberzuhuschen, um mich mithilfe der Kosmetikindustrie in eine strahlende Gastgeberin zu verwandeln.

Aber anstatt mich sofort voller Vorfreude in die Dusche und auf mein Make-up zu stürzen, sitze ich auf meinem Bett und kann nur daran denken, dass wir heute Nacht wahrscheinlich auf einem Haufen delikater Häppchen sitzen bleiben werden. Dass wir uns schon am Eröffnungstag auf die Beerdigung unseres Restauranttraums vorbereiten können.

»Der Weg ist das Ziel«, murmele ich vor mich hin, und was kommt am Ende des Weges? Vielleicht ein Häuflein von fünf neugierigen Leutchen, die sich für den Einlass-Obolus von zehn Euro satt essen wollen und sich den ganzen Abend an einem Bier festhalten. Nein, der Eifeler trinkt gern und viel.

Wir haben in allen unmittelbar benachbarten Orten von NRW, Rheinland-Pfalz und Belgien Flyer verteilt, also in Hallschlag, Stadtkyll, Jünkerath, Prüm, Hellenthal, Büllingen, Dahlem, Kronenburg, Krewinkel, Scheid, Weckerath, Ormont, Roth, sogar in Bleialf und Sankt Vith Plakate aufgehängt und alle Leute, die wir kennen, informiert. Da wurde dann von unverschiebbaren Kartenspiel-, Kegel- und Jägerabenden gemurmelt, von kranken Kühen und unbetreuten Kindern, von der Angst vor Gewitter, bei dem man natürlich zu Hause bleiben müsse, falls es im Stall einschlage, von der letzten Gelegenheit, vor dem nächsten Regen den ersten Silo zu machen, von der dementen Großmutter, die gern mit Kerzen Weihnachten spielt, von kein Auto zu Hause und in einem Fall von einem überfällig trächtigen Hängebauchschwein. Eine richtige Absage hat uns niemand erteilt. Alle versicherten, *für gut essen zu gehen* kämen sie ja vielleicht trotzdem. Wenn nicht heute, dann ganz bestimmt morgen, wo es dann auch nicht so voll wäre und man weniger Gefahr laufe, am Buffet der verfeindeten Nachbarin zu begegnen, die angekündigt habe, ganz bestimmt die *Einkehr* am Eröffnungsabend aufzusuchen. Auf dieser Nachbarin, wer immer sie sein mag, ruhen jetzt meine Hoffnungen.

3_ERÖFFNUNG

Donnerstagabend

Als ich eine Stunde später die Bundesstraße nach Deutschland überqueren will, nähern sich von rechts zwei Scheinwerfer. Gut, denke ich, die ersten Gäste, wahrscheinlich aus Prüm, hat die Plakataktion doch geholfen. Die einladende Lichterkette, die Marcel und Jupp inzwischen vor dem Restaurant gespannt haben, ist nicht zu übersehen. Das Auto rauscht heran und donnert mit mindestens hundertzwanzig Stundenkilometern an mir vorbei.

»Siebzig!«, brülle ich den Rücklichtern hinterher und bedauere, dass die Straße zu Deutschland gehört. Wäre sie wie der Randstreifen auf belgischem Hoheitsgebiet, hätte Marcel jetzt eine für die *Einkehr* strategisch interessante Radarfalle aufstellen können.

Das Restaurant ist noch leer, doch bis zur offiziellen Eröffnung bleibt eine Viertelstunde.

Gudrun hat sich in Schale geworfen. Über schwarzen Seidenhosen trägt sie eine rosa Tunika, die unter der Brust gerafft ist. Eine Mode, die Menschen meiner ausladenden Statur durchaus steht, aber bei schmaleren wie bei Gudrun Gedanken an Schwangerschaft aufkommen lässt. Obwohl auch sie inzwischen aus dem Alter heraus sein dürfte. Kein Hinderungsgrund, den Mann fürs Leben anzupeilen. Ihre letzten beiden Kandidaten waren leider Männer fürs Sterben.

Ich betrachte David, den jetzigen Mann an ihrer Seite. Besser gesagt, an ihrem Ohrläppchen, das er gerade hingebungsvoll anknabbert. David wird leben. Wenn auch wahrscheinlich nicht auf Dauer mit ihr zusammen. Woher ich das weiß?

Keine Ahnung – es ist nur ein Gefühl, so ein magengrubiges, dass David nicht Gudruns wegen hier ist, auch nicht wegen seines neu ererbten Besitzes. Er erweckt auf mich den Eindruck eines abwartenden Menschen, so, als stehe er bereit, einen Auftrag zu erfüllen. Aber für wen, warum und weshalb in diesem abgeschiedenen Gebiet? Wahrscheinlich macht mich sein Ordnungssinn kirre, die Korrektheit, mit der dieser angebliche Künstler Radieschen modelliert und die phänomenale Ortskenntnis, die er sich binnen kürzester Zeit angeeignet hat. Als wir neulich zu dritt auf dem Markt in Blankenheim waren, suchte ich aufs Geratewohl einen kürzeren Weg – eben nicht über die B 51 – zurück zur Kehr und verfuhr mich hoffnungslos. Irgendwo, mitten in einer mir gänzlich unbekannten Pampa, begann mich David auf einmal zu dirigieren. Ich folgte amüsiert seinen Anweisungen, bog in schmale Feldwege ein, die in fichtengesäumte Waldpfade mündeten, und gondelte vorsichtig unbefestigte Hangtrassen aufwärts – bis wir uns plötzlich auf vertrautem Terrain befanden. Jeder andere hätte triumphiert. Zumal ein völlig ortsunkundiger Ausländer. David schien eher beschämt.

»Ich habe halt ein eingebautes Radar«, sagte er entschuldigend, als ich verblüfft auf das Jünkerather Einkaufsgebiet hinabblickte.

»Du bist so was von klug«, lobte ihn Gudrun begeistert, »mit dir kann man sich gar nicht verfahren.«

Warum nicht?, fragte ich mich. Weil er irgendwie eingefahren ist? Ein Texaner auf der Kehr? Wer zum Teufel ist Mr. Quirk wirklich?

Nun, heute Abend werde und möchte ich das nicht herausfinden. Jetzt zählt nur die Zukunft, auf die Gudrun, Hein, Jupp und ich hingearbeitet haben. Mit freundlicher Unterstützung unseres Freundes Marcel aus Belgien.

»Da kommt ja jemand!«, ruft der Polizeiinspektor.

Wir starren aus dem Fenster. Eine kleine Prozession nähert sich. Vorneweg Pia – wieder mit einem Eiertablett.

»Oh Gott, ich habe meine Adoptivhühner vergessen!«, rufe ich und eile zur Tür.

»Greta, Miranda, Johanna, Beatrice«, flötet Hein.

»Und Fred!« Das war David.

»Entschuldigung!«, begrüße ich die ersten Gäste der *Einkehr*.

»Ich hatte heute überhaupt keine Zeit, rüberzukommen und den Hühnerunterhalt zu bezahlen.«

»Macht überhaupt nichts«, ertönt die sonore Stimme des einzigen Mannes der Vierergruppe. »Sie sind bestimmt die Frau Klein.«

Ich nicke.

»Ich bin der Paul Prönsfeldt. Und das ist meine Familie. Die Pia kennen Sie ja schon. Das ist meine Frau Petra«, stellt er mir eine derbe Blondine mit aufgedunsenem bleichen Gesicht, hochtoupierten Strohhaaren und mürrischer Miene vor. So könnte Pia nach Jahrzehnten freudlosen Lebens auch einmal aussehen. Ich erschauere. »Und meine älteste Tochter Patrizia.«

»Patti«, sagt das Mädchen mit den viel zu hoch angesetzten braunen Zöpfen und reicht mir die Hand.

Den vorwurfsvollen Blick ihres Vaters bilde ich mir wohl nur ein. Den Bruchteil einer Sekunde herrscht Unbehagen. Vermutlich verabscheut Herr Prönsfeldt die Abkürzung des edlen Vornamens seiner ältesten Tochter.

Patti ähnelt ihrer Schwester überhaupt nicht. Sie ist nicht atemberaubend schön, sondern hinreißend apart. Kein Gleichmaß wie bei Pia, sondern ein Konglomerat von Gesichtszügen, die beim ersten Anblick nicht zusammenzupassen scheinen, aber gerade dadurch noch eindrucksvoller wirken. Hohe Wangenknochen, aber runde weit auseinanderstehende graue Augen, griechische Nase, aber zartes Kinn, volle Lippen und winzige Zähne. Ein Schwanenhals über einem viel zu großen Discounterkleid aus lupenreinem Polyester, unter dem nur ein Modefachmensch wie ich den perfekten Busen wogen sehen kann. Donnerwetter! Herr Pee sieht aus wie ein verhungernder Habicht, seine Frau wie eine übersättigte Riesenmade, aber gemeinsam haben sie zwei ungewöhnlich attraktive Geschöpfe geschaffen.

»Ich werde Ihren Gnadenhof morgen besuchen«, verspreche ich dem Hausherrn desselben. »Und meine Schulden bezahlen.«

»Eilt überhaupt nicht, Frau Klein«, versichert Paul Prönsfeldt. »Ich sehe ja, was Ihr hier zu tun habt. Was für ein wunderschönes Buffet!«

Unter der Habichtsnase verzieht sich sein Gesicht zu einem gewinnenden Lächeln. Ich lächele zurück.

»Bedienen Sie sich nur«, fordere ich ihn und seine Familie auf.

»Darf ich mich ein bisschen umsehen?«, fragt Herr Pee. »Wie ich höre, habt Ihr auch ein Hinterzimmer?«

»Ein Raucherzimmer«, verbessere ich. »Noch. Wenigstens so lange, wie in NRW keine bayerischen Verhältnisse herrschen.«

Aus den Augenwinkeln beobachte ich, wie sich die Damen der Familie Pee auf Kommando des Haushaltsvorstandes an den hintersten Tisch zurückziehen; allesamt mit hängenden Schultern und gesenkten Köpfen, so, als wollten sie sich unsichtbar machen. Patti scheint unter dem gleichen mangelnden Selbstwertgefühl zu leiden, das mir schon bei Pia aufgefallen ist, und doch gibt es einen Unterschied: Während Pia wie die reine Demut auftritt, habe ich bei der Begrüßung in Pattis Augen einen Glanz gesehen, den ich als eine Art von Aufmüpfigkeit interpretiere. Zweifellos hat Herr Pee seine Familie besser im Griff als den Bauernhof, mit dem er pleitegegangen ist. Wahrscheinlich lässt er den Frust über sein Scheitern mit großer Strenge an seinen Töchtern und vielleicht auch an seiner Frau aus.

Es juckt mich in den Fingern, Professor Higgins zu spielen und die Betreuerinnen der Gnadenhühner unter meine Fittiche zu nehmen. Sobald mein Laden läuft, wäre es eine schöne

Abwechslung im dann gleichförmig verlaufenden Eifeler Alltag, diesen Mädchen zu zeigen, welch ein Potenzial in ihnen steckt, und sie in moderne junge Frauen zu verwandeln, denen die Welt offensteht.

Im Raucherzimmer zündet sich Herr Pee gleich eine Zigarette an.

»Es gibt keine Rauchpflicht«, versuche ich mich an einem Scherz, während er die frisch gewaschenen Gardinen lupft und hinaussieht.

»Ich nehme diesen Tisch«, sagt er. »Für Treffen mit potenziellen Geschäftsfreunden. Geht das?«

»Selbstverständlich«, antworte ich erfreut. Herr Pee ist mir gleich viel sympathischer. »An welchen Tagen?«

»Das kann ich jetzt noch nicht sagen. Ich bin dabei, den Gnadenhof weiter auszubauen. Außerdem möchte ich mir von den Leuten, die sich für unsere Tiere interessieren, erst einmal auf neutralem Boden ein Bild machen, bevor ich sie auf unseren Hof lasse. Sie wissen ja, was sich hinter manchen sogenannten Tierfreunden verbirgt.«

Keine Ahnung, was er damit sagen will – schließlich betreibt er keine Farm, in der Nerze für die Pelzindustrie gemästet werden. Aber was verstehe ich schon von den Problemen eines Gnadenhofs? Herr Pee ist der erste Stammgast. Da braucht mich sein Geschäftsgebaren nicht zu interessieren. Hauptsache, er kommt ins Restaurant, bestellt ordentlich und behandelt meine Hühner gut. Deren Eier ich gleich morgen früh bezahlen werde.

Als ich in den Gastraum zurückkehre, sehe ich zu meiner Freude sechs Frauen von der Kehr. Sie stehen etwas unschlüssig am Buffet.

»Sieht sehr interessant aus«, sagt die Nachbarin aus Belgien, nimmt sich eine trockene Scheibe Baguette und starrt auf das Schälchen mit einer meiner kulinarischen Lieblingskombinationen.

»Da ist eine Frage …«, setzt sie an.

»Avocado-Birnen-Mousse mit Radieschenkresse und gerösteten Pinienkernen«, komme ich ihr schnell zuvor und reiche ihr einen Teller.

»Ah joh«, sagt die Belgierin und gibt den Teller an die Rheinland-Pfälzerin neben sich weiter. »Die Frage ist, ob wir bei Euch auch karten dürfen? Wir treffen uns ja einmal in der Woche zum Länderspiel …«

Damit ruft sie mir wieder ins Gedächtnis, wie international unsere winzige Ortschaft ist. Auf der Kehr mit ihren etwa dreißig Häusern treffen nämlich Belgien, Rheinland-Pfalz und NRW aufeinander. Was immer wieder für ein von oben verordnetes Durcheinander sorgt. Lokalpolitiker lassen sich vor den Wahlen hier nie blicken, weil die Peinlichkeit groß sein könnte, bei einem Haus anzuklingeln, das zu einem anderen Bundesland gehört oder gar schon im Ausland steht. Auch ich brauchte eine Weile, um zu begreifen, dass Hein und Jupp in NRW leben und Gudruns altes Anwesen in Rheinland-Pfalz liegt, obwohl ich selbst in Belgien wohne und fünfzehn Meter weiter ein Restaurant am südlichsten Zipfel von NRW betreibe.

Ich sollte das inoffizielle Coujon-Turnier, das die ansässige weibliche Bevölkerung jetzt aus den jeweiligen Privathäusern in mein Lokal verlagern will, zu einer positiven Begleiterscheinung dieses Dreiländereckchens rechnen.

Im Laufe der nächsten Stunden beginnt sich das Lokal langsam, aber stetig zu füllen. Sogar zwei uniformierte Polizeibeamte aus Euskirchen sind gekommen und unterhalten sich in einer Ecke längere Zeit angeregt mit Marcel. Wie nett von ihm, bei der deutschen Polizei für die *Einkehr* zu werben! Er stellt mir die beiden Männer vor, wie auch seinen belgischen Kollegen Polizeiinspektor Erwin Hannen, der natürlich in Zivil erschienen ist. Der verschmitzt lächelnde Mann in meinem Alter ist mir sofort sympathisch. Was vielleicht damit zu tun hat, dass er – im Gegensatz zu seinen wenig hungrig wirkenden deutschen Kollegen – einen Teller mit ausgesuchten Häppchen vollgeladen hat und jeden Bissen mit einem »Ah, wie lecker« begleitet. Die Belgier verstehen eben etwas von richtig guter Küche.

»Erwin hat noch'n paar Fragen an dich«, kündigt Marcel mit ernster Miene an.

»Ich erzähle Ihnen gern alles über meine Verbrechen, aber meine Rezepte rücke ich nicht raus«, sage ich amüsiert. »Was schmeckt Ihnen denn am besten?«

Da seine Geschmackspapillen gerade meinen Knollenziestsalat mit Korianderblättern testen, warte ich nicht auf eine Antwort, sondern schaue nach, ob es den anderen Gästen auch so gut mundet.

Dem Alkohol wird kräftig zugesprochen, aber die eifelfremden Häppchen erleiden ein Mauerblümchendasein. Man beginnt es ihnen anzusehen.

»Das reicht!«, flüstert mir Gudrun plötzlich zu und schreit quer durch den Gastraum: »Wer möchte Rühreier mit Speck und Bratkartoffeln?«

Die vielen erleichterten *Hier*-Rufe schmerzen in meinen Ohren und meinem Herz für das Besondere, aber ich knicke ein und überlasse Gudrun die Küche.

»Mach dir nichts draus«, flüstert mir Marcel zu. »Menschen in Grenzgebieten bleiben aus gutem Grund lange beim Vertrauten. Veränderungen muss man hier vorsichtig angehen. Nicht mit einem Knall. Eieromelett ist immer gut. Leg noch ein paar Essiggürkchen dazu, und verzier das Ganze mit Petersilie. Und biete ein normales Jägerschnitzel an. Glaub mir, ich weiß, was die Leute hier mögen.«

»Du weißt ja immer alles!«, zische ich zurück. »Warum hast du mich dann machen lassen?«

Er braucht nicht zu antworten. Ich weiß ja selbst, dass ich allen Ratschlägen gegenüber völlig immun war.

Marcel streicht mir die graue Strähne von der Stirn.

»Ich weiß eben nicht alles, deswegen würde ich gern was von dir wissen«, sagt er und dann: »Komm mal mit!«

Der ungewohnte Befehlston der letzten drei Worte lässt mich gehorchen. Ich folge ihm in die Kammer, die Gudrun und David bewohnen, und sehe ihn erwartungsvoll an.

»Was?«, frage ich gespannt.

Marcel zieht ein Papier aus seiner Hosentasche und reicht es mir. Die Kopie eines Passfotos. Ein mittelblonder Mann etwa Ende zwanzig lacht mich an.

»Wer ist das?«, frage ich.

»Hast du diesen Mann vor Kurzem auf der Kehr gesehen, zum Beispiel bei der Kirche oder vor der *Einkehr?*«

Ich schüttele den Kopf.

»Keine Ahnung.«

»Schau dir das Bild bitte richtig an.«

Ich registriere eine kleine Zahnlücke und einen möglichen Pickel auf der Stirn.

»Du hast ihn schon mal gesehen«, sagt Marcel eindringlich.

Ich hebe die Schultern.

»Für Leute in meinem Alter sehen Knaben in dem Alter da alle gleich aus«, seufze ich. »Wie Chinesen. Wie tausend andere.«

»Auf die Kehr kommen weder Chinesen noch tausend andere. Der Mann wäre dir hier aufgefallen.«

»Und woher willst du wissen, dass ich ihn schon mal gesehen habe?«

»Weil ich mindestens einmal dabei war.«

Er malt ein großes Viereck in die Luft, stemmt kokett eine Hand in die Hüfte und macht einen Kussmund.

Endlich dämmert es mir.

»Doch nicht der Bauarbeiter!«

»Genau der. Der Mann auf dem Kalender. Steffen Meier.«

»Deine Leiche«, murmele ich.

»Bevor er das war, hat er sich vor sehr Kurzem hier auf der Kehr aufgehalten. Nebenan in der Kapelle.«

»Woher weißt du das?«

»Weil wir den Pfarrbrief in seiner Hosentasche gefunden haben. Den Kirchenzettel, wie die Kollegen aus Euskirchen sagen, und die haben eben bestätigt, dass ihre Spurensicherung in der Kapelle …«

»… von ihm Spuren gefunden hat«, beende ich atemlos seinen Satz. »Bitte, bitte nicht wieder ein Mord auf der Kehr!«

Marcel schüttelt den Kopf.

»Nein, er ist eindeutig bei Eiterbach ermordet worden.«

»Gott sei Dank.«

»Aber …« Marcel sieht mich aus tieftraurigen Augen an.

»Aber was?«, frage ich beunruhigt. Diesen Blick kenne ich nur zu gut. Auch, wenn ich ihn nur selten gesehen habe. Immer dann, wenn er mich verdächtigt, ihm etwas Wesentliches zu verheimlichen. Zum Beispiel einen Mord.

»Aber er könnte seinen Mörder hier getroffen haben.«

Ich atme aus.

»Nur weil er einen Kirchenzettel von der Kapelle eingesteckt hat?«, frage ich bemüht unbekümmert, ahnend, dass noch etwas hinterherkommt.

»Warum hat er das wohl gemacht?«, fragt Marcel prompt zurück.

»Weil er demnächst eine Messe besuchen wollte?«, schlage ich vor. Dieser lauernde Blick. Marcel hat noch einen Trumpf im Ärmel.

»Wohl kaum. Er hat ihn als Notizzettel benutzt. Nun rate mal, was er darauf geschrieben hat.«

»Woher soll ich das wissen? Mach es nicht so spannend, Marcel, was steht denn auf dem Zettel?«

»Das konnten wir zunächst nicht so recht entziffern, auch wenn mir das Gekritzel quasi in die Augen sprang und ich sofort eine Idee hatte. Möglicherweise habe ich mich der Verschleppung der Ermittlungen schuldig gemacht – ich konnte und wollte das Naheliegende einfach nicht glauben.«

Marcel holt tief Luft.

»Und was ist das Naheliegende?«, frage ich, jetzt sehr beunruhigt.

»Deine Plaquennummer«, antwortet er leise. »Die hat er aufgeschrieben. Jetzt verrate mir bitte, Katja, wann hast du Steffen Meier deinen Wagen verliehen?«

Zu verdattert, um zu antworten, bleibe ich mit weit geöffnetem Mund wie angewurzelt stehen. Ich kann nur eins denken: wie verlogen dieser Polizist ist. Ist eine ganz miese Nummer. Kommt hierher, heuchelt Besorgnis wegen meiner verbrannten Hand, scherzt mit allen herum, tut so, als habe der tote Bauarbeiter nichts mit uns zu tun, schwadroniert von Essiggürkchen und von Ermittlungen, über die er nichts sagen darf, und lauert nur darauf, dass ich mich irgendwie verrate.

Ohne es zu ahnen, stand ich den ganzen Tag über unter polizeilicher Beobachtung. Ein perfider Missbrauch von Freundschaft. Warum hat dieser Mann seine Karten nicht schon heute Mittag auf den Tisch gelegt und mit einer einzigen Frage die Sache aus der Welt geschafft? Er hat sich wohl schon am Morgen die Erlaubnis von deutscher Seite erteilen lassen, hier zu ermitteln.

Er tippt mich leicht an, als wolle er überprüfen, ob ich zur Salzsäule erstarrt bin. Oder einen katatonischen Schock erlitten habe.

Wieder seufzt er.

»Ich probier ja nur, es dir so leicht wie möglich zu machen, Katja. Aber wenn du nicht sprechen willst, wird dich eben Erwin Hannen befragen.«

»Ich weiß nicht mal, wer Steffen Meier ist«, flüstere ich. »Und warum der mein Kennzeichen notiert hat. Was der überhaupt mit meinem Auto zu tun hat.«

»Das wollen wir auch herausfinden. Deshalb wird es gerade abgeschleppt.«

»Was?«, rufe ich und stürze zur Tür. »Von wem?«

»Von uns, der FKP, der Föderalen Kriminalpolizei in Eupen.«

Ich funkele ihn an.

»Ihr Belgier könnt nicht einfach auf deutschem Gebiet Autos abschleppen …«

»Natürlich nicht«, erwidert er seelenruhig. »Dafür sind die Euskirchener Kollegen ja hier. Sie haben ihre Erlaubnis gegeben, weil es unser Fall ist. Tut mir leid.«

Wie blöd von mir zu denken, Marcel habe für mein Restaurant bei der Euskirchener Polizei geworben!

Ich würdige ihn keines Blickes mehr, renne durch den Gastraum und rempele Hein an, der an der Tür mit Erwin Hannen diskutiert und wild gestikuliert.

»Wieso wird dein Wagen abgeschleppt?«, fragt Hein aufgeregt und deutet auf den Tieflader, der soeben mein Automobil immobil macht. »Auf bundesdeutschem Gebiet? Das dürfen die Belgier nicht!«

Hinter mir ertönt eine andere verwunderte Stimme: »Was ist das denn? Ich wusste gar nicht, dass man hier falsch parken kann!«

»Keine Sorge, Sie sind doch bestimmt zu Fuß hier«, schnauze ich Herrn Pee an, wiewohl ich genau weiß, dass der Eifeler grundsätzlich nicht zu Fuß geht.

Ich lasse die Männer stehen, marschiere in die Küche und entreiße Gudrun einen Teller mit Rührei und Speck.

»Moment!«, ruft sie, »den kannst du nicht einfach wegholen. Der ist bestellt!«

Plötzlich werden ihre Augen riesengroß. Mit zitternden Fingern nimmt sie mir den Teller ab und flüstert heiser: »Mein Gott, Katja, das kann doch nicht wahr sein; was ist denn das …«

Ich folge ihrem Blick. Mein Herzschlag setzt einen Augenblick aus.

»Ein Krokodil«, quetsche ich hervor. »Was sonst?«

4_SPUREN

Ein Irrtum ist ausgeschlossen; die bräunlichroten Konturen sind scharf gezeichnet. Aus dem weit aufgerissenen Maul des Krokodils ragt sogar ein einziger Zahn empor. Wie ist diese etwa drei Zentimeter große Echse auf meinen Handrücken geraten? Den ich mir am Morgen zwar verbrannt habe, der aber bis soeben noch von beinahe makelloser Haut bedeckt war?

Gudrun nimmt meine Hand in ihre und streicht ehrfurchtsvoll über die Markierung.

»Ganz klar, ein Zeichen«, flüstert sie. »Was es wohl bedeutet?«

Hokuspokus kann ich jetzt gar nicht vertragen. Ich verdränge alle Gedanken über die seltsame Wundheilung. Über ein einzahniges Krokodil, das mit unerklärlicher Verspätung den Tiefen des heißen Kaffeesatzes entstiegen ist.

»Dass ich mir die Hand verbrüht habe«, ersticke ich Gudruns Deutungsversuche schon im Keim.

Das Reptil juckt. Ich atme tief durch. Ein ganz normales Brandmal, das auf ganz normale Weise verschwunden sein wird, wenn sich die Haut erholt hat. Hoffentlich.

Freitagmorgen

»Steffen Meier, neunundzwanzig Jahre alt, gemeldet in Köln, zu Lebzeiten sehr schnuckelig, daher Gelegenheitsjob als Model, ansonsten Hartz IV, vor etwa drei Tagen in Belgien bei

Eiterbach erstochen«, fasst Hein die Erkenntnisse zusammen, die ich soeben vor meinen Freunden ausgebreitet habe.

Wenigstens diese dürren Details hat mir Marcel gestern Abend noch mitgeteilt. Nachdem mich Polizeiinspektor Hannen mit freundlicher Genehmigung der Euskirchener Polizei in meinem NRW-Restaurant befragt hatte. Der wollte allerdings nur wissen, ob ich diesen Steffen Meier gefahren oder meinen Pkw vor vier Tagen an jemanden verliehen hätte. Beides konnte ich guten Gewissens verneinen, allerdings gestand ich, manchmal zu vergessen, den Wagen abzuschließen und den Zündschlüssel herauszuziehen. Da mir die exorbitanten belgischen Geldstrafen für Verkehrsvergehen bekannt sind, rechnete ich mit einer saftigen Buße und zückte bereits mein Portemonnaie.

»Lassen Sie nur stecken«, sagte Marcels Kollege und setzte hinzu: »Nur das Geld, aber bitte nie wieder den Schlüssel! Das könnte Sie bei einer zufälligen Kontrolle bis zu hundertfünfzig Euro kosten.«

»Puh«, seufzte ich erleichtert. »Vielen Dank, dass Sie mich jetzt ungeschoren davonkommen lassen!«

»Nicht aus der Güte meines Herzens oder weil Sie Marcels Freundin sind«, erwiderte Hannen, »sondern nur, weil sich der Tatbestand des unabgeschlossenen Pkw bei einer Vernehmung in einer anderen Angelegenheit herausgestellt hat; da ist er straffrei.«

Natürlich wollen meine Freunde jetzt, am Morgen nach der Eröffnung, beim Wegfrühstücken der übriggebliebenen Häppchen alles von mir wissen.

Zunächst fällt es uns allerdings schwer, einander zu verstehen, da Linus, der den ganzen Abend allein in meinem Haus hatte verbringen müssen, lautstark Aufmerksamkeit einfordert. Wir stellen ihn also mit lässig hingeworfenen Stücken von Entenbrustpflaumen, thunfischgetränktem Kalbsfilet, Hühnerleberpastete im Kürbiskernmantel und Gorgonzolamango ruhig. Das tun wir besten Gewissens, weil Marcel nicht anwesend ist. Der lebt nämlich immer noch in dem Irrglauben, mein Hund könne erzogen werden, was damit anfange, dass man die Bestie mit hundegerechter Nahrung ausschließlich dann füttere, wenn der Mensch selbst bereits gegessen habe.

Immer wieder werfe ich einen verstohlenen Blick auf meine rechte Hand. Das einzahnige Krokodil ist über Nacht nicht verblasst. Es juckt aber nicht mehr. Die Haut ist ganz glatt.

»War dieser Steffen Meier eigentlich verheiratet?«, erkundigt sich Gudrun. »Und hat er Kinder hinterlassen?«

»Keine Ahnung«, antworte ich. »Der ganze hübsche Kerl würde uns nicht die Bohne interessieren, wenn er nicht hier auf der Kehr gewesen wäre und sich meine Autonummer notiert hätte.«

»Warum nur?«, fragt Jupp.

»Vielleicht ist er in dein Auto zu jemandem eingestiegen, dem er nicht getraut hat«, überlegt Gudrun.

»Warum sollte er dann überhaupt bei dem einsteigen?«, frage ich.

»Weil er hier sonst nicht wegkommt«, wirft Jupp trocken ein.

»Vielleicht ist er auch selbst gefahren …«

»… und sein Mörder hat mein Auto wieder fein ordentlich bei mir vor die Tür gestellt?«, gebe ich kopfschüttelnd zurück. »Das ergibt nur einen Sinn, wenn …«

Ich breche ab. Es darf einfach nicht so weit kommen, dass ich schon wieder meine Freunde verdächtige. Wir alle benutzen meinen Wagen, der ständig unverschlossen vor der *Einkehr* steht, immer mit dem Schlüssel im Zündschloss, damit eben jeder jederzeit ran kann. Was ich Herrn Hannen gegenüber tunlichst nicht erwähnt habe.

Das uralte schäbige Fahrzeug würde nicht einmal in der Großstadt einen Autodieb anlocken und schon gar nicht auf der Kehr, wo unsere Haustüren nachts nicht abgeschlossen sind und tagsüber oft sperrangelweit offen stehen. Um Luft und Nachbarn reinzulassen. Eine Frau aus der Kehrer Coujon-

Gruppe lässt manchmal sogar ihre Handtasche auf dem Beifahrersitz ihres unverschlossenen Wagens liegen. Dieser Gewohnheit entsagte sie auch nicht, nachdem sie eines Morgens eine fremde Herrenjacke auf ihrem Rücksitz entdeckt hatte. Das Kleidungsstück konnte später einem Hallschlager zugeordnet werden, der des Nachts in schwer alkoholisiertem Zustand bei der Suche nach seinem Zuhause aus Versehen auf die Kehr gewandert war. Verirrt und verwirrt war er dankbar für den geräumigen Mercedes, auf dessen Rückbank er seinen Rausch ausschlafen konnte. Und am Morgen war es eben zu warm für einen Rückmarsch mit Jacke. Er wäre nie auf den Gedanken gekommen, die Handtasche auf dem Vordersitz mitgehen zu lassen.

Unser Örtchen mag Schauplatz von Morden und seltsamen Verhaltensweisen sein, aber gestohlen wird hier nicht.

»Du glaubst also, dass einer von uns den Mann gefahren hat«, sagt Gudrun. »Aber der muss ihn ja nicht gleich ermordet haben.«

»Willst du mir damit etwas sagen?«, frage ich.

»Nein!«, ruft Gudrun entsetzt. »Ich war's nicht!«

»Ich auch nicht!«, tönen die anderen.

»Jeder hätte in das Auto steigen können«, seufzt Hein. »Der Schlüssel steckt immer.«

»Das wäre schon sehr dreist«, bemerke ich. »Mitten am Tag …«

»Woher weißt du, dass es mitten am Tag war?«, fragt David.

»In der Nacht hätten wir es gehört«, sage ich.

»Wie denn?«, meldet sich Jupp. »Gudruns Zimmer geht nach hinten raus, es gibt schon mal Verkehr, und du hättest drüben in Belgien auch nichts gehört.«

Wahrscheinlich nicht. Mir fällt etwas anderes ein: »In der Nacht hätte er das Kennzeichen nicht lesen können, so verdreckt, wie mein Auto immer ist.«

»Da ist was dran«, sagt Jupp. Der riesige Mann sieht sehr schuldbewusst aus. Zu Recht, denn er hat mir bereits mehrfach eine gründliche Reinigung meines Wagens versprochen.

Was ich auch erwarten kann, da er in ihm auf der Suche nach ungewöhnlich geformten Wurzeln oder Steinen über die allzu oft verschlammten Waldwege rund um die Kehr rumpelt und mit seinem Eigengewicht und dem der Fundstücke meine Stoßdämpfer ruiniert hat.

Aber keiner kann sich erinnern, meinen Wagen in den vergangenen Tagen ein paar Stunden lang vermisst zu haben, ausgerechnet in der Stresszeit vor der Eröffnung. Wir alle hatten das alte Auto ständig benutzt, um aus Prüm, Jünkerath oder Malmedy noch irgendetwas herbeizuschaffen. Eigentlich unmöglich, dass sich gerade in dieser Zeit ein Fremder des Fahrzeugs bemächtigt haben soll.

»Außer am Sonntag«, sagt Hein plötzlich. »Da haben Jupp und ich dich aus der Küche geschleppt, und wir sind mit meiner Roten Zora zum Brunch ins Burghaus Kronenburg gefahren.«

»Ohne uns«, bemerkt Gudrun pikiert.

»Wir wollten euch Turteltäubchen nicht wecken. Es war schon eine ziemliche Aktion, Katja von ihrer Schnipselei wegzulotsen.«

»Ihr habt mich entführt!«, erkläre ich empört.

»Zum Glück hast du dich nicht mit dem Messer gewehrt; Jupp hatte ganz schön Mühe, es dir zu entwinden! Und dann hast du die paar Stunden außer Haus richtig genossen. Manche Leute muss man eben zu ihrem Glück zwingen.«

»Moment mal«, sage ich langsam. »Das war mein Santoku-Messer! Wo hast du es hingetan, Jupp?«

»Hein gegeben, als ich dich rausgetragen habe. Es sollte ja keiner verletzt werden. Warum? Ist das etwa das Messer mit dem Holzgriff, das du die ganze Zeit suchst?«

»Ja, zum Teufel!« Ich wende mich an Hein. »Wo hast du es hingelegt?«

»Draußen auf den Fenstersims. Wir hatten es ja eilig, dich ins Auto zu schaffen, damit du uns nicht entkommst …« Seine Stimme verliert sich. Er starrt mich erschrocken an.

»Da hätte ich es bestimmt gesehen«, murmele ich.

Wir springen alle gleichzeitig auf und rennen vor die Tür.

Der Blick auf den leeren Fenstersims ist gänzlich frei, da mein Auto nicht mehr davorsteht.

Betroffen sehen wir einander an. Wir denken alle das Gleiche und schweigen sehr lange. Schließlich fasst Gudrun nach meiner Hand, auf der das einzahnige Krokodil jetzt unerträglich juckt.

»Das musst du Marcel sagen«, flüstert sie.

»Mach dich nicht verrückt«, krächzt Hein. Er räuspert sich. »Das wäre schon ein ungeheurer Zufall – erst dein Auto, dann dein Messer ...«

»Vielleicht Schicksal?«, bietet David an, ein Kommentar, der mich angesichts meiner Kehrer Vergangenheit nicht gerade aufbaut. »Wie ist deine Autonummer?«

Ich sage es ihm.

»Drei Buchstaben, drei Zahlen«, überlegt David. »Kein Zufall. Wenn es etwas anderes als deine Nummer ist, dann ist das ...«

Er blickt Gudrun Hilfe suchend an.

»... wie ein Sechser im Lotto«, vervollständigt sie seinen Satz und sieht nachdenklich zu mir.

In der Tat. Nicht in eine Mordgeschichte hineingezogen zu werden, wäre für mich ein Hauptgewinn.

Gudrun greift jetzt auch nach meiner linken Hand. »Hör auf zu kratzen, Katja!«

»Du bist an allem unschuldig«, sagt Jupp, »und dein Auto auch. Das wird die Spurensicherung bestimmt ergeben.«

Aus Erfahrung weiß ich, dass mir Marcel deren Erkenntnisse relativ spät und dann nur so bröckchenweise zuwerfen wird, wie wir Linus jetzt die welkenden Häppchen.

5_NIEDERSCHLÄGE

Ich bin zu unruhig, um in der *Einkehr* auszuharren. Außerdem muss ich endlich meine Adoptivhühner besichtigen und bezahlen. Bei Gudrun, David und Hein weiß ich Küche und Gastraum in kompetenten Händen. Jupp verspricht, die defekte Klospülung in der Damentoilette zu reparieren, ehe er sich zum Bäumeschlagen in den Wald bei Frauenkron aufmacht.

Normalerweise würde ich wie jeder Eifeler die paar Hundert Meter im Auto zurücklegen, aber da mein Fahrzeug nach Belgien verschleppt worden ist, muss ich notgedrungen zu Fuß gehen.

»Hol Linus mit«, schlägt Gudrun vor. »Nach diesem Festmahl braucht er Auslauf.«

»Auf dem Gnadenhof?«, frage ich zweifelnd. »Damit Hühner und Gänse einen Herzinfarkt kriegen und ihn die anderen Hunde zerfleischen?«

»Ich gehe gleich mit Linus«, bietet sich David an.

»Lieber nicht zu weit«, empfiehlt Gudrun und nickt zum Fenster hin. »Es sieht ganz nach Regen aus.«

Das schlechte Wetter kommt meistens aus Westen, und in der Tat haben sich über Belgien bereits schwarze Wolken zusammengezogen. Ich hätte Handschuhe anziehen sollen. Um meine Haut vor meinen Fingernägeln zu schützen, falls das einzahnige Krokodil wieder juckend aufmuckt.

Als ich an der Leitstelle des Kampfmittelräumdiensts vorbeikomme, fängt es bereits an zu tröpfeln. Ich eile weiter, obwohl ich den Geländewagen mit Kölner Kennzeichen neben der Baracke aus den Augenwinkeln registriere. Dieses Auto habe ich hier noch nie gesehen. Eigentlich ein Grund, es sich genauer anzuschauen. Nicht aus nachbarschaftlicher Neugier, sondern aus Notwehr. Den Behörden gegenüber. Die uns hier auf der Kehr für blöd halten und konsequent mit falschen Informationen füttern. Das hat nicht etwa mit den früheren Morden zu tun, sondern mit gefährlichen Altlasten aus der Kaiserzeit und dem Ersten Weltkrieg.

Wir sitzen hier wortwörtlich auf einem explosiven Erbe: Wo wir jetzt wohnen, ist vor neunzig Jahren die 1914 erbaute Munitionsfabrik Espagit in die Luft geflogen. Und nach dem Ersten Weltkrieg haben die Alliierten auf dem durch die Explosion ohnehin reichlich verseuchten Gelände jede Menge Giftgas entsorgt. Sprengstoff, Blau-, Grün- und Gelbkreuzgranaten, Pikrinsäure-Zünder und TNT vergifteten jahrzehntelang das Erdreich. Generationen von Kehrer Kindern haben in den Fabrikruinen mit Granaten gespielt und deren Eltern mit den überall herumliegenden gelblichen TNT-Klumpen ihre Herdfeuer entzündet. Schrotthändler haben ihren Reibach gemacht. Erst vor etwa zwanzig Jahren sah sich das Land Rheinland-Pfalz durch eine Anfrage der Grünen gezwungen, die gewaltige Rüstungsaltlast zu beichten. Es wurde eine Sanierung eingeleitet, aus Kostengründen aber nur halbherzig betrieben und schließlich im wahren Sinn des Wortes beerdigt: Auf den Granatenfriedhof legte man ein fünfzehn Hektar großes verzinktes Maschendrahtgeflecht, das Verbrecher abhalten sollte, mit Metalldetektoren in dem darunterliegenden Erdreich nach Sprenggeschossen zu wühlen. Man deckelte das Gewebe mit Lava und Erde ab, setzte Pflänzchen ein, zog Drainagegräben und lässt jetzt über dieser Zeitbombe der Natur freien Lauf.

Aktuelle Gefahr sei für uns gebannt, behaupten die Politiker, aber glauben können wir ihnen nicht. Zu viel ist in dieser Angelegenheit schon gelogen worden. Niemand bestreitet, dass die Giftgas-Technik aus dem Ersten Weltkrieg für Terroristen, zum Beispiel für solche aus der arabischen Welt, von Interesse sein könnte.

Bei Spaziergängen über das inzwischen wieder freigegebene frühere Verbotsgelände achten wir also auf Hinweise, ob die verseuchte Erde vielleicht schon zu brodeln beginnt, ob irgendeine verdächtige Gestalt dort mit einem Spaten im Schutzanzug unterwegs ist oder ob ein fremdes Auto herumsteht. Unzählige Giftgasgranaten und Sprengstoffreste verrotten unter unseren Füßen vor sich hin. Da empfiehlt sich eine gewisse Wachsamkeit.

»Das TNT kriecht schon wieder hoch«, meinte Hein neulich, als er von einem Gang über das Verbotsgelände zurückkam und von kahl gewordenen Stellen in der Bepflanzung berichtete. Jupp hatte vor einem Jahr zwei fremde Männer in die Flucht geschlagen, die sich in Camouflageklamotten an den Containern zu schaffen machten, in denen der Kampfmittelräumdienst die Granaten verwahrt, die in benachbarten Grundstücken immer noch ausgegraben werden. Keiner von uns Anwohnern war eingeladen worden, als das Land Rheinland-Pfalz bei einer Feier in Hallschlag vor Kurzem großspurig verkündet hatte, die Sanierung sei erfolgreich abgeschlossen. Wir hätten das Fest ja mit der ketzerischen Bemerkung stören können, dass wir den Kampfmittelräumdienst weiterhin bei seiner Arbeit beobachten. Eine ans Verbotsgelände angrenzende Weihnachtsbaumplantage wurde gerade erst nach bösen Altlasten abgesucht, der weiße Kastenwagen der Leitstelle gondelt immer noch in der Gegend herum oder steht da, wo jetzt ein fremder Geländewagen parkt. Der wird schon harmlos sein, denke ich; jemand mit bösen Absichten wäre nicht so dreist, sein Fahrzeug direkt auf dem Gelände des Kampfmittelräumdienstes abzustellen.

Vor Gudruns ehemaligem Hof weist nur ein großer Hundezwinger darauf hin, dass hier kein normaler Eifeler Bauernhof betrieben wird. Es gibt kein Schild, keine Beschriftung, auch nicht eine Hausnummer. Marketingtechnisch eine Katastrophe, denke ich, als ich unter lautem Gebell auf die Haustür zugehe, an der nicht einmal der Name Prönsfeldt steht. Einen Gnadenhof im Verborgenen zu führen, grenzt an unternehmerischen Selbstmord. Wie will Herr Pee denn Paten für seine Tiere finden?

»Im Internet, natürlich«, sagt Patti, als sie mir die Haustür öffnet und ich sie gleich mit der Frage überfalle, woher sie denn Interessenten für die Tiere auftreiben wollen, wenn nirgendwo auf den Gnadenhof hingewiesen wird.

Im Internet also. Natürlich. Die Kehr liegt zwar weit hinter Köln oder Trier, aber nicht hinterm Mond.

»Per E-Mail sortiert mein Vater die Leute schon mal vor«, sagt sie mit so unbeteiligter Stimme, als ginge sie der Gnadenhof überhaupt nichts an. Eine solche Einstellung zum elterlichen Hof kenne ich von Hein und manch anderen Sprösslingen aus Bauernfamilien. Wenn sie den Betrieb selbst nicht weiterführen, verbindet sie zumeist eine herzliche Abneigung zur Landwirtschaft mit allen dazugehörigen Elementen.

»So viele Leute melden sich an?«, frage ich ungläubig und schüttele die Regentropfen ab.

Sie hebt die Schultern, öffnet die Haustür weiter und nickt hinein. »Da müssen Sie ihn schon selbst fragen.«

»Du sollst die Tür nicht öffnen, Patrizia!«, höre ich ihren Vater im Eingeweide des Hauses schimpfen. »Ach, Sie sind's, Frau Klein«, sagt die sonore Stimme erheblich freundlicher. »Kommen Sie doch rein. Ich habe Ihre Patenschaftsurkunde bereits vorbereitet. Sie können sich natürlich auch erst die Tiere ansehen.«

»Das wäre schön«, sage ich, trete in die halbdunkle große Diele, in der ich vor zwei Jahren niedergeschlagen worden bin. Rasch gehe ich auf Herrn Pee zu, dessen Silhouette sich im Türrahmen von Gudruns früherem Wohnzimmer abhebt. Ich reiche dem langen hageren Mann die Hand.

»Huhn im Sack will ich ab jetzt ja nicht mehr kaufen«, sage

ich und hole tief Luft, als er zur Seite tritt, um mich durchzulassen.

Der Raum sieht noch genauso aus wie zu Gudruns Zeiten. Kein einziges Möbelstück ist herausgenommen worden, keins hinzugekommen; an den Wänden hängen noch die alten Ölbilder, und auf dem Kaminsims steht unverändert derselbe Nippes.

Ist Gudruns gesamter Hausrat mit in den Pachtvertrag eingeflossen? Sind die Einrichtungsgegenstände der Familie Pee etwa auch zwangsversteigert worden? Woher stammt das Geld für die Tiere vom Gnadenhof? Wie können diese ernährt werden, wenn nicht einmal genug Kohle für eine neue Tapete drin ist?

»Hier drinnen hat sich ja nichts verändert«, sage ich prompt.

»Gutes und Bewährtes sollte man nicht verändern«, stellt Herr Pee fest und reicht mir einen Bogen Papier, den ich unterschreiben soll. »Lesen Sie alles in Ruhe durch«, sagt er und deutet auf einen wuchtigen grünen Sessel im gediegenen Eichenrahmen.

»Wie mir die Pia sagte, möchten Sie die Patenschaft für zwanzig Hühner übernehmen?«

Ich bleibe stehen.

»Und jedes kann jeden Tag wirklich ein Ei liefern?«, frage ich zurück.

»Selbstverständlich erhalten Sie täglich zwanzig Eier«, antwortet er, »allerdings kann bei unserer ökologischen und tierschutzgerechten Haltung nicht immer zurückverfolgt werden, von welchen Hühnern sie stammen. Nicht jedes Huhn legt jeden Tag ein Ei. Schon gar nicht die einstigen Batterie-Hühner. Frau Klein, wenn Sie wüssten, in welchem Zustand wir diese armen Tiere erhalten haben …«

Er tritt ans Fenster, gegen das der Regen jetzt lautstark peitscht, und stößt einen tiefen Seufzer aus.

»Das kann ich mir denken«, sage ich, »darüber liest man ja immer wieder …«

»Ach ja?« Herr Pee wendet sich wieder mir zu und zieht einen Stift aus der Brusttasche. »Liest man auch darüber, wie es den nackten kleinen Dingern ergeht, wenn man sie in ein normales Leben entlässt? Wie sie sich selbst kaputt picken, weil sie mit ihrer Freiheit nichts anfangen können, wie sie vor Angst zitternd herumstehen, dabei mitten am Tag einschlafen, weil sie Tag und Nacht nicht kennen? Wie sie ihr riesengroßes Ei am ersten Tag einfach fallen lassen und danach nichts mehr legen, weil sie noch nicht begriffen haben, dass sie Gras fressen können und sollen? Wie sie das Scharren und richtige Eierlegen erst lernen müssen? Das Leben überhaupt? Diese armen Tiere sind unsere Schutzbefohlenen, Frau Klein, und wir dürfen sie nicht überfordern.«

Da ich bisher nur an die Eiausbeute und den praktischen Nutzen der frei Haus gelieferten Hühnerprodukte gedacht habe, komme ich mir jetzt recht schäbig vor.

»Ich bestehe nicht auf den zwanzig Eiern«, sage ich eilig, nehme seinen Stift entgegen, unterschreibe die Patenschaftsurkunde über zwanzig namentlich nicht näher bezeichnete Hühner und lege einhundertfünfzig Euro auf den Tisch. Das Kleingedruckte werde ich später lesen. Nachbarn auf der Kehr ziehen einander nicht über den Tisch.

»Meine Töchter werden sich sehr gut um Ihre Schützlinge kümmern«, sagt Herr Pee, während er mir eine ordnungsgemäße Quittung ausstellt und die Transaktion der Hühneradoption somit erledigt ist.

»Dann kann mir eine von ihnen ja jetzt die Tiere zeigen«, bemerke ich.

»Damit sollten wir bis nach dem Regenguss warten«, meint er. »Möchten Sie einen Kaffee?«

»Gern«, sage ich und freue mich über die Gelegenheit, Herrn Pee mit einigen diskreten Fragen auf den Zahn fühlen zu können. Auf der Kehr sollte man alles über seine Nachbarn wissen. Damit sich die unangenehmen Überraschungen in Grenzen halten.

»Patrizia!«

Mein Handy meldet sich. Ich ziehe es aus der Jackentasche und trete ans Fenster.

Der Lärm des Regens an den Scheiben erschwert die Verständigung. Zumal Gudrun so aufgeregt ist, dass ich erst nach mehrmaligem Nachfragen dahinterkomme, was los ist. Linus scheint völlig durchnässt allein in die *Einkehr* zurückgekommen zu sein. Er belle wie verrückt, springe dauernd auf und ab und sei offensichtlich verzweifelt, sich nicht vernünftig verständigen zu können.

»Dem David ist was passiert!«, heult Gudrun. »Vielleicht ist er ausgerutscht, hat sich den Kopf gestoßen und liegt jetzt da in seinem Blut! Was soll ich nur tun?«

»Raus mit dem Hund und such ihn! Weit kann er ja nicht gekommen sein. Ich geh auch sofort los, Gudrun. Wir sehen uns gleich.«

»Probleme?«, fragt Herr Pee, als ich das Handy wieder einstecke. Patti steht in der Tür und sieht ihren Vater fragend an.

»Scheint so«, antworte ich und schiebe mich an Patti vorbei. »Entschuldigen Sie mich bitte. Wir vertagen Kaffee und Hühnerschau.«

Ich bin schon fast auf der Straße, als mich Patti eingeholt hat. Sie reicht mir einen großen schwarzen Schirm.

»Bitte kommen Sie bald wieder«, flüstert sie mit einer Dringlichkeit in der Stimme, die mich stutzig machen würde, wenn mich jetzt nicht andere Sorgen plagen würden. Auf der Kehr kommt ein Mord selten allein. Aber so etwas darf ich jetzt nicht einmal denken. Schließlich ist Steffen Meier im belgischen Eiterbach ums Leben gekommen.

»Danke«, sage ich, »ganz bestimmt. Ich muss ja den Schirm zurückbringen. Ach ja, und meine heutigen Eier …«

»Ich bringe sie Ihnen nachher!«

»Patrizia!«

Die Stimme des Vaters duldet kein längeres Verharren. Kein Wunder, dass das Mädchen den zum Imperativ missbrauchten

Vornamen ablehnt. Patti huscht davon, und ich stürme den Hügel hinauf. Durch die Regengardine erkenne ich einen schwarzen Punkt an der Wegbiegung, der schnell größer wird und sich als mein Hund herausstellt. Mit weit nach hinten gezogenen Lefzen hetzt er auf mich zu.

»Ruhig, Linus«, sage ich, selbst ganz außer Atem, und klopfe ihm mit der wieder heftig juckenden Hand aufs schwarz glänzende nasse Fell. Er springt an mir hoch und bellt, wie er nur bellt, wenn seine Welt aus den Fugen geraten und mit keinem Leckerli zu kitten ist.

»Schon gut, Dicker, lauf, such David!«

Er zischt wieder in die Richtung los, aus der er gekommen ist.

Ich kann nicht so schnell laufen wie mein Hund, der immer wieder den riesigen Kopf zurückwendet, um sicherzugehen, dass ich ihm auch ja folge. Er weiß, wie ungern ich mich schnell bewege.

»David! David!«

Gudrun stolpert mir mit gelösten klatschnassen Haaren ohne Mantel oder Schirm in ihren Hausschlappen aus Frottee entgegen. Das Kleid klebt ihr am Körper. Als wir vor dem offenen Tor des Kampfmittelräumdienstes zusammentreffen, steht Linus schon laut hechelnd vor der Baracke und kratzt an dem großen Glasfenster der Front. Der fremde Geländewagen ist weg.

»Eingang ist hinten«, sagt Gudrun atemlos und rennt mir voraus. Sie stößt die Tür zu einem nachlässig mit Holzdielen belegten Flur auf. Wie ein schwarzer Kugelblitz schießt Linus hindurch und biegt sofort nach links in einen Raum ab. Gudrun und ich folgen ihm in ein sehr karg eingerichtetes Büro. Der einzige Mensch im Raum sitzt weder vor dem altmodischen Computer, noch hält er das angebissene Käsebrötchen auf dem Schreibtisch in der Hand. Er liegt mit einer gewaltigen Kopfwunde auf dem Linoleum.

6_STÖRUNGEN

Freitagmittag

Gudruns Schrei hätte einen Toten geweckt, aber David ist nicht tot. Sein Brustkorb hebt und senkt sich, wenn auch nicht annähernd so schnell wie der von Linus, der sich fiepend neben ihm ausgestreckt hat.

»David!«

Gudrun will sich auf ihn stürzen, aber ich halte sie fest. »Wir dürfen ihn nicht berühren!«

»Quatsch!«, sagt Gudrun und stößt mich mit solcher Wucht zur Seite, dass ich bis zum Fenster zu fliegen meine. Diese Demonstration von Kraft macht mich fassungslos. So hat zuvor noch niemand mein Lebendgewicht herausgefordert, schon gar nicht eine schmale Frau. Während Gudrun ihre durchweichten Pantoffeln unter Davids Kopf schiebt und mit dem Saum ihres Kleides das Blut aus seinem Gesicht wischt, rappele ich mich auf und tippe hastig die Nummer des Notrufs in mein Handy ein.

Stunden später

David liegt mit einer schweren Kopfverletzung im Krankenhaus in Trier. Er ist in ein künstliches Koma versetzt worden, aber die Ärzte sind voller Hoffnung, dass er durchkommen wird, wie mir Gudrun am Telefon berichtet. Sie hat sich in einer Pension nahe dem Krankenhaus eingemietet, um bei ihm zu sein, wenn er wieder aufwacht.

»Es muss so etwas wie ein Baseballschläger gewesen sein,

meinen die Ärzte«, sagt sie. »Warum? David hat doch niemandem was getan! Wer macht denn so etwas?«

»Jedenfalls nicht die Männer vom Kampfmittelräumdienst«, antworte ich trocken und werfe einen Blick in den Gastraum, wo die beiden Delaborierungsexperten gerade Rühreier mit Speck verputzen und den Schreck des Tages mit Eifeler Hausbrand verdauen.

»Sag mir Bescheid, wenn es etwas Neues gibt«, sage ich, um das Gespräch mit Gudrun zu beenden und das mit den Kampfmittelräumern aufzunehmen.

»Es gibt etwas Neues«, setzt sie hastig nach. »Davids Mutter kommt übermorgen.«

»Oh.«

Mehr kann ich zu dieser Eröffnung zunächst nicht sagen, da mir tausenderlei durch den Kopf geht. Mathilde Quirk, geborene Rescheid, rechtmäßige Erbin des heutigen Gnadenhofs, kehrt zum ersten Mal in das Land zurück, das ihr beide Eltern und die Heimat auf grausame Weise genommen hat. Und in dem ihr Sohn heute so zusammengeschlagen worden ist, dass er in Lebensgefahr schwebt.

»Ich habe ihr bei Balter ein Zimmer gebucht«, fährt Gudrun fort.

»Viel zu nah«, unterbreche ich, »mach das rückgängig und bring sie im Schlosshotel Kronenburg unter. Da wird sie nichts an früher erinnern. Wir telefonieren später. Ich habe zu tun.«

»Das ist gut, Katja. Wie viele Gäste?«

»Genug«, entgegne ich knapp, lege auf und gehe zu den beiden einzigen Gästen des Tages, die mit Jupp und Hein bereits in eine angeregte Unterhaltung vertieft sind.

»Wir überlegen gerade, ob der Angriff mit dem Tod von Steffen Meier zusammenhängt«, sagt Jupp, als ich mir einen Stuhl heranschiebe.

»Nur weil der Geländewagen auch aus Köln kommt?«, wehre ich ab. »Davon rauschen hier doch genug durch die Gegend. Außerdem ist Steffen Meier in Belgien ermordet worden, und da war möglicherweise ein ganz anderes Auto als ein Kölner SUV im Spiel … Wo zum Teufel bleibt bloß Marcel? Nein, das in der Baracke waren bestimmt irgendwelche Ganoven, die an die Granaten ranwollten.«

»Die verwahren wir doch nicht im Büro«, erklärt der ältere Kampfmittelräumer empört.

Sein Kollege schüttelt unablässig den Kopf.

»Sie können sich gar nicht vorstellen, was uns alles durch den Kopf ging, Frau Klein, als wir Feuerwehr, Krankenwagen und Polizei vor dem Leitstand sahen«, sagt er.

»Ihr hättet abschließen sollen«, entgegne ich im gleichen Tonfall, den Marcel zu diesem Thema uns gegenüber immer anschlägt.

»Wir waren doch nur kurz fort! Und im Container gibt es gar nichts zu holen. Was hatte Ihr Freund da überhaupt zu suchen?«

Die Frage habe ich mir natürlich auch schon gestellt.

»Vielleicht Schutz vor dem Regen?«, schlage ich vor.

»Natürlich«, mischt sich Hein ein. »Und dann kam ein anderer Wanderer, der auch Schutz vor dem Regen gesucht hat, und weil es für zwei da zu eng ist, hat er dem David eins übergebraten.«

»Das ist überhaupt nicht lustig«, protestiert Jupp. »Eins verstehe ich nicht: Wie konnte ihn jemand angreifen, wenn er Linus dabeihatte?«

Diese Frage hat mir die Prümer Polizei schon am Nachmittag beantwortet.

»Er hat den Hund draußen im Regen gelassen«, antworte ich. »Wahrscheinlich aus Angst davor, dass er Matsch in den Raum schleppt und alles durcheinanderbringt. Ihr wisst doch, wie pingelig David ist.«

Wenig später verabschieden sich die beiden Kampfmittelräumer mit dem Versprechen, ihre Leitstelle künftig immer abzuschließen und demnächst bestimmt wieder meine köstlichen

Rühreier verspeisen zu wollen. Da erst besinne ich mich auf den eigentlichen Sinn und Zweck meines Verbleibs auf der Kehr. Ich führe ein Spezialitätenrestaurant.

»Rühreier können Sie auch sehr gut bei Marlene Jenniges in der Hallschlager *Hexenküche* essen«, sage ich. »Wir bieten unseren Gästen hier etwas ganz Besonderes. Schauen Sie doch das nächste Mal in unsere Karte. Da wird Ihnen schon beim Lesen das Wasser im Mund zusammenlaufen.«

»Ja, wenn da auch ein Jägerschnitzel bei ist«, sagt der Ältere und leckt sich die Lippen. Sein Kollege reicht mir die Hand und setzt hoffnungsvoll fragend hinzu: »... mit richtigen belgischen Pommes?«

Hinter mir höre ich Hein glucksen. Ich wahre Haltung und wünsche den beiden Männern an der Tür eine gute Nacht.

»Gute Nacht ist gut«, meint Hein und wedelt sich am Eingang mit seinen frisch manikürten Fingern Luft zu. »Meinst du wirklich, es lohnt sich, den Laden heute noch aufzulassen? Bei dem Wetter kommt bestimmt niemand mehr.«

»Doch«, sage ich und deute in die Nacht Richtung Verbotsgelände. »Da drüben ist jemand.«

»Das Eiermädchen«, erklärt Jupp, der Patti mit ihrem Tablett schneller erkannt hat als ich.

»Noch mehr Eier!«, stöhnt Hein. »Das war ganz schön voreilig mit deiner Hühneradoption. Wenn das so weitergeht wie heute, sollten wir die Eier selbst ausbrüten und eine Hühnerfarm eröffnen.«

»Das wäre eine zu große Investition«, erklärt Jupp, dessen Sinn für Ironie gelegentlich durch seine Sehnsucht nach Harmonie getrübt wird. »Aber die Grundidee ist nicht schlecht. Wenn wir uns im Restaurant nur auf Hühnerspezialitäten konzentrieren würden?«

Nach dem Vortrag des Herrn Pee über die armen ungefiederten, sich selbst zerpickenden, schlafgestörten, lebensfremden Geschöpfe aus den Legebatterien erwäge ich eher, sämtliches Geflügel von der Speisekarte zu streichen.

»Heute bleibt die Küche kalt …«, murmele ich. Verständnislos sehen mich die beiden Männer an. Als alte Henne setze ich erklärend hinzu: »Diese Geschäftsidee atmet den Geist der Fünfziger, und die Amerikaner …«

»Der arme David«, stöhnt Jupp, als Patti sich den Stufen der *Einkehr* nähert.

»Kommen Sie rein«, fordere ich das Mädchen auf.

Ohne Hein und Jupp zu begrüßen oder auch nur anzusehen, schüttelt Patti den Kopf.

»Geht nicht«, flüstert sie, reicht mir die Eier und verschwindet im Dunkel, bevor ich Gelegenheit habe, irgendeine Frage zu stellen oder ihr den Schirm zurückzugeben.

»Schwer verhaltensgestört«, bemerkt Hein. »Das ist mir gestern Abend schon aufgefallen. Bei der Schwester übrigens auch.«

So zutreffend diese Bemerkung auch sein mag, sie verletzt mich fast so wie ein persönlicher Angriff. Vielleicht, weil man mir im Alter der Schwestern auch eine Verhaltensstörung zugeordnet hätte, wenn das Wort damals schon Mode gewesen wäre. Mich trennte mein enormes Übergewicht vom Rest der für mich interessanten Welt. Die ging mir daraufhin an meinem massiven verlängerten Rücken vorbei und machte mich zu einer Menschenfeindin. Die später als Moderedakteurin arbeitete und dabei gertenschlanken Frauen Klamotten zeigte, die selbst diese nicht tragen konnten, ohne sich lächerlich zu machen. Was die wunderschön schlanken Schwestern Prönsfeldt belastet, kann ich angesichts ihres autoritären Vaters nur erahnen, nehme mir aber vor, dahinterzukommen. Es widerstrebt mir jedoch, Menschen mit ungewöhnlichem Benehmen einfach als Verhaltensgestörte abzustempeln, wie Hein das soeben getan hat.

»Ach, da spricht der große Gastraumpsychologe«, raunze ich ihn also an.

»Die Mädchen sind so viele Menschen eben nicht gewöhnt«, sagt Jupp. »Sie sind nur schüchtern. Komm, gib mir die Eier, Katja, ich stelle sie in die Küche.«

»Danke, Jupp. Und dann macht, dass ihr nach Hause kommt«, setze ich nach.

Als sich die Tür hinter den beiden schließt und ich die Außenbeleuchtung abgestellt habe, legt sich die Stille im Haus wie ein feindliches Ungeheuer über mich. Kaum zu glauben, aber Gudruns verliebtes Geplapper fehlt mir ebenso wie Davids amerikanisch eingefärbtes Deutsch. Der modern, aber dennoch behaglich eingerichtete leere Gastraum wirkt abweisend; die nackte Garderobe obszön, die saubere Edelstahlküche fremd. Im Flur stolpere ich fast über den schlafenden Linus, als ich die bescheuert schwere Brandschutztür zur heute unbenutzt gebliebenen Damentoilette aufstoße. Die Spülung ist repariert. Missmutig starre ich den Eimer für Hygieneartikel an, dessen Fehlen mir beim ersten Besuch der Dame vom Ordnungsamt angekreidet wurde und die Eröffnung um eine weitere Woche verzögert hat. Dieser Eimer stand als erster Punkt auf der Prioritätenliste der Behörde, die für die Abnahme des Gastronomiebetriebes zuständig ist. Auf meine Frage, worum es denn bei einem Restaurant eigentlich gehe, ging die Dame gar nicht erst ein. Aber worum geht es überhaupt im Leben?

Um Liebe, Familie, Geborgenheit, würden die meisten Menschen wohl sagen. Ich bin längst zu dem Schluss gekommen, dass es um gar nichts geht und das Leben eigentlich völlig sinnlos ist. Aber da ich nun mal da bin und es zu aufwendig finde, dies zu ändern, mühe ich mich, keinen anderen in seinem Sein zu stören und diejenigen in meinem – soweit es in meiner Macht steht – zu erfreuen. Das gelingt mir am besten durch die Zubereitung delikater Speisen. Deshalb habe ich ein Restaurant eröffnet, wenn auch, unter anderem wegen des fehlenden Hygieneeimers, ein ganzes Stück später als ursprünglich geplant.

Ich kehre in die Küche zurück. Scheinwerfer erhellen das Fenster und mein Gemüt. Mit Gästen rechne ich nicht mehr, aber mit Marcel.

Natürlich hatte ich ihn gleich am Mittag angerufen und ihm von dem Überfall auf David erzählt. Er war entsetzt, konnte sich auch keinen Reim auf das Geschehen machen, sah aber keine Verbindung zu seinem Fall. Ich erwähnte den Kölner Geländewagen, hatte mir aber weder Nummer noch Fabrikat gemerkt, nicht mal die Farbe. Matschgrün oder Schlammgrau. Sicher war ich nur, dass ich dieses Auto in der Nachbarschaft noch nie gesehen hatte und dass es keinem der Kampfmittelräumer gehörte. Marcel notierte sich alles, versprach, sich bei seinen deutschen Kollegen umzuhören und dort ein wenig Dampf zu machen.

Leider würde er erst spät am Abend auf die Kehr kommen können, woran ich nicht ganz unschuldig wäre. »So verdreckt, wie dein Auto ist, kann es Ewigkeiten dauern, bis relevante Spuren ausgewertet sind und wir sie einordnen können«, meinte er. Erst als ich aufgelegt hatte, fiel mir ein, dass ich die Sache mit meinem Santoku-Messer nicht erwähnt hatte. Ich überlegte kurz, noch einmal anzurufen, hatte aber keine Lust, mir eine weitere Schelte einzufangen. Sogar Marcel würde später bestimmt verstehen, dass ich zurzeit anderes um die Ohren habe, als mir Gedanken über ein verschwundenes Küchenmesser zu machen. Ist ja wirklich sehr abwegig, dass ausgerechnet mit meinem japanischen Edelmesser ein Kölner im belgischen Eiterbach erstochen worden sein soll. Wahrscheinlich ist es aus Versehen in den Müllsack gerutscht und längst von irgendwelchen Pressen zur Harmlosigkeit zermalmt worden.

Als ich vor die Tür gehe, steigt Marcel zu meiner Enttäuschung aus dem Polizistenjeep. Der Motor läuft noch.

»Bist du hier schon fertig?«, fragt er erstaunt.

»Wir haben früher zugemacht«, erwidere ich ausweichend. »War genug los heute. Was ist mit meinem Auto?«

»Wird noch untersucht. Die Spusi muss sich durch viele Lagen von Dreck und Bratsch arbeiten. Unglaublich, dass ihr in so einem ekeligen Pkw Lebensmittel transportiert.«

»Da wäre in Belgien sicher wieder eine saftige Geldbuße fällig«, gebe ich zurück und verfluche stumm die juppschen Waldausflüge. Ich werde sie ihm künftig verbieten. Soll er dafür doch sein Pferd nehmen. »Wie schade für dich, dass mein Restaurant auf deutschem Boden steht«, fauche ich Marcel an.

»Was meinst du wohl, weshalb ich den Motor laufen lasse?«

Klar, er darf den belgischen Dienstwagen eigentlich gar nicht auf der falschen Seite der Bundesgrenzstraße parken. Was er oft genug tut. Und er selbst darf hier auch nicht in Uniform herumlaufen wie jetzt. Mache ich ihm daraus etwa einen Vorwurf?

»Komm, steig ein«, fordert er mich auf. »Wir fahren bis bei dir und reden über alles.«

»Fahr schon vor, ich komme gleich«, sage ich kopfschüttelnd. Da hätte er den Wagen doch bei mir im Hof abstellen und die paar Schritte über die Straße gehen können. Ich bin wahrlich keine Bewegungsfanatikerin, aber die Weigerung der Eifeler, ihren Füßen etwas anderes als den Druck auf Autopedale zuzumuten, erstaunt mich immer wieder. »Ich muss Linus wecken. Und abschließen.«

Auf das letzte Wort lege ich eine besondere Betonung.

Der Schlüssel dreht sich nur mühsam im Schloss der *Einkehr*-Tür. Er ist einen solchen Akt nicht gewöhnt. Da erst geht mir auf, dass ich tatsächlich zum ersten Mal mein Restaurant richtig abschließe. Ein entsetzliches Gefühl. Am liebsten würde ich heulen.

Das tue ich aber erst, als mich Marcel des Messers wegen löchert.

»Wie konntest du das nur vergessen! Hast du eine Ahnung, wie vielen Menschen du einen Haufen Arbeit erspart hättest, wenn du sofort damit rausgerückt wärst? Himmel, Herrgott noch mal!«

Er haut mit der Faust auf den Holztisch, den ich aus der *Einkehr* in die Küche meines belgischen Bruchsteinhauses befördert habe. Und auf dem er in meinem Traum Steffen Meier das Santoku-Messer in die Brust gestoßen hat.

Ich breche in Tränen aus. Bin darüber selbst so erschüttert und wütend, dass ich überhaupt nicht mehr aufhören kann. Bis Linus seinen Kopf auf meinen Schoß legt und ein Klagegeheul anstimmt, gegen das ich nicht ankommen kann. Ich verstumme, streichele den Hund und sehe Marcel an, der jetzt in der Küche auf und ab läuft, als gäbe es keine Autopedale.

»Ich habe keine Entschuldigung«, bringe ich hervor.

»Doch«, sagt er, setzt sich neben mich und streichelt ebenfalls den Hund. »Die hast du. David. Tut mir leid, Katja, dass ich dich so angeschnauzt habe.«

Inzwischen streichelt er nicht mehr den Hund, sondern meine Hand, die den Hund streichelt.

»Was ist das denn?«, fragt er und kreist das einzahnige Krokodil mit dem Zeigefinger ein.

»Nur ein kleines Brandmal«, sage ich, froh, dass das Raubtier inzwischen wieder eingeschlafen ist. Ich blicke zur Küchenpapierrolle, die rechts von Marcel an der Wand hängt.

Linus lässt seinen Kopf auf unsere Füße sacken. Marcel streckt sich, ohne meine Hand loszulassen, reißt ein Stück Papier ab und hält es mir an die Nase.

»Kaum zu glauben, aber manches kann ich auch noch selbst«, sage ich und schnäuze mich kräftig.

»Ich muss mich morgen bei unserem neuen jungen Kollegen entschuldigen«, sagt Marcel, während ich mit dem Rest des Papiers mein Gesicht abwische. »Der mag diese schrecklichen japanischen Comics.«

»Mangas«, murmele ich.

»Was? Ja, so heißen die wohl. Und als er den Rapport über die Stichwunde sah, sagte er gleich, das sähe ganz so aus, als hätte da jemand ein Japan-Messer mit beidseitigem Schliff geführt. Wie mit einem Samuraischwert. Ich habe ihn ausgelacht.«

»Es war nur ein einziger Stich?«, frage ich.

»Ja, mitten ins Herz.«

»Mit meinem Messer.«

»Sieht ganz danach aus.«

»Wenn ich mein Restaurant nie eröffnet hätte …«

»… wäre er vielleicht auf noch schmerzvollere Weise ums Leben gekommen«, sagt Marcel und klopft mir auf die Hand.

»Irgendjemand war wild entschlossen, Steffen Meier zu töten. Wir werden noch herausfinden, warum. Unsere erste Spur führt ins Kölner Rotlichtmilieu. Da hat sich der Meier offenbar schwarz ein paar Euro extra verdient. Und ist damit möglicherweise jemandem in die Quere gekommen.«

Ich beiße mir auf die Lippen, um die Fragen zurückzuhalten, die heraussprudeln wollen. Marcel neigt nie dazu, Ermittlungsergebnisse zu verkünden; Momente der Offenbarung werden durch Zwischenfragen unweigerlich verkürzt.

Aber Marcel spricht nicht weiter. Er beugt seinen Kopf zur Seite und küsst mich.

»Morgen, mein Mädchen«, murmelt er mir dann ins Ohr, »morgen wirst du keine böse Überraschung erleben.«

Samstagmorgen

Ob die Überraschung böse ist, vermag ich jetzt, am nebeligen frühlingskühlen Morgen, noch nicht zu sagen. Aber ich befürchte es. Sie steht auf den Stufen der *Einkehr* und sieht mich erwartungsvoll an.

Die Frau im Hosenanzug ist etwa zehn Jahre jünger als ich, schlank und sehr resolut. Ihr magentaroter Haarschopf hätte Hein begeistert. Aber der ist leider nie da, wenn man ihn braucht. Ich brauche von dieser Erscheinung erst einmal eine Atempause. Denn die Frau und das, was wie eine sichtbare Aura um sie herumwabert, nimmt mir alle Luft. Und irgendetwas an dem Jungen neben ihr auch. Ich spüre es wie das Dampfen einer Eisenbahn aus uralten Zeiten. Das einzahnige

Krokodil kribbelt. Hier dräut Unheil. Auf den Stufen meines Restaurants zelebriert diese Frau den Augenblick, auf den sie seit Erschaffung der Welt, ihrer Welt, hingelebt hat.

Es ist nur eine Vorahnung, aber ich bin auf vieles gefasst. Allerdings nicht auf das, was sie mir zu sagen hat.

Ohne sich und den etwa siebzehnjährigen Knaben vorzustellen oder respektvollen Abstand vor dem Riesenhund neben mir einzuhalten, begrüßt sie mich sehr eifelerisch: »Ich weiß, Ihr habt noch geschlossen. Aber ich bin nicht hier, für was zu essen. Wir müssen zu dem David. Ich habe gehört, er ist endlich zurückgekommen. War ja auch höchste Zeit, dass er seinen Sohn kennenlernt.«

7_MUTMASSUNGEN

Samstagmorgen
Wer mich am frühen Morgen derart überrumpelt, bedarf keinerlei Schonung.

»Geht nicht. David liegt verletzt im Krankenhaus«, sage ich unwirsch, schiebe mich an den beiden vorbei, schließe auf und betrete mein Restaurant. »Komm, Linus.«

Als er mir nicht in die Küche vorausjagt, wende ich mich um und erlebe die zweite Überraschung dieses gerade erst erwachenden Tages. Mein Hund schmiegt sich an den schlaksigen Jungen mit den gestutzten Seeigelhaaren und lässt sich glücklich erhobenen Hauptes den Hals kraulen. Ich wundere mich nicht über Linus, der schnappt sich jede Streicheleinheit, die er kriegen kann. Aber noch nie hat es ein fremder Mensch gewagt, sich freiwillig diesem schwarzen Ungetüm so unbekümmert zu nähern. Was Linus selbst oft sichtlich zu schaffen macht. Er hat nie Böses gelernt, möchte wirklich nur spielen. Versteht nicht, weshalb diejenigen vor ihm zurückschrecken, die er freudig begrüßen will. Wie sollte er auch wissen, dass in ihm nicht nur der kinderfreundliche Labrador steckt, sondern auch ein gelisteter Kampfhund, ein Staffordshire-Terrier? So etwas sieht natürlich nur ein Experte. Ein normaler Mensch sieht einen Höllenhund, vor dem er sich in Sicherheit zu bringen hat. Ging mir bei der ersten Begegnung genauso. Diesem Jungen – Davids Sohn, wenn ich das richtig verstanden habe – scheint solche Scheu fremd zu sein.

»Im Krankenhaus?«, murmelt die mutmaßliche Mutter. Das Gesicht unter der Fuchsiafarbe beginnt, den helleren Ton ihres Haaransatzes anzunehmen.

»Kommen Sie rein, ich mach uns einen Kaffee«, sage ich. Vortäuschung von Gelassenheit betrachte ich als einen Vorzug des Älterwerdens. Auch wenn ich vor Neugierde fast platze, zwinge ich mich, auf mein mühsam erlerntes Gespür fürs richtige Timing zu achten. Zwischen Tür und Angel werde ich weder die Geheimnisse um David lüften, noch die Kontrolle über die Gesprächsführung behalten können. Was bei einem Menschen notwendig ist, der auf meinem eigenen Terrain so unverfroren auftritt.

»Wird er überleben?«, fragt die Frau flüsternd, als sie mir prompt in die Küche folgt.

»Sieht ganz so aus«, sage ich und stelle die Kaffeemaschine an. Ich lasse eiskaltes Wasser über das unverändert scharf gezeichnete Krokodil laufen und deute mit der anderen Hand auf den Küchenhocker. »Setzen Sie sich. Was haben Sie mit David zu tun? Woher kennen Sie ihn? Wer sind Sie?«

Sie bleibt stehen.

»Ich bin die Regine Seifenbach aus Prüm, das ist mein Sohn Daniel. Davids Sohn.«

Sie blickt mich erwartungsvoll an. Jetzt habe ich ihr gefälligst zu enthüllen, wie ich an den Vater ihres Sohnes geraten bin. Den Gefallen tu ich ihr nicht; das ist Gudruns Revier. Da wildere ich nicht, sondern schweige.

Weil dies uns beide nicht weiterbringt, formuliert sie ihren Besitzanspruch neu: »Mein Sohn ist vor achtzehn Jahren von dem David gezeugt worden. Jetzt wissen Sie, was ich mit ihm zu tun habe.«

Als ich immer noch nicht reagiere, setzt sie drängender nach: »Nun sagen Sie doch! Was ist mit dem David passiert?«

»Die Polizei ermittelt noch«, sage ich und weiß gar nicht, welche Frage ich als Erstes losschicken will. Ich fange von hinten an: »Woher wissen Sie überhaupt, dass David hier ist?«

»War es ein Unfall?«, fragt Regine Seifenbach zurück, »oder hat er immer noch diesen gefährlichen Beruf bei der Army?«

Ach was, David war bei der Army?

»Welchen Beruf?«, werfe ich schnell ein, während mir vielerlei durch den Kopf schießt. Vielleicht hat David in der Baracke des Kampfmittelräumdienstes etwas anderes gesucht als Schutz vor dem Regen. Und ist dabei von anderen Suchenden überrascht worden. Könnte er mit einem Auftrag vom amerikanischen Geheimdienst auf die Kehr geschickt worden sein? Hat die CIA vielleicht Wind davon bekommen, dass sich Terroristen der gefährlichen Altlasten unter dem Verbotsgelände bemächtigen wollen? Des Lungenkampfstoffs Phosgen zum Beispiel, der heute noch genauso wirksam ist wie vor fast hundert Jahren? Ein Satz aus Franz Albert Heinens Buch *Die Todesfabrik. Espagit – die geheime Granatenschmiede* fällt mir ein: »Fachleute meinten, für ein Land wie Syrien könne durchaus auch die Technik aus dem Ersten Weltkrieg von Interesse sein.«

Hat es der US-Geheimdienst vielleicht so eingerichtet, dass wir auf der Suche nach den Erben des Rescheid-Hofs auf David kommen mussten? Sind wir Eifeler Landeier etwa von einer Großmacht ferngesteuert worden? Ist Davids ganze Identität eine Lüge?

Diesen Gedanken verwerfe ich sofort. In einem solchen Fall hätte man Mr. Quirk mit einer ordentlichen Legende ausgestattet und er sich selbst so geheimnislos wie möglich gegeben. Und nicht mit der Behauptung, nur *a little bit of this and a little bit of that* zu tun, die Phantasie anderer bezüglich seiner Tätigkeit beflügelt.

Vermutlich liegt die Wahrheit wieder mal irgendwo in der Mitte: Davids Vater war US-Offizier. Solche Berufe werden gern vererbt. Ein Army-Offizier kann sich aber nicht so ohne Weiteres absetzen, schon gar nicht ins alte Europa. Also wird David seine Vorgesetzten um Urlaub gebeten haben. Die haben sich sein Reiseziel angeschaut und vielleicht sogar von ihm selbst erfahren, in welch hochexplosivem Umfeld sein neuer Erbhof liegt. Vor mir sitzen schließlich mögliche Beweise, dass er sich schon früher in der Eifel aufgehalten hat. Der müdeste Colonel wird aufgewacht sein, wenn David die ungeheuerliche Bedrohung noch mit dem Wörtchen *Terroristen* und dem Zitat aus Heinens Buch garniert hat. Zu dem David, den ich kenne, würde es passen, sich auf solche Weise eine Spanne Privatleben freizuschaufeln. Und nebenbei für die US-Streitkräfte ein bisschen die Augen offenzuhalten. David 007. In meinem Kopf beginnt sich ein Film abzuspulen. Den ich vor dem Auftritt Gudruns als Bond-Girl grad noch anhalten kann. Aber möglicherweise ist diese Rolle anderweitig besetzt. Von der Eifelerin vor mir zum Beispiel.

Die zieht mit dem Zeigefinger den Mund wie einen Reißverschluss zu.

»Es war kein Unfall«, rücke ich mit einer Auskunft heraus. Um der nächsten unvermeidlichen Frage zuvorzukommen, jage ich noch zwei Informationen und eine Frage hinterher. »Er ist zusammengeschlagen worden. Wir wissen nicht, von wem. Sie vielleicht?«

»Wie sollte ich?«, fragt Regine Seifenbach zurück. »Ich habe seit achtzehn Jahren nichts von ihm gesehen oder gehört. Er ist damals untergetaucht. Das hatte mit dem Fall des Eisernen Vorhangs zu tun. Da musste er sich bestimmt in Sicherheit bringen.«

»Bestimmt«, gebe ich zurück und mustere den Jungen, der ohne jegliche Scheu meinem Hund das Maul aufmacht und die gefährlichen Fänge begutachtet. David wäre nicht der erste Mann, der sich vor der Zahlung von Alimenten in Sicherheit gebracht hätte.

Von wegen *eingebautes Radar*! Er kennt die Gegend. Warum hat er das verschwiegen? Angesichts seiner fleischgewordenen Vergangenheit vor mir begreife ich zwar, weshalb er lieber in Blankenheim Einkäufe getätigt hat als in Prüm, aber warum hat er uns nicht von Anfang an erzählt, dass er hier mal stationiert war? Das ist doch keine Schande. Wäre auch als Geheimnis nicht sonderlich aufregend. Es sei denn, er hat etwas zu verbergen. Wenn Mr. Quirk wieder zu sich kommt, wird er eine Menge zu erklären haben.

»Darf ich ihn füttern?«, fragt Daniel, als ich den Fressnapf vom Boden hebe.

»Sicher«, entgegne ich und deute auf den Herd. »Gib ihm was aus dem Topf in der Mitte.«

Der Junge hebt den Deckel und späht hinein.

»Was ist das?«, fragt er misstrauisch.

»Schweinefleisch«, antworte ich ausweichend.

»Schon schlecht«, sagt Daniel und wühlt mit dem Kochlöffel im Topf herum. »Da sind ja Rosinen drin«, ruft er entsetzt. »Und Zwiebeln. Wollen Sie Ihren Hund umbringen? Haben Sie für ihn nichts Richtiges?«

»Er frisst alles und ist nie krank.«

»Das würden Sie wahrscheinlich nicht einmal merken«, sagt der Knabe mit unverhohlener Feindseligkeit.

Stumm ziehe ich aus dem Regal das Argument, mit dem Marcel seine Predigten über gute Karnivorenküche ersetzt hat. Ich knalle die Dose Hundefutter auf die Edelstahltheke und wende mich wieder Regine Seifenbach zu.

»Woher kennen Sie David?«

»Seit wann ist er wieder hier?«

So kommen wir nicht weiter.

Während Daniel meinem Hund den Fressnapf füllt, stelle ich drei Tassen Kaffee auf ein Tablett, lege ein paar Brownie-Schnitten dazu, trage das Ganze in den Gastraum und setze mich hin.

Die Frau folgt mir und hockt sich auf die Stuhlkante mir gegenüber. Sie deutet sofort auf die feuchten Schokoladenquadrate. »Die hat David gemacht.«

»Stimmt. Und jetzt schlage ich vor, dass wir uns vernünftig unterhalten, Frau Seifenbach. Ihre Geschichte ist älter, also fangen am besten Sie an zu erzählen. Zum Beispiel von den ersten Brownies, die David für Sie gebacken hat, als er noch im Dienste der US-Army war. Danach verrate ich Ihnen alles, was Sie wissen möchten.«

Regine Seifenbach starrt an mir vorbei an die Wand. Jupps

künstlerisch wertvolle Landschaftsfotos spiegeln sich zwar in ihren tiefblauen schwarz geränderten Augen, erreichen aber wohl kaum ihr Bewusstsein. Das ist mit der schweren Aufgabe beschäftigt, die Vergangenheit zu formulieren.

Geräuschvoll zieht Daniel den Stuhl neben mir weg, ehe er sich darauf hinfläzt. Mein käuflicher Hund entscheidet sich für einen Platz zu Füßen seines jüngsten Fütterers.

Ich trinke meinen Kaffee und warte. Schließlich quält sich ein Seufzer aus Regine Seifenbachs Brust. Sie wendet sich an ihren Sohn.

»Zeig ihr das Bild«, sagt sie tonlos.

Daniel greift in seine Hemdtasche, holt ein laminiertes Foto hervor und hält es mir hin. Als ich es anfassen will, zieht er die Hand zurück. Wer seinen Hund so übel füttert, behandelt alles Wichtige schlecht, sagt sein Blick.

»Schon gut«, bemerke ich. »In meinem Alter werden die eigenen Arme für die Augen sowieso zu kurz.«

Vor dem Hintergrund der Prümer Basilika, genauer gesagt der Statue Karls des Großen, strahlt mir ein junger David entgegen. Die Lachfältchen sind zwar noch aufgefüllt, die Stoppelhaare kohlschwarz und die Vorderzähne keinem amerikanischen Regelmäßigkeitswahn geopfert, aber jeder Zweifel schwindet. Auch der an Davids Vaterschaft, denke ich, als ich den hageren Jungen mit dem schwarzen Seeigelhaar und den gegeneinander kämpfenden Schneidezähnen genauer mustere. Seltsam, dass mir die Ähnlichkeit nicht sofort ins Auge gestochen ist.

Jetzt beginnt Regine Seifenbach zu erzählen. Sie wohne in Prüm, sagt sie, und habe David dort vor zwanzig Jahren kennengelernt. Offiziell habe er damals als einfacher Soldat in der Radarstation am Schwarzen Mann bei Prüm gearbeitet, in Wirklichkeit aber wichtigere und streng geheime Aufgaben innegehabt. So etwas habe er allerdings nur angedeutet. Um sie nicht zu gefährden, habe er nie von seiner tatsächlichen Arbeit sprechen dürfen. Aber da die für die Zivilbevölkerung streng abgeriegelte Abhörstation mitten im Schneifelwald schon geheimnisvoll genug gewesen sei, habe sie sich sehr wohl ihre Gedanken dazu gemacht. Wie ich soeben ja auch schon. Besuchen habe sie ihn dort nie dürfen.

»Angeblich wurden da ja nur Wetterdaten gesammelt«, sagt Regine Seifenbach. »Und deshalb waren da zeitweise tausend Soldaten stationiert? Für wie doof hält man uns eigentlich? Natürlich war das ein Nest von Spionen!«

»Glauben Sie etwa, David gehörte dazu?«

»Wären Sie denn nicht auf diesen Gedanken gekommen?«, fragt sie zurück. Anfang der Neunzigerjahre sei er verschwunden. Noch bevor sie Gelegenheit gehabt habe, ihm die Botschaft künftiger Vaterfreuden zu übermitteln.

»Däniel« – jetzt spricht sie den Namen amerikanisch aus, »kennt seinen Vater also nur von diesem einen Bild. Das habe ich heimlich aufgeholt; er hat sich nie fotografieren lassen. Passt doch ins Bild, finden Sie nicht?«

Es passt jedenfalls zu David, wie ich ihn heute kenne. Er lässt sich immer noch nicht fotografieren. Was völlig in Ordnung ist. Als einstige Journalistin und ziemlich dicke Frau ist für mich das Recht aufs eigene Bild ein Naturgesetz. Deswegen hängen in meinem Restaurant auch nur Bilder von verschneiten Feldern, Herbstwäldern, Frühlingswiesen und sonnengebräunten Weiden mit Eifeler Gestrüpp.

Sie habe auf allen Wegen versucht, David ausfindig zu machen, sagt sie. Über die Air Base Spangdahlem, der die Radarstation unterstand, auch über die Homepage der Prüm Air Station, wo sich ehemalige Soldaten der Schneifelstation virtuell tummelten, aber niemand habe ihr auch nur das Geringste über einen David Kirk sagen können.

»Also *muss* er dort undercover gearbeitet haben«, schließt sie flüsternd.

»Kuh«, sage ich automatisch und setze eilig hinzu: »*Qu*irk. Nicht Kirk.« Bevor sie sich von ihrer Überraschung erholen kann, frage ich, wie sie ihn denn jetzt ausfindig gemacht habe.

»Das war ich«, meldet sich Daniel stolz. »Ich habe meiner Mutter immer gesagt, dass ich meinen Dad finden werde, wenn ich alt genug dafür bin. Und jetzt habe ich ihn gefunden.«

»Wie?«, will ich wissen.

Er wird rot.

»Über eine Klassenkameradin«, antwortet seine Mutter für ihn und nickt nach Nordosten. »Die von dem Gnadenhof da drüben.«

»Ich habe da zwei Patenhunde«, sagt Daniel eilig. »Und als ich die gestern besuchte, hat die Pia mir erzählt, dass hier ein Amerikaner arbeitet, der David heißt und wie der Vater meines Vaters aussieht.« Er ist immer noch rot. »Weil doch das Foto schon so alt und er darauf so jung ist«, setzt er entschuldigend hinzu.

Ich bin erstaunt. Dabei verblüfft mich die Verbindung des jungen Hundefutter-Advokaten zum Gnadenhof wenig. Wer sensibel genug ist, die Harmlosigkeit meines Hundes zu erkennen, kann auch einen Blick für verborgene Schönheit entwickeln und dieser huldigen. Aber die Anspielung, dass Pia irgendetwas – und noch dazu solche Details – in meinem Restaurant beobachtet haben soll, haut mich um. Ich hätte geschworen, dass die beiden Pee-Mädchen bei der Eröffnung der *Einkehr* den Blick nicht ein einziges Mal von der Tischplatte gehoben haben.

»Jetzt sind Sie dran«, fordert mich Regine Seifenbach auf.

»Das hat auch mit dem Gnadenhof zu tun«, fange ich an, weil der mich im Moment mehr beschäftigt als David. »Bevor er einer war …«

Da ich keine Lust habe, die ganze Geschichte von unserer monatelangen Fahndung nach David zu erzählen, sage ich forsch: »Sie wissen sicher, dass Davids Vorfahren von der Kehr stammen.«

Regine Seifenbachs erschreckten Augen nach ist diese Information für sie neu, aber sie stellt keine Frage. Wahrscheinlich gönnt sie mir die Genugtuung nicht, mehr über Davids Vergangenheit zu wissen als sie selbst. Ich erlaube mir eine unzulässige Verkürzung der ganzen furchtbaren Geschichte: »Davids Familie gehörte der Hof. Er hat ihn geerbt und an Herrn Prönsfeldt verpachtet.«

»Warum hat er ihn nicht behalten?«, fragt Daniel. Sehnsucht schwingt in seiner Stimme mit. Ich ahne, um was er sich betrogen fühlt. Was ihn bewegt. Etwas anderes als das hinter der Stirn seiner Mutter. Die fühlt sich von David betrogen. Ist ja auch erschreckend, wenn 007 aus den USA binnen Sekunden zu 08/15 aus der Eifel mutiert.

»War ihm zu viel Arbeit. Außerdem will er irgendwann nach Texas zurückkehren.«

»Was macht er dann noch hier?«, fragt Daniel, als sei es unsinnig, sich hoflos in der Eifel aufzuhalten.

»So etwas wie Urlaub. Außerdem macht er sich hier nützlich«, erwidere ich ausweichend und reiche ihm den Teller. »Probier mal seine Brownies!«

»Wo ist er zusammengeschlagen worden?«, fragt Regine Seifenbach.

»Auf dem Gericht.«

»Was?«

»So heißt der Platz, wo diese hässliche Baracke steht, nicht weit vom Gnadenhof.«

»Wann?«

»Gestern.«

Gestern. Das Wort ist gerade erst gefallen. Ich hole tief Luft. Es wäre nicht das erste Familiendrama, das ich auf der Kehr erleben würde. Zudem sind Geschichte und Mythologie voller Söhne, die ihren Vätern mit Gewalt begegnen. Vor allem, wenn Letztere wegen anderweitiger Verpflichtungen längere Zeit aushäusig gewesen sind. Ich greife Linus am Halsband und ziehe seinen Kopf von Daniels Schoß.

»Wann warst du gestern auf dem Gnadenhof?«, frage ich den Jungen scharf.

8_SORGEN

»Nach der Schule«, stottert Daniel. »Pias Vater hat mich mitgenommen. Warum ist das wichtig?«

»Weil die Frau denkt, dass du es warst«, sagt Regine Seifenbach mit mühsam unterdrückter Verachtung. »Dass du deinen Vater niedergeschlagen hast. Ein Recht dazu hättest du, aber du warst es nicht.«

Sie erhebt sich würdevoll, streicht sich eine leuchtende Haarsträhne aus dem sorgfältig geschminkten fein geschnittenen Gesicht und sagt mit formvollendeter Höflichkeit: »Ich wäre Ihnen sehr verbunden, wenn Sie mir sagen würden, in welchem Krankenhaus der David liegt. Dann werden wir Sie nicht weiter belästigen.«

»Daniel kann es nicht gewesen sein, Frau Seifenbach«, beruhige ich sie und mich selbst. »Die Schule ist ein wunderbares Alibi. Es ist am Vormittag passiert.«

»Deswegen war später da oben so viel Betrieb«, sagt Daniel. »Ich dachte, da sind Autos zusammengeknallt, wegen der Polizei und so.«

Autos.

»Ist dir vielleicht irgendwann mal ein grauer oder grüner Geländewagen mit Kölner Nummernschild beim Kampfmittelräumdienst aufgefallen, so eine Angeberkutsche?«, frage ich den Jungen.

»Kampfmittel ... was? Was ist das denn?«

Ich erkläre es ihm. Er kommt bei jedem Besuch auf dem Gnadenhof daran vorbei und hat sich nie über die trostlose Baracke mitten in der Landschaft gewundert? Sie nie wahrgenommen? Augen zu haben, bedeutet offenbar nicht unbedingt, auch sehen oder gar hinsehen zu können. Die Erfahrung habe ich selbst ja auch gemacht: Wiewohl ich hinsichtlich fremder Autos in dieser Gegend sensibilisiert worden bin, kann ich den ominösen Geländewagen nicht genau beschreiben. Dessen Besitzer möglicherweise an Davids beklagenswerter Verfassung schuld ist.

Das Telefon in der Küche klingelt.

Mit einer Entschuldigung, der Bitte, noch einen Augenblick zu warten, und dem Reservierungsbuch in der Hand eile ich an die Küchentheke. Ich vergesse David sowie seinen neuen alten Anhang nebenan und tue das, was mir Jupp geraten hat: Ich schicke ein Stoßgebet zu Sankt Balthasar, dem Schutzheiligen des Gastgewerbes, auf dass endlich jemand eine Hochzeit bei mir feiern oder sich zumindest eine größere Gesellschaft auf meine kulinarischen Köstlichkeiten stürzen will.

Heute ist schließlich Samstag. Da macht sich der Eifeler fein und geht aus, hatten mir Hein und Gudrun versichert. Wäre es nach ihnen gegangen, hätten wir das Restaurant heute und nicht mitten in der Woche eröffnet. Ich hingegen hatte mir das Wochenendgeschäft nicht mit einem Sonderangebot vermiesen lassen wollen. Geglaubt, die Leute würden am Donnerstag gewissermaßen reinschmecken und sich dann um die Tischreservierung für Samstag reißen.

Da war mein Eifeler Personal erheblich realistischer.

Der Anruf hebt meine Stimmung. Eine Hallschlagerin reserviert einen Tisch für neun Personen.

Während ich den Namen notiere, höre ich einen Wagen in den Hof einfahren, schaue aus dem Fenster und bin sehr erstaunt, dass nicht nur Jupp und Hein aussteigen, sondern sich auch Gudrun aus dem schmalen Rücksitz von Heins Roter Zora schält. Offensichtlich kommt das Trio aus Trier. Wie hat sich Gudrun von Davids komatöser Seite entfernen lassen?

Nicht freiwillig, höre ich. Sie hat ihn nicht einmal sehen dürfen.

Sie schäumt noch, als sie den Gastraum betritt.

»Weil ich keine Angehörige bin!«, schreit sie mich an. »Dabei hat David doch gar keine Angehörigen hier!«

»Das ist so nicht ganz richtig«, sage ich leise und blicke vielsagend auf Mutter und Sohn.

Gudrun sieht mich an, als hätte ich den Verstand verloren. Jupp seufzt. Hein erfasst sofort die Lage.

»Schau an, ein David mit jugendlichen Attributen!«, ruft er erstaunt und erheitert.

»Ja, das ist Davids verlorener Sohn. Er heißt Daniel. Und das ist seine Mutter, Frau Seifenbach«, stelle ich die beiden vor. »Frau Seifenbach, das sind meine Mitarbeiter, Frau Arndt, Herr Esch und Herr Mertes.«

Wie sehr Namen als Schall und Rauch verpuffen können, ist mir nie so deutlich gewesen wie gerade jetzt. Niemand hört zu, niemand ergreift die Hand eines anderen. Gudruns Gesicht hat die aschfahle Farbe ihres Haars angenommen.

»Du?«, flüstert sie und starrt Regine Seifenbach an.

Dieser entgeht das sich anbahnende Drama völlig. Sie ist nur mit ihrer eigenen Geschichte beschäftigt. Ich hingegen schlage mir vor die Stirn und sende Hein einen verzweifelten Blick zu. Wie Daniel und Pia sind auch Gudrun und Regine in einem ähnlichen Alter und einst wahrscheinlich auch in Prüm zusammen zur Schule gegangen. Ich lebe auf dem Land. Da kennt man sich.

»Hallo Gudrun«, sagt Regine Seifenbach, und zum ersten Mal zeigt sich ein Lächeln in ihrem Gesicht. »Stell dir vor, ich habe endlich den Vater meines Sohnes gefunden!«

»David«, bringt Gudrun mit erstickter Stimme hervor.

»Er ist wieder hier, Gudrun! Warum hast du mir das nicht gesagt?«

»Doch nicht *mein* David!«

»*Dein* David?«

Das bedeutungsschwangere Schweigen nach den letzten beiden Worten Regines ist unerträglich. Jupp tut das einzig

Vernünftige und zieht sich in die Küche zurück, wo er hoffentlich das durchhängende Regal für die Töpfe frischer Kräuter stabilisieren wird. Hein hingegen gönnt sich einen Logenplatz in der ersten Reihe. Ich kenne ihn. Den ersten Akt des drohenden Krieges der Eifeler Amazonen will er keinesfalls verpassen. Ich knuffe ihn in die Seite.

»Komm, wir lassen die beiden jetzt lieber allein«, sage ich. »Was sie sich zu erzählen haben, geht uns nichts an. Du fährst Daniel und mich zum Gnadenhof.«

Ich erwarte Widerspruch. Nicht nur von Hein. Daniel macht nicht den Eindruck, als ließe er einfach über sich hinwegbestimmen. Doch der zuvor noch so aufsässig wirkende Junge nickt zustimmend. Erwartungsfrohes Glimmen tritt in seine Augen. Ist es die Aussicht, Pia zu sehen, oder die, seine Hunde zu streicheln? Oder gar umgekehrt?

»Wir bleiben nicht lange. Daniel besucht seine Patenhunde, und ich muss meine Eier holen.«

»Die werden dir doch gebracht«, antwortet Hein, widerwillig aufstehend. Er weiß, wer hier die Chefin ist. Und ich nutze das schamlos aus.

»Jupp, häng bitte endlich das Schild draußen gerade hin!«, rufe ich in die Küche, aus der ich es hämmern höre. »Bevor es wieder anfängt zu regnen!«

Gudrun raune ich aufmunternd zu: »Wir haben heute Abend einen Tisch für neun Personen!«

»Neun Personen«, wiederholt sie mit so verzagter Stimme, als habe David sie gerade mit ebenso vielen Personen betrogen.

Es ist nahezu unerträglich, wie Hein vor Neugierde auf der Fahrt zum Gnadenhof vibriert. Ich rechne ihm hoch an, dass er sich alle Fragen verkneift.

»Später«, vertröste ich ihn und nicke nach hinten, wo sich Daniel auf dem Rücksitzersatz des Sportwagens zusammengefaltet hat. »Schaut, wie schön der Nebel über dem Weiher da drüben hängt.«

Hein knurrt. »Ach was, kokelt da drüben jetzt auch eine Müllverbrennungsanlage?«

Wir fahren am Kampfmittelräumdienst vorbei. Ich mache den Jungen darauf aufmerksam und fasse die Geschichte des Verbotsgeländes zusammen. Auch für Hein, damit er sich der wahren Gefahren unseres Umfelds mal wieder bewusst wird.

»Eine ganz böse Sache«, sagt Daniel, als wir gleich darauf am Gnadenhof ankommen. Er blickt unverwandt auf die graue Fassade des Hauses, als sei er mit den Gedanken im Inneren desselben und habe meine Geschichte überhaupt nicht aufgenommen.

»Wie meinst du das?«, hake ich nach.

»Na, was Menschen einander antun«, erwidert er. »Und den Tieren. Mit dem Giftgas und so.«

Er hat also doch zugehört. Ich widme mich der Aufgabe des Aussteigens aus einem mir unbekömmlichen Gefährt.

»Muss ich da mit rein?«, fragt Hein. »Du weißt doch, dass ich alles, was mit Landwirtschaft zu tun hat, gespenstisch finde.«

In dieses Wort hat er seine Abneigung noch nie gekleidet, aber es entspricht dem Eindruck, den das Gehöft macht. Mir war das Haus schon immer unheimlich. Das hängt womöglich mit den Erfahrungen zusammen, die ich darin und drum herum gemacht habe. Vielleicht würde ein Anstrich schon helfen, das Anwesen weniger abweisend wirken zu lassen. Ein offenes Fenster, das Luft hineinließe, sicher auch. Eine helle Gardine, die in der Frühlingsluft tanzt, ein Blumentopf am Eingang oder ein Kräuterbeet statt des Morasts neben dem Zwinger. Hier könnte ich sogar für einen Gartenzwerg mit Schubkarre oder eine Miniatur-Windmühle plädieren. Für alles, was dieser geballten Trostlosigkeit entgegenwirkt und darauf hinweist, dass hier Menschen zu Hause sind.

Wütendes Gebell begrüßt uns. Daniel springt auf den riesigen Käfig zu. Geschickt und unbekümmert öffnet er das Gatter. Mir bleibt das Herz fast stehen, als der Junge zu den Hunden hineinhuscht. Zwar sieht keines der Tiere ganz so zum Fürchten aus wie mein Linus, aber in der Meute wirken sie erschreckend.

»Bist du wahnsinnig!«, schreit ihn Hein an.

Daniel beachtet uns nicht. Die Hunde machen freundlichere Geräusche, wedeln mit den Schwänzen, scharen sich um ihn, springen an ihm hoch und lecken ihn ab.

»Bluko«, höre ich eine ruhige Stimme zwischen den vielfarbigen lang- und kurzhaarigen Fellen, »Henriette, Herr Müller, Janis, Pipo, Maggie.« Er beugt sich zu einem winzigen Hund hinunter. Der ist schneeweiß und hat schwarze Augenringe. Einen seiner Verwandten habe ich in einem Dokumentarfilm über tibetanische Tempelhunde gesehen. Die können einem Menschen aus dem Stand an die Gurgel springen. Daniels Hals ist dem Tier mit dem integrierten Trampolin beängstigend nah.

»Hallo Püppi«, säuselt der Junge.

Beeindruckt gehe ich zur Tür. Doch auf mein Läuten öffnet niemand.

»Hallo!«, schreie ich, das Déjà-vu des Vorjahres verdrängend.

»Gehen Sie hinten herum«, ruft mir Daniel zu. »Wenn der Herr Prönsfeldt nicht da ist, wird die Tür nicht aufgemacht.«

Und wenn er da ist, dürfen die Mädchen nicht öffnen, fällt mir des Vaters Zurechtweisung bei meinem ersten Besuch ein.

Zwei Hunde beginnen zu knurren. Es stört sie offensichtlich, dass Daniel ihnen seine Aufmerksamkeit entzieht.

»Ich kann mir das nicht mit ansehen«, bemerkt Hein kopfschüttelnd und steigt wieder in den Wagen. »Lauft zu Fuß zurück.«

Ich gehe auch wieder ans Auto, beuge mich zum Fahrerfenster hinab und bitte ihn, die beiden Frauen in der *Einkehr* ungestört reden zu lassen.

»Jetzt pack doch endlich aus«, drängt er. »Wie kann der David in Texas der Frau in Prüm ein Kind gemacht haben?«

Rasch erzähle ich die Geschichte.

Hein bleibt der Mund offenstehen.

»Ist ja ein Ding«, sagt er, »hättest du das dem David zugetraut? Die arme Gudrun, jetzt ist er nicht nur im Koma, sondern auch noch Bigamist.«

»Und du kennst Regine Seifenbach wirklich nicht?«, frage ich misstrauisch.

»Tolle Haarfarbe«, sagt er. »Perfekt. Sie muss mir unbedingt sagen, woher sie die hat. Meinst du nicht auch, dass mir so ein schrillfeiner Ton stehen würde?«

»Du kennst sie also?«

»Natürlich nicht! Woher denn? Sie wohnt in Prüm, also in Rheinland-Pfalz. Ich bin in Hellenthal in NRW zur Schule gegangen. Weißt du noch, in welchem Land mein Elternhaus, dein Restaurant, steht? Woher soll ich eine Frau aus Prüm kennen …«

Ich hatte tatsächlich wieder vergessen, wie scharf die drei Staats- und Landesgrenzen zwischen den etwa dreißig Menschen, die auf der Kehr wohnen, gezogen sind. Man liest andere Zeitungen und hört ein anderes Radioprogramm. Wie das Wetter wird, erfahren die Belgier vom BRF, die Rheinland-Pfälzer vom SWR und die Nordrhein-Westfalen vom WDR. Wobei allen Bewohnern der Kehr eins ständig schmerzlich bewusst wird: Wenn in einem dieser Sender die Eifel als solche erwähnt wird, betrifft es nie unsere Gegend. In NRW meint man damit das beschauliche Gebiet um Monschau, in Rheinland-Pfalz den fernsehbekannten idyllischen Landstrich bei Mayen, in Belgien das Eupener Gebiet oder das geheimnisvolle Hohe Venn. Dieses Hochmoor liegt von der *Einkehr* aus gesehen zwar im Ausland, uns allen auf der Kehr aber noch erheblich näher als Monschau oder Mayen. Das Hohe Venn gehört wie auch unser Örtchen zum *Naturpark Eifel*. Eine Verbindung, die vom Klang her ein bisschen an einen Zoo erinnert. Wo man Fremdartiges neugierig betrachtet, aber auch froh ist, ihm nicht allzu nahe kommen zu können oder gar zu müssen. Und so verhalten wir uns auch untereinander. Nachbarn grüßen sich, sprechen darüber, dass das Wetter immer schlechter ist als im jeweiligen Radioprogramm für die immer woanders und tiefer gelegene Eifel angegeben, teilen die Ahnung eines noch kälteren Winters als des vorherigen oder eines trockeneren Sommers als gewünscht und begegnen sich zum Coujon beim Länderspiel. Als Kinder lebten Hein und Gudrun einen Steinwurf voneinander entfernt, aber sie besuchten nicht dieselbe Schule, ihre Eltern lasen eine andere Zeitung, ihr Müll wurde zu unterschiedlichen Zeiten raus- und ihre Post von anderen Menschen zugestellt. Sie lebten in der gleichen winzigen Ortschaft und waren doch durch sehr willkürlich gezogene Grenzen krass voneinander getrennt. Regine Seifenbach, im achtzehn Kilometer entfernten Prüm, hatte mehr mit Gudrun gemeinsam. Und jetzt auch noch David.

Heins Handy singt einen Marianne-Rosenberg-Song. Ich nutze die Gelegenheit und versetze dem einzahnigen Krokodil mit der linken Hand einen ordentlichen Schlag. Vielleicht vertreibt bessere Durchblutung das plötzlich wieder einsetzende unerträgliche Jucken.

»Sorry«, sagt Hein zu mir und: »Ja, Jupp?« zu seinem Liebsten. Jupps laute Stimme dringt blechern sogar bis an mein Ohr, aber ich verstehe kein Wort. Hein ist unter seinem bunten Schopf schneeweiß geworden und beißt sich auf die Lippen. Mit der freien Hand versucht er mich fortzuwedeln.

»Probleme?«, erkundige ich mich besorgt.

Wie viel wiegt eigentlich das Holzschild? Kann es auf Jupp herabgefallen sein? Ihn verletzt haben? Oder ist der mächtige Mann beim Zurechtrücken des Schildes womöglich selbst von der Leiter gestürzt?

»Privatleben!«, zischt mich Hein an, spricht dann wieder ins Gerät: »Nein, Jupp, das habe ich zu Katja gesagt. Das da hat nichts mit meinem Privatleben zu tun …«

Ich entferne mich langsam, höre, wie er versichert, Jupp

alles zu erklären und dass er in Losheim auf seinen Anruf warten würde. Einen herausgebrüllten Satz Heins verstehe ich noch: »Nein, Jupp, ich schwöre es dir: Ich hatte keine Ahnung!«

Sehr mysteriös.

Jupp ist der ausgeglichenste unserer kleinen Gruppe; nur ein einziges Mal habe ich ihn die Stimme erheben hören. Bei einer Angelegenheit, die ihn tief berührt hat und die nur ihn etwas anging. Und doch hat er soeben ins Handy gebrüllt.

Etwas hat ihn aus dem Gleichgewicht gebracht, und deshalb habe ich wohl an die Leiter gedacht, auf die ich mich auch so ungern begebe.

Privatleben. Dieses Wort hat mich getroffen. Als ob wir nur beruflich miteinander verbandelt wären. Langsam wandere ich um das Haus herum. Zugegeben, in den vergangenen Wochen habe ich vielleicht zu viel an mein Restaurant und zu wenig an das Privatleben meiner Freunde gedacht. Gedankenausflüge zu potenziellen Problemen der Liebespaare landeten stets nur bei Gudrun und David.

Bei Hein und Jupp schien alles wie immer zu laufen, also gut. Was nicht unbedingt zu erwarten war, als Hein nach den furchtbaren Ereignissen zwei Jahre zuvor seinen Job als Eventmanager in Köln aufgegeben hatte und zu Jupp nach Losheim gezogen war.

Gudrun hatte damals geunkt, Hein würden die Anregungen der Großstadt fehlen. Irgendwann würde er das gemeinsame Haus in Losheim verlassen und in die stinkende Metropole zurückkehren. Ich sah das nicht so eng. Vermutlich, weil ich mich selbst mühelos von einer Pflasterpflanze in eine Landpomeranze verwandelt habe und mich dabei sehr wohlfühle. Meinem Leben auf der Kehr fehlt keines der tollen Angebote, die ich zu meiner Berliner Zeit auch nur eingeschränkt wahrgenommen habe.

Aber ich hatte eine Wahl: Ich habe geerbt und bin finanziell unabhängig. Hein hingegen dürfte sich zu Recht um einiges betrogen fühlen. Seit etlichen Monaten müht er sich im Nebenjob, als Website-Betreuer Kunden zu gewinnen, aber weder damit, noch mit der Arbeit in der *Einkehr* kann er annähernd so große Sprünge machen wie bei seiner früheren Tätigkeit. Jupp schuftet als Waldarbeiter und auf diversen Baustellen wie ein Berserker. Früher hat Hein Urlaubsreisen nach Griechenland finanziert, heute sichert Jupp den Lebensunterhalt. Alles ist bescheidener geworden, und die Rollen haben sich umgekehrt. So etwas zehrt an einer Beziehung.

Ich mache mir Gedanken über den Haussegen der beiden Männer. Der womöglich sehr viel schiefer hängt als mein Schild. Und das sollte mich mehr jucken als meine Hand.

Als ich das große Stallgebäude am Hang hinter dem Haus betrete, sehe ich nur Pattis Rücken in einem übergroßen rotgrün karierten Herrenhemd. Ich höre ihre gleichförmig freundliche Stimme, mit der sie auf ein Grautier einredet, wahrscheinlich das Muli, von dem Pia gesprochen hat. Ich wundere mich, dass bei diesem schönen Wetter nicht nur die Schweine, sondern auch die beiden Kühe, die Pferde und das Schaf im Stall gehalten werden. Der Geruch ist gewöhnungsbedürftig.

»Guten Tag«, melde ich mich vom Eingang.

Das Mädchen wendet sich so abrupt um, dass die Zöpfe fliegen, und starrt mich an. In der Hand hält sie die Mistgabel wie eine Waffe umklammert. Das Halbdunkel mag täuschen, aber ihre Augen scheinen zu flackern.

»Ach so, Sie sind's«, sagt sie mit überraschend gehetzter Stimme, die in einen erleichterten Unterton ausläuft. Wen hat sie denn erwartet? »Möchten Sie Ihre Hühner besuchen?«

»Gern.«

Patti rührt sich nicht von der Stelle. Ich sehe mich um. »Schön, dass eure Tiere hier drinnen so viel Platz haben«, lobe ich, kann mir aber eine sicherlich sehr unfundierte Stadtmenschen-Kritik nicht verkneifen: »Gibt es einen Grund, warum ihr sie bei diesem Frühlingswetter nicht auf die Wiese lasst?«

»Der Weidezaun ...«

Ihre restlichen Worte werden von einem entsetzlich schrillen Schrei verschluckt, der mir durch Mark und Bein fährt und meine Knie schwach werden lässt. Jetzt flackern wahrscheinlich meine Augen.

»Nur unser Pfau«, beruhigt mich Patti. Ich höre auf zu zittern und nicke beschämt. Stimmt. Solch grausame Laute hört man auch auf der Berliner Pfaueninsel.

Das Federvieh, das mich aus dem Gleichgewicht gebracht hat, scheint Patti das ihre zurückgegeben zu haben.

»Sind Sie mit Ihrem Auto hier?«

In der schlichten und sachlich vorgebrachten Frage schwingt ein seltsamer Unterton mit. Etwas bemüht Beiläufiges. Etwas Lauerndes. Als könne ihr die Antwort Aufschluss über eine Frage geben, die nichts mit meinem Transportmittel zum Gnadenhof zu tun hat. So ähnlich würde eine Ehefrau klingen, die ihrem Mann die scheinbar harmlose Frage stellt, ob er denn auch am nächsten Abend wieder länger im Büro zu arbeiten gedenke, obwohl sie argwöhnt, dass er zu seiner Geliebten geht.

»Nein, das ist immer noch bei der Polizei.«

Sie hat am Eröffnungsabend mitbekommen, mit welcher Dramatik es abtransportiert worden ist.

»Ach so«, sagt sie gleichmütig.

Ach so? Hier wäre die Frage nach dem Warum angebracht. Was hat mein Auto bei der Polizei verloren? Wegen eines Parkvergehens auf der Kehr würde mir keine Eifeler Autorität den hier so unerlässlichen Gegenstand länger als nötig vorenthalten. Jeder normale Mensch würde da nachhaken, besorgt fragen, weshalb man mir die Höchststrafe der Autolosigkeit aufbürde. Ein Mensch ohne Fahrzeug gilt in diesem Teil der Eifel als beinamputiert.

In der Zeitung stand nichts über meinen Wagen. Dort wurde bisher auch keine Verbindungslinie von dem Mord in Belgien zur Kehr gezogen. Mein Misstrauen wächst. Patti weiß etwas, da bin ich mir sicher. Sie hält sich bedeckt, scheint aber unauffällig die Lage sondieren zu wollen. Ich finde das ziemlich verdächtig, zumindest Grund genug, dem Mädchen etwas auf den Zahn zu fühlen.

Aber vielleicht höre ich auch nur die Flöhe husten.

Die gesamte aus dem Nichts aufgetauchte Familie Pee ist mir höchst suspekt. Der autoritäre Vater, die devote Mutter, die traumschönen aufs Verwelken programmierten Schwestern mit ihren Eiertabletts. Die beklemmende Atmosphäre des Gnadenhofs macht mir zu schaffen. Der Angriff auf David. Das Auftauchen von Regine Seifenbach und Daniel. Die Verzweiflung von Gudrun. Der Mord an diesem ominösen Steffen Meier. Das schlecht anlaufende Geschäft der *Einkehr.* Die mangelnde Aufmerksamkeit von Marcel.

Wahrscheinlich bin ich schon so gründlich in der Eifel angekommen, dass ich alles Missliebige, also zum Beispiel einen Mord in der Nachbarschaft, nur zu gern auf die fremden Neuankömmlinge projizieren möchte. Auf das undurchsichtige, neu eröffnete Familienunternehmen, das mit militärischem Drill geführt wird, quasi im Geheimen operiert und sich als Gnadenhof deklariert. Dabei sind die Leute wahrscheinlich nur mit sich und ihren Tieren beschäftigt.

Aber warum hat sich Patti nach meinem Auto erkundigt? Und dann keine Nachfrage gestellt? Sie meidet meinen Blick.

Ich wage einen Überraschungsangriff. Frage im gleichen Plauderton wie sie soeben: »Was denkst du eigentlich über diesen Mord, Patti?«

Die vertrauliche Anrede soll sie entwaffnen. Wovon, ist mir selbst noch nicht deutlich.

»Was für ein Mord?«

Sie klingt ehrlich erschrocken, aber es gibt mir zu denken, dass sie mir immer noch nicht in die Augen schaut.

»Der Mord, für den mein Auto verwendet wurde. Was weißt du darüber?«

»Nichts«, antwortet sie schnell, »gar nichts. Ein Mord! Das ist ja furchtbar! Ist jemand überfahren worden?«

»Nein. Erstochen. Von dem Menschen, der ihn in meinem Wagen weggeschafft hat; jedenfalls glaubt das die belgische Polizei.«

»Die belgische Polizei?«

»Ja. Der Mann wurde jenseits der Grenze ermordet. Mit dem Kopf im Eiterbach aufgefunden.«

»Klingt schrecklich.«

»Ist schrecklich.«

Eine kurze Pause. Wieder warte ich aufs Nachhaken. Wir belauern uns.

»Und?«, fragt sie schließlich, eine Spur zu locker. »Hat man schon was rausgefunden, die Polizei, meine ich?«

Ich reagiere sehr scharf: »Was meinst du denn, Patti, was die rausgefunden haben könnte?«

Patti wirft die Mistgabel ins Stroh und tritt auf mich zu.

»Hören Sie«, sagt sie, sieht mich mürrisch aus ihren schönen grauen Augen an und klingt plötzlich sehr energisch: »Ich weiß nicht, was Sie mir da unterstellen wollen, Frau Klein, aber ich habe keine Ahnung, was bei Ihnen oder mit Ihrem Auto passiert ist. Wenn da jemand ermordet worden ist, finde ich das grauenvoll, und für Sie ist das bestimmt ganz schrecklich, aber Sie müssen verstehen, wenn ich mich damit jetzt nicht beschäftigen kann. Ich habe im Moment ganz andere Sorgen.«

Das wortkarge Mädchen kann also eine richtige Rede halten. Ich frage, was für Sorgen. Ob ich ihr irgendwie helfen könne.

Sie beißt sich auf die Lippen. Schließlich quetscht sie hervor: »Die Pia. Meine Schwester. Die ist seit heute früh spurlos verschwunden.«

9_BEGEGNUNGEN

Samstagmittag

Bestürzt starre ich sie an. Kein Wunder, dass sie sich so seltsam aufführt! Ihre kleine Schwester ist verschwunden, und ich komme ihr mit einem Mord!

Der mit Pia zum Glück nichts zu tun haben kann, beruhige ich mich schnell. Sonst hätte Patti anders reagiert und ich mir die größten Vorwürfe machen müssen. Sie scheint ja nicht einmal jetzt auf den Gedanken zu kommen, dass ihre kleine Schwester ebenfalls einem Verbrechen zum Opfer gefallen sein könnte. Ich hingegen befürchte das Schlimmste, bin nach den jüngsten Ereignissen auf noch mehr Unheil gefasst. Das auf der Kehr meistens im Dreierpack kommt, fällt mir ein. Mein Gott, was bin ich krankhaft abergläubisch geworden! Ob es dafür auch einen Gesundbeter gibt?

»Was heißt verschwunden?«, frage ich vorsichtig.

»Mein Vater sucht sie schon den ganzen Tag.«

»Vielleicht ist sie ja bei ihrem Freund?«

Patti wedelt mit der Handfläche vor ihrem Gesicht herum, als hätte ich die absurdeste Bemerkung aller Zeiten entlassen.

Ich komme mir sehr ungeschickt vor, habe verlernt, auf junge Leute einzugehen. Weil es in meinem Umfeld keine gibt. Sobald die Schule auf die eine oder andere Weise geschafft ist, ziehen die Jugendlichen dorthin, wo es möglichst wenig Kühe und Feldwege gibt. Gudrun bedauerte gestern schon, keinen Maibaum auf der Kehr gesehen zu haben.

»Da ist ein Junge aus Prüm…«, beginne ich vorsichtig.

»Der Hunde-Heini?« Sie rümpft die Nase. »Der hätte es wohl gern. So ein Quatsch.«

»Ich habe Daniel mitgebracht«, sage ich, um ganz sicherzugehen, dass wir von demselben Knaben sprechen.

»Na toll. Der hat einen Knall, der Junge. Als ob die Pia den auch nur mit dem Arsch ansehen würde.«

Hatte ich in anderen Worten auch schon gedacht. Die drastische Sprache beruhigt mich. Patti bangt nicht um das Leben ihrer Schwester.

»Ist Pia einfach abgehauen?«, frage ich.

Patti nickt.

»Ja«, gibt sie zu. »Das stimmt schon. Sie hat einen Rucksack mitgenommen.«

»Hat sie denn kein Handy?«

Patti lacht. Es klingt gar nicht fröhlich.

»Wozu sollten wir so etwas wohl haben?«

»Und du hast keine Ahnung, wohin oder zu wem sie gegangen sein könnte?«

Patti reißt die Hände hoch und die Augen weit auf.

»Würde ich dann noch hier sein?«, schreit sie mich an. »Ich würde die Pia doch nie allein lassen! Wie soll sie sich denn ohne mich durchschlagen? Sie ist viel zu …«

Sie bricht ab.

»… lebensuntüchtig?«, schlage ich leise vor. »Ihr wolltet also zusammen ausbrechen, nicht wahr? Das kann ich gut verstehen. Ich habe ja selbst erlebt, wie streng euer Vater euch behandelt. Irgendwann will man sich das nicht mehr bieten lassen.« Da sie nichts erwidert, fahre ich ermutigt fort: »Und jetzt bist du sauer, weil deine kleine Schwester ohne dich auf die Walz gegangen ist? Dich im Stich gelassen hat?«

Patti antwortet nicht. Wortlos geht sie an mir vorbei zum Haus. An der Kellertreppe dreht sie sich um und sagt mit völlig ausdrucksloser Stimme: »Meine Mutter ist nebenan im Hühnerstall. Die kann Ihnen die Hühner zeigen und Ihnen die Eier geben. Dafür sind Sie doch hier. Die Pia wird schon wiederkommen, wenn sie Hunger hat. Wie alle Tiere.«

Die Kellertür knallt zu.

Was für ein Abgang. Leicht benommen setze ich mich auf den Stamm eines vor langer Zeit gefällten Baumes neben dem Stall. Ich ärgere mich über meine Voreiligkeit.

Kommen Sie bald wieder. Irgendwas hat sie mir, der gänzlich Fremden, bei meinem ersten Besuch anvertrauen wollen. Jetzt habe ich die Gelegenheit verpatzt, es mit meiner Berliner Direktheit verbockt. Die Eigenheiten der Westeifeler Sprache zu verstehen, bedeutet noch lange nicht, den Code für den Umgang mit diesem Bergvolk geknackt zu haben.

Eine Gänseschar stürzt schnatternd auf mich zu. Die Viecher sehen mit ihren aufgerissenen Schnäbeln und ihrem überstürzten Schwankgang ausgesprochen angriffslustig aus. Ich bringe mein Gewicht schnell wieder auf die Beine und im Holzverschlag des angrenzenden Hühnerhauses vor schnappenden Schnäbeln in Sicherheit, stoße mir allerdings den Kopf am Rahmen der niedrigen Eingangstür.

»Was ist denn da draußen los?«, fragt Petra Prönsfeldt, ohne sich umzudrehen. Sie hockt auf dem Boden vor einem etwa dreißig Zentimeter hohen rosaroten Zylinder, der auf einem Podest steht und vermutlich Futter enthält. Jedenfalls drängen sich dort mindestens zwanzig braune Hühner. Drei weitere sitzen über einem schwarzen Brett auf einer Stange unter dem Dach. Eine Henne macht klägliche Flugübungen, während eine kleine zerzauste einfach reglos dasteht, wie von Herrn Pee beschrieben. Meine Sympathie gilt den Hühnern, die vor dem abartigen Gestank durch eine Luke in das Außengehege an der Seite geflüchtet sind. Ich hoffe, sie sind meine Eierspender. Welch wunderlicher Gedanke! Als ob das, was hinten rauskommt, mit Vernunft zu tun hätte oder besser schmecken würde.

»Guten Tag, Frau Prönsfeldt«, rufe ich. Das Geschnatter vor der Tür ist abgeebbt.

Wie zuvor Patti im großen Stall, dreht sich jetzt die Mutter abrupt um. Und genau wie ihre Tochter sagt sie: »Ach so, Sie sind's.«

Diese Frau muss in meinem Alter sein, doch das Leben hat tiefere Spuren in ihre fürs Landleben erstaunlich blasse Stirn gegraben. Ansonsten wirkt ihr Gesicht teigig; wie bei einer riesigen Made scheint die kleine Kartoffelnase darin fast zu versinken. Wässrig blaue Augen blicken mich teilnahmslos an.

»Können Sie noch etwas warten?«, fragt sie. »Ich habe die Europanester Ihrer Hühner noch nicht geleert. Oder wollen Sie das selbst tun?«

Meine Adoptivhühner und deren genormte Nester interessieren mich im Moment herzlich wenig. Ihre Produkte noch weniger. Vergangene Nacht habe ich schon von hohen Bergen voller Eiertabletts geträumt, die mir den Zugang zu meiner Küche versperren.

»Nein«, sage ich. »Machen Sie sich bitte keine Mühe. Ich brauche heute keine Eier.«

»Na denn«, sagt die Frau und wendet sich wieder dem schlichten Futterautomaten zu. Ich lasse mich nicht so schnell verabschieden.

»Die Sache mit Pia tut mir leid«, bemerke ich. »Kann ich Ihnen irgendwie behilflich sein?«

»Darum kümmert sich mein Mann«, sagt die Frau. Ich frage mich, wie oft ihr dieser Satz wohl über die Lippen gekommen sein mag.

Draußen setzt erneutes Geschnatter ein und macht ein weiteres Gespräch unmöglich.

»Auf Wiedersehen«, sage ich vor mich hin, ziehe den Kopf ein und öffne vorsichtig die schmale niedrige Tür.

Die Gänse interessieren sich nicht für mich. Sie wackeln gerade vor Daniel davon, der mit zwei Promenadenmischungen an der Leine um die Ecke gekommen ist. Er stellt mir die Hunde als Maggie und Pipo vor. In Maggies Genpool hat sich der Golden Retriever noch am deutlichsten durchgesetzt, und in Pipos der Pinscher. Beide Hunde stammen aus einer Tötungsstation auf Gran Canaria und sind vor wenigen Wochen von Eifeler Tierschützern im Gnadenhof abgegeben worden.

»Ich habe ihnen erst einmal das Spielen beigebracht«, sagt Daniel, blickt zum Hühnerhaus und fragt rührend beiläufig: »Ist die Pia da drin?«

»Leider nicht«, sage ich und berichte ihm von Pias Flucht.

»Das kann sie doch nicht machen!«, sagt er empört. »Sie muss doch am Montag wieder zur Schule. Wie ist sie hier überhaupt weggekommen?«

»Zu Fuß, wie sonst?«, entgegne ich lakonisch.

Hektische Flecken breiten sich auf seinem Gesicht aus.

»Dann werden wir sie finden!«, ruft er aufgeregt und klopft Maggie aufs hellbraune Fell. »Maggie ist zwar noch nicht ganz so weit, aber sie versteht schon, worauf es ankommt.«

»Ein Spürhund?«, will ich wissen.

»Das heißt *Mantrailer*«, verbessert er mich stolz. »Dazu brauche ich ein Kleidungsstück, das nur die Pia getragen hat.«

Ich gebe zu bedenken, dass die Spur bereits verflogen sein könnte. Daniel schüttelt den Kopf und belehrt mich, dass jeder Mensch pro Minute hundert Hautschuppen verliere. Ein guter Mantrailer könne diese Spuren bis zu sechsunddreißig Stunden lang aufnehmen.

Nach mehreren Versuchen schaffen wir es gemeinsam, Patti ans Fenster zu bekommen und von ihr ein Kleidungsstück und einen Plastiksack einzufordern.

»Der Stoff kommt in eine Plastiktüte, und die wird dem Hund über den Kopf gezogen«, erzählt Daniel, während er Maggie unablässig streichelt.

»Ist das nicht gefährlich für den Hund?«, frage ich, heilfroh, dass mein Linus für solche Späßchen viel zu verspielt ist.

Ein Fenster unter dem Dach geht auf. Die herunterfallende Discountertüte öffnet sich und entlässt ein kleines weißes Stückchen Spitzenstoff. Selbst zusammengebunden ist seine eigentliche Form für mich unverkennbar. Patti muss eine gewaltige Wut auf ihre Schwester haben; sonst hätte sie sich zu einer solchen Geschmacklosigkeit nicht hinreißen lassen. Ich blicke kopfschüttelnd zum Fenster hinauf, während Daniel auf den Stoff zuhechtet und ihn auffängt, bevor er vom Erdboden kontaminiert werden kann.

Was er in der Hand hält, erkennt er offenbar erst, als er das verknüllte Bündel mit spitzen Fingern auseinanderzieht. Mit offenem Mund betrachtet er das Ergebnis aus einer Nähe, die glatt seiner eigenen Nase erlauben würde, die Trägerin aufzuspüren. Ich erahne, welche Verwirrung sich des verliebten Knaben gerade bemächtigt hat.

Eine gellende Stimme an der Hausecke reißt uns aus unserer jeweiligen Betrachtung. Der Stoff segelt zu Boden. Was jetzt nicht weiter schlimm ist, da der Schrei von der Besitzerin selbst stammt.

Pia ist wieder da. Äußerlich unversehrt steht sie neben ihrem Vater an der Hausecke. Ich atme tief durch. Halte bei ihren Worten aber gleich wieder die Luft an. Traue meinen Ohren nicht.

»Du ekliger Flachpinsel«, schreit das Mädchen Daniel an. »Was machst du da mit meiner Tittentüte?«

Mit wutverzerrtem Gesicht will sie sich auf Daniel stürzen, aber der eiserne Griff ihres Vaters hält sie zurück. Wie ein Rohrspatz keift sie weiter. Die unflätigen Ausdrücke, mit denen sie den armen Jungen überzieht, verschlagen mir den Atem. Wo ist das verschüchterte Kind geblieben, das mir Hühner zur Adoption angeboten hat? Wo hat das übermäßig behütete Mädchen eine derartig ordinäre Sprache aufgeschnappt? Ich wundere mich, dass Herr Pee nicht eingreift und ihr den Mund verbietet. Vermutlich wird sie ihn später mit reichlich Seife auswaschen müssen. Sobald sich ihr Vater von dem gleichen Schock erholt hat wie ich. Aus seinem schlohweiß gewordenen Gesicht ragt die Habichtsnase noch prominenter als sonst hervor.

»Geh mit deinem Arsch Gassi, du untervögelter Zellhaufen!«, belfert Pia weiter.

Daniel flüchtet um die Ecke. Die beiden Hunde rennen hinterher.

Die Ausreißerin ist also eingefangen worden. Ob aber damit alles wieder gut ist, wage ich zu bezweifeln. Verstöße gegen seine Hausordnung ahndet Herr Pee bestimmt mit großer Strenge, vielleicht sogar handgreiflich, vor allem nach Pias verbalen Ausrastern. Sollte sie mir morgen die Eier bringen, werde ich mir das Mädchen sehr genau ansehen.

Ich hebe den erstaunlich modischen Büstenhalter auf und reiche ihn Pia.

»Er hat es gut gemeint«, verteidige ich den armen Jungen. »Seine Maggie sollte dich mit einem Kleidungsstück finden. Das heißt Mantrailing.«

»Und erübrigt sich hiermit, danke schön«, verabschiedet mich Herr Pee sehr deutlich.

Ich hole Daniel am Zwinger ab. Der Junge unterdrückt nur mit Mühe Tränen der Scham.

»Sie ist stinksauer, und da sagt man schon mal furchtbare Dinge, die man so nicht meint«, versuche ich Pias Ausraster herunterzuspielen. »Ich habe ihr erklärt, was du mit dem Kleidungsstück vorhattest.« Ich kann nicht anders, als einen Arm um seine Schultern zu legen. Erstaunlicherweise lässt er sich das gefallen.

Der erfreuliche Anblick eines endlich waagerecht ausgerichteten Restaurantschilds hebt meine Stimmung. Gudrun und Regine warten schon auf uns. Zum Glück nicht mit gelösten Haaren, blauen Flecken oder anderweitigen Kampfspuren. Sie sehen entspannt aus, erleichtert und scheinen sich bestens zu verstehen. Regine verspricht, Gudrun am nächsten Tag mit nach Trier zu nehmen. Als Mutter eines jugendlichen Angehörigen wolle sie sich für den Besuch von Davids derzeitiger Lebensgefährtin auf der Intensivstation einsetzen.

»Sie will ihn nicht zurück«, jubelt Gudrun, als Regine und Daniel vom Hof fahren. »Er soll nur seinen Vaterpflichten nachkommen. Das ist auch ganz richtig so. Und es gibt noch zwei Tischreservierungen.«

»Wo sind Jupp und Hein?«, frage ich.

»Zusammen weggefahren«, antwortet sie, »da herrscht so was von dicker Luft. Keine Ahnung, warum. Der Jupp ist völlig von der Rolle. So habe ich ihn noch nie erlebt. Nicht mal beim Tod seiner Mutter. Glaubst du, der Hein geht fremd?«

Ich schüttele den Kopf. »Wann, wo und vor allem mit wem sollte er das hier tun können?«, frage ich zurück.

Ratlos hebt Gudrun die Schultern, sagt dann: »Vielleicht haben sie aus einer Mücke einen Elefanten gemacht und streiten sich nur darum, wer bei ihnen zu Hause den Müll rausbringen soll. Und dann führt eins zum anderen, und der Hein droht, wieder nach Köln zu ziehen. Hab ich ja immer schon gesagt, dass er hier nicht glücklich ist.«

Gut möglich. Heins Frust, als Hinterwäldler am Existenzminimum herumzukratzen, könnte sich an einer solchen Kleinigkeit entladen. Beziehungen zerbrechen an Haaren im Waschbecken, an nicht zugeschraubten Marmeladengläsern, an Dreckspuren auf dem Parkett, an herumliegendem Laub, eben am Alltag. Den ich Marcel und mir schon deshalb nie zumuten werde.

Hein taucht am späten Nachmittag wieder auf. Er wirkt zwar zerfahren und kaut an etwas herum, aber er ist nicht am Boden zerstört.

»Alles in Ordnung?«, frage ich vorsichtig.

»Natürlich«, antwortet er knapp und beginnt, die Tische zu decken. »Wir brauchen frische Blumen. Ich fahre nachher zum Belgier und hole welche.«

»Wenn ihr Geld braucht, kann ich euch aushelfen. Das weißt du«, platze ich heraus.

»Wir brauchen dein Geld nicht!«

Wie aus der Pistole geschossen. Feindselig. Als hätte ich ins Schwarze getroffen. Also gab es wohl einen Streit ums liebe Geld. Mit verspäteter Rücksicht auf seinen Stolz werde ich Hein kommentarlos den Bonus überweisen, den er sich ohnehin redlich verdient hat.

»Mit Jupp alles in Ordnung?«, hake ich nach.

»Ja«, sagt er, zögert und setzt dann hinzu: »Ah, die Gudrun hat geplaudert. Heute Mittag war er eben nicht gut drauf.«

Gudruns Interpretation sah anders aus. Bei Problemen anderer neigt sie selten zu Übertreibungen.

»Warum nicht?«

Angelegentlich streift er nicht vorhandene Krümel vom Tischtuch.

»Sprich mit ihm morgen«, bittet er mich leise. »Bring ihn bloß davon ab, diesen Jacuzzi herzuschleppen. Den brauchen wir hier ganz und gar nicht.«

»Jacques Uhsi?«, frage ich misstrauisch. »Wer ist das denn?«

Hein starrt mich verstört an. Ich frage mich, ob mir etwas entgangen ist. Ein belgischer Waldarbeiterkollege, dem Jupp verfallen sein könnte? Ist bei den beiden die Stimmung im Keller, weil das Unerhörteste, Unerwartetste geschehen ist, sich nämlich der allzeit treue Jupp anderweitig umgesehen hat? Das würde vieles erklären.

Hein errötet. Seine Augen werden nass. Und dann bricht er in schallendes Gelächter aus.

»Jacques Uhsi!«, tönt er und wischt sich die Tränen von den Wangen. »Ich spreche von einem Whirlpool, Katja.«

»Jacuzzi«, murmele ich und begreife endlich, wie Gudrun zumute gewesen sein muss, als ich sie früher mit großstädtischen Vokabeln verwirrte. »Was soll ein Jacuzzi hier?«

»Genau. Habe ich dem Jupp auch gesagt.«

Ich erfahre, dass die Holländer, denen Jupp in Ormont ein Haus renoviert, Energiesparfanatiker sind. Darum haben sie Jupp gebeten, den nagelneuen Außen-Whirlpool des Vorbesitzers abzubauen und loszuwerden. Und da sei Jupp auf die bescheuerte Idee gekommen, die *Einkehr* um ein Wellness-Angebot zu bereichern. Einen unsinnigeren Grund, einen Streit vom Zaun zu brechen, kann ich mir nicht vorstellen. Einen Jacuzzi hinter meinem belgischen Wohnhaus hingegen schon.

Ich brauchte mich nicht selbst in frischer Luft zu bewegen, sondern überließe dieses den Düsen, die meinen müden Korpus nach getaner Arbeit in warmem Wasser massieren würden. Auch meinem einzahnigen Krokodil könnte ein artgerechtes Habitat behagen, überlege ich. Da das Tier in meiner Haut augenscheinlich keine Rückzugsabsichten hat, sollte ich lernen, mit ihm zu leben. Ihm entgegenkommen, damit es mich nicht quält.

»Er soll ihn herbringen, den Jacques Uhsi«, sage ich, »und bei mir drüben aufbauen. Damit überall Frieden herrscht.«

Es wird ein so lebhafter Abend in der *Einkehr*, dass Gudrun, Hein und ich kaum mit der Arbeit nachkommen. Wieder einmal gießt es in Strömen, aber in meinem Gourmet-Herzen scheint die Sonne. Wohl auch auf meinem Handrücken, denn das Krokodil schlummert träge. Zu meiner großen Freude werden nicht nur Rühreier mit Speck bestellt, sondern vor allem die Honig-Ziegenkäse-Teigtaschen mit Granatapfelkernen. Als wir zum Schluss eine erfreuliche Abrechnung feiern, verkneife ich mir die Bemerkung, mit meiner Samstagprognose doch recht gehabt zu haben. Zum Dank für meine Schlichtung des Jacuzzi-Streits bietet mir Hein an, am nächsten Morgen die Holzdielen ordentlich zu wienern. Sie weisen böse Spuren regennasser Schuhsohlen auf, woran vor allem zwei fremde Männer schuld sind, die sich in unmöglicher Arbeitskleidung unangemeldet an einen Tisch gesetzt hatten. Nun gut, ich muss damit rechnen, dass sich auch irgendwelche Tiefbauarbeiter mal in die *Einkehr* verirren. Snobismus kann ich mir nicht leisten.

Später sitze ich müde, aber froh über den erfolgreichen Abend bei einem letzten Glas Wein in meinem belgischen Bruchsteinhaus vor dem Kaminofen und träume von meinem künftigen Whirlpool.

Sehr bedauerlich, dass nur ein Weinglas auf dem Eichentisch steht. Warum lässt sich Marcel nicht blicken? Beschäftigt ihn der Steffen-Meier-Mord auch am Wochenende so sehr, dass er nicht einmal anrufen kann?

Ich hebe das Glas an den Mund. Ein Schemen taucht draußen am Fenster auf. Eine Hand klopft gegen die beschlagene Scheibe. Vor Schreck fällt mir fast das Glas aus der Hand.

»Komm mal raus, Katja«, höre ich Marcels gedämpfte Stimme.

Ich schlurfe zur Tür. Mit einem Kommando habe ich mir den Ausklang des Tages nicht vorgestellt. Leider hat Marcel auch mein einzahniges Körpertier aufgeweckt. Ich versuche es mit sanftem Streicheln zu zähmen.

Der Motor des belgischen Polizeijeeps läuft, und die Fahrertür steht sperrangelweit offen.

»Du musst flott mitkommen und dir was ansehen«, drängt er ohne weitere Begrüßung.

Wie in Trance öffne ich die Beifahrertür. Wäre ja auch zu schön gewesen, ein Tag ohne wirkliche Katastrophe.

»Etwa noch eine Leiche?«, frage ich bissig.

»Nein. Das heißt ja, aber die musst du dir nicht ansehen. Die ist schon weg.«

Wir fahren von Belgien über die deutsche Bundesstraße wieder nach Belgien hinein. Der Waldrand hinter dem Kreisel auf Losheimergraben ist taghell erleuchtet. Im Scheinwerferlicht steht ein schlammgrüner Geländewagen mit Kölner Kennzeichen.

»Das ist er doch. Oder nicht?«, fragt Marcel.

Stumm verfluche ich meine Unaufmerksamkeit.

»Möglich. Beschwören kann ich es nicht. Wem gehört der Wagen?«

»Wem hat er gehört, wäre die richtigere Frage. Die Kölner Kollegen behaupten, der Besitzer wäre ein Bekannter von Steffen Meier gewesen.«

»Und ist jetzt genauso tot wie der.«

»Du sagst es.«

»Auch erstochen?«

»Nein. Diesmal ist deine japanische Mordwaffe unschuldig. Er ist nach einem Gerangel neben dem Wagen niedergeschossen worden. Möglicherweise mit seiner eigenen Pistole. Dafür spricht die leere Pistolentasche auf dem Beifahrersitz. Eindeutig kein Selbstmord, denn die Waffe ist futsch. Und auf dem Rücksitz haben wir einen Baseballschläger gefunden.«

»Jeder Mensch verliert hundert Hautschuppen in der Stunde«, murmele ich.

Marcel sieht mich mit einer gewissen Bewunderung an.

»Genau«, sagt er, »und so viele brauchen wir nicht einmal, für herauszufinden, ob dieser Mann beim Kampfmittelräumdienst David niedergeschlagen hat.«

Ich muss nicht auf Davids Alibi hinweisen. Eine Melodie drängt sich mir auf. *Der dritte Mann.* Jetzt ist es endgültig vorbei mit dem beschaulichen Landleben, mit der Konzentration auf lebenserhaltende Nahrungsaufnahme im Gourmetlokal.

Nahe der Kehr läuft wieder einmal ein Killer herum.

10_ÜBERRASCHUNGEN

Die Nacht zum Sonntag

Marcel fährt mich zu meinem Haus zurück.

»Es ist schon Sonntag«, trompetet er, als ich aussteigen will.

»Ja und?«

Er stellt den Motor aus. Somit erlöschen auch die Autoscheinwerfer, die ein ungnädiges Licht auf die renovierungsbedürftige Front meines belgischen Hauses geworfen haben.

»Da kann ich ausschlafen.«

»Etwa in meinem Bett?«

Er löst seinen Sitzgurt.

»Der Weg bis Sankt Vith ist weit. Und ich hatte einen sehr anstrengenden Tag.«

Ich höre meinen Hund hinter der geschlossenen Tür bellen, bleibe sitzen und sage: »Während ich im Restaurant vor lauter Langeweile nur Linus gestreichelt habe.«

Seine Hand greift nach meiner.

»Sag, dass das nicht wahr ist, Katja. Samstagabend und keine Gäste? Das ist ja furchtbar! Wir müssen mehr Werbung für dich machen, ich werde alles …«

Ich drücke die Hand.

»Nein, Marcel, es war knüppeldickevoll, und ich bin auch hundemüde.«

»Wirklich?«

»Natürlich bin ich müde.«

»Ich meine, war es wirklich voll? Oder sagst du das jetzt nur so?«

Sein ehrliches Interesse an meinem Geschäft reißt mich zu einer vermutlich folgenreichen Frage hin.

»Hättest du Lust auf einen Single Malt?«

Er steigt aus, geht um das Auto herum und öffnet mir die Beifahrertür mit einer tiefen Verbeugung.

Wäre es nicht so dunkel, würde ich wahrscheinlich ein großes Grinsen unter dem schief geschnittenen Schnurrbart sehen. Seit unserer ersten gemeinsamen Nacht vor fast zwei Jahren haben wir um das edle Gesöff von den Inneren Hebriden einen Bogen gemacht. Vermutlich aus Respekt vor dem anderen. Oder aus Angst, uns selbst wieder so zu entblößen, dass wir einander beim Aufwachen nicht in die Augen blicken können. Nicht etwa, weil wir uns in peinliche sexuelle Praktiken verstrickt hätten – diesbezüglich war es eine überaus keusche Nacht. Aber wir haben unsere Seelen entblößt. Wir haben uns dem exquisit torfigen Geschmack des Whiskys hingegeben, und passend dazu hat jeder von uns aus dem Keller jene Moorleichen geholt, die da lieber hätten vermodern sollen. Ich habe Reden geschwungen, an die ich mich kaum mehr erinnern kann, die aber Marcel später gegen mich verwendet hat. Und auch ich habe schamlos alles ausgenutzt, was er mir über sich in dieser Nacht so arglos anvertraut hat.

Warum mir mein Unterbewusstsein jetzt, ohne den Umweg über das Gehirn, die gefährliche Frage nach diesem Nachttrunk auf die Lippen gelegt hat, kann ich nur erahnen. Reden mag in manchen Fällen Silber sein, aber bei diesem Fall ist Schweigen lange nicht so golden wie das, was der gleichfarbige Whisky bewirken kann. Er soll dem gewissenhaften Polizisten wieder die Zunge lösen. Mir Einblick in jenen Teil seiner Arbeit geben, der mit Zuständen auf der Kehr zu tun hat. Ich finde, darauf habe ich ein Recht. Er muss mir mehr über Steffen Meier und seine Beziehung zum mutmaßlichen David-Attentäter verraten. Ihm sollte doch auch daran gelegen sein, dass wir wissen, ob wir auf der Kehr vor einem frei herumlaufenden Mörder unsere Haus- und Autotüren verschließen müssen.

Schlimm genug, dass ich bei dem Mann, der mein Freund

sein will, zu solchen Taktiken greifen muss. Der jahrelange private Umgang mit der belgischen Polizei hat mich einiges gelehrt. Bloß nicht unterschätzen! Umsichtiges Vorgehen ist erforderlich. Ich darf nicht zu schnell die entscheidenden Fragen stellen. Ein Gespräch über meinen Arbeitstag wird in eins über seinen übergehen. Aber erst einmal muss genug des funkelnden Goldes durch Marcels Kehle geflossen sein.

Der Wahrheitsfindung bringe ich damit kein Opfer dar. Ich schätze diesen Single Malt, und normalerweise liebe ich diesen belgischen Polizisten. Der leider in total nüchternem Zustand sein Berufsethos weitaus ordentlicher pflegt als sein Erscheinungsbild und der seinem Staat gegenüber loyaler ist als dessen Regierung, die wieder einmal vor der Verantwortung davongelaufen ist. Er würde keinem Unbefugten etwas über seine Ermittlungen verraten, erst recht natürlich nicht einer Deutschen.

»Es waren Hallschlager da, Losheimer, Krewinkeler und sogar Prümer«, plaudere ich über meinen Abend, als wir auf meine Haustür zugehen. »Und zwei Männer mit sehr dreckigen Stiefeln, die nicht gesagt haben, woher sie kommen.«

»Aus Euskirchen«, entfährt es Marcel, als ich aufschließe.

»Woher weißt du das?«, frage ich verblüfft.

»Sie waren hier, für Bodenproben vom Munitionsgelände zu holen. Ich habe ihnen gesagt, sie sollen bei dir essen.«

Bei dem Wort Bodenprobe kriegt jeder Kehrer erst mal Muffensausen, denkt an Zeiten, wo er seine Gäste mit Fluchthauben ausstatten musste und allzeit bereit war, einen gassicheren Raum aufzusuchen. Nicht im Ersten oder Zweiten Weltkrieg, sondern in der Zeit, als Regine Seifenbach ihren Sohn eingeschult hat, als das Verbotsgelände zugedeckelt wurde, also gar nicht lange her. Wir haben hier keine Angst vor Bomben von oben, nur vor denen von unten.

»Hein hat schon gesagt, das TNT kriecht wieder hoch«, murmele ich, als ich aufschließe. Linus hört sofort auf zu bellen und holt sich von jedem von uns eine Streicheleinheit ab.

»Darum geht es nicht«, sagt Marcel, als er im dunklen Flur das Licht anknipst und mir in die Küche vorausgeht. »Ich hol schon mal die Gläser.«

»Worum dann?«

»Gehört zu den laufenden Ermittlungen, Katja, du weißt doch, dass ich darüber nichts sagen darf.«

Noch nicht, denke ich und blicke auf das gewaltige Eichenbufett, das ich geerbt habe. Hinter den Blumenvasen habe ich in schwindelnder Höhe die Flasche des aus Luxemburg geschmuggelten Wahrheitsserums versteckt. Ich ziehe einen stabilen Holzstuhl heran und klettere hinauf. Was haben Bodenproben vom Verbotsgelände mit Marcels Fall zu tun?

»Katja! Jessas Maahrja, was machst du denn da!«

Marcel knallt die Gläser auf den Küchentisch, eilt an meine erhöhte Seite, schlingt beide Arme um meine Mitte und hält mich fest. Es fühlt sich sehr gut an, und einen Moment lang schwanke ich. Nicht auf dem Stuhl, aber in meinem Entschluss. Es wäre einfach zu schön, den Whisky in seinem Schatten zu belassen und mich stattdessen jetzt in Marcels Arme hinuntergleiten zu lassen. Mit Küssen bedeckt von ihm ins Schlafzimmer getragen zu werden, wie die Frauen in den alten Filmschnulzen. Eine wunderschön normale Nacht mit meinem Freund zu erleben, anstatt diesen nach gewissen Regeln der Inquisition auszuhorchen.

Ich greife zur Flasche hinter den Blumenvasen.

Eine Frau meines Formats kann nicht geschmeidig in die Arme ihres schlank gebauten Liebhabers hinabsinken. Sie kann ihn höchstens unter sich begraben, wenn sie versucht, sich aus stehender Position elegant vom Stuhl fallen zu lassen. Danach muss sie ihn reanimieren, ihn selbst ins Schlafzimmer tragen und dafür sorgen, dass er den Schock überlebt. Für uns Dicke ist alles etwas komplizierter als für die zarten Elflein. Wir bedürfen gewisser Umwege. Diese werden nur im Hirn gegangen und fressen daher leider keine Kalorien von Gewicht.

»Gib mir eine Hand«, bitte ich Marcel und winke mit der Flasche. Er nimmt meine Krokodilhand und hilft mir erstaunlich galant und geschickt auf die Holzdielen zurück. Ich bin geneigt, meine vorgefasste Meinung zu revidieren. Vielleicht ist nicht alles eine Frage des Volumens. Vielleicht hätte ich mich bei Marcel tatsächlich einfach fallen lassen und mit ihm eine wundervolle Nacht verbringen können. Ich hätte doch nicht den Mann zermalmt, der sich bei Nahkampfübungen ausgezeichnet hat! Aber für malerisches Dahinsinken ist es jetzt zu spät. Zumal ich Marcel eine Menge neuer Entwicklungen verschwiegen habe. Die haben möglicherweise nicht unbedingt etwas mit dem aktuellen Fall zu tun, ganz ausgeschlossen ist es aber nicht. Alle hängen doch immer mit allen zusammen. Vor allem auf der dünn besiedelten Kehr.

Erst einmal möchte ich Zeit gewinnen.

»Also, es war ein richtig gelungener Abend«, plaudere ich über die *Einkehr* weiter, als ich im Wohnzimmer in einem ererbten breiten belgischen Möbel versinke und Marcel uns einschenkt. »Sieht ganz so aus, als hätte die *Einkehr* eine Zukunft. Prost.«

»Auf unsere Zukunft«, sagt Marcel lächelnd und stößt mit mir an. »Willst du mich heiraten, Katja?«

11_EINSICHT

Das verschlägt mir die Sprache. Ich weiß nicht, was sich in meinem Gesicht spiegelt. Vermutlich Entsetzen. Marcel beugt sich weit vor und klopft mir begütigend auf die Knie.

»Schon gut, schon gut«, murmelt er entschuldigend. Er lehnt sich wieder zurück, leert sein Glas und schenkt sich nach. Ich schweige immer noch. Marcel tut nie etwas Unüberlegtes. Warum also hat er mich so erschreckt? Ist das seine neueste Methode, um mich aus der Reserve zu locken? Ich glaube keinen Augenblick daran, dass dieser Antrag ernst gemeint ist. Dazu hat Marcel zu schlechte Erfahrungen mit der eigenen Ehe gemacht und ich mit den Ehen anderer. Wir lieben einander, aber unsere Eigenständigkeit lieben wir auch, vielleicht sogar noch mehr. Unser Verhältnis ist nicht aus dem Stoff gemacht, aus dem Ehen genäht werden. Er muss also mit einer Ablehnung gerechnet haben. Die mich in eine Verteidigungshaltung bugsiert und es mir erschwert hätte, ihn auszuhorchen. Mein Gott, kennt mich dieser Bulle gut. Wird ihm nur nichts nützen.

»Du brauchst nicht zu antworten.«

Ich verkneife mir ein *Zu gütig* und fange wieder an, Belangloses aus Küche und Gastraum zu erzählen.

Nach meinem zweiten Glas wage ich den ersten Vorstoß. Ich überrumpele Marcel mit der Nachricht von Davids verlorenem Sohn.

»Wieso erzählst du mir das jetzt erst?«, fragt er, beinahe so entsetzt wie über mein verspätetes Geständnis über das verschwundene Santoku-Messer.

»Du hast nicht danach gefragt.«

»Wie soll ich nach was fragen, von dem ich nichts weiß?«

»Das ging Gudrun ähnlich. Wie sie Regine Seifenbach angeschaut hat. *Dein David.* Und dann der Sohn. Ich dachte, Gudrun fällt uns auch noch ins Koma. Aber seitdem sie weiß, dass die Frau von ihrem Süßen nichts mehr will, verstehen sich alle prima.« Mit gewisser Wonne schleudere ich ihm einen seiner Lieblingssätze entgegen: »Aber das ist noch lange nicht alles.«

Marcel hatte während meiner Plauderei seinen geräumigen Sessel nah an meinen herangeschoben. Geräuschvoll rückt er wieder von mir ab.

Ich berichte von Pias Verschwinden und Daniels Mantrailer-Aktion. Mache eine Pause, schütte uns beiden noch einen, wie der Eifeler sagt, und komme dann auf den Punkt: »Apropos Spurensuche. Weshalb haben die Männer aus Euskirchen Bodenproben entnommen?«

»Damit wir sie mit Steffen Meiers Sohlen vergleichen können«, erwidert er unwillig, aber immerhin. »Und was geschah dann? Was ist denn mit dieser Pia passiert? Ist sie immer noch verschwunden? Was haben die Eltern unterholt? Sind sie zur Polizei gegangen? Mein Gott, muss man dir denn alles wie Würmer aus der Nase ziehen?«

Wie erfreulich, meinen alten Satz mal aus seinem Mund zu hören! Der belgische Polizeiinspektor hat sich auf den Rollentausch eingelassen. Vorsichtshalber ertränke ich mein triumphierendes Lächeln im Single Malt.

»Sie ist wieder aufgetaucht«, sage ich. »Nur weggerannt, wie es Teenager eben tun, wenn sie ihr Leben zu Hause unerträglich finden. Ihr Vater muss sie irgendwo aufgetrieben haben. Sie war so etwas von wütend; die Worte, die sie benutzt hat …« Ich mag Pias Sauereien nicht zitieren und fahre hastig fort: »Du glaubst also, Steffen Meier ist über das Verbotsgelände gegangen, bevor er die Kapelle aufgesucht und mein Autokennzeichen notiert hat? Was hatte er da zu suchen? Oder wen?«

»Was weiß ich!«, bellt Marcel und leert sein Glas.

Schweigen. Wir mustern einander wie Kontrahenten. Die wir im Augenblick ja auch sind. Das lässt mich plötzlich frösteln. Obwohl ich selbst diese Situation heraufbeschworen habe.

Er steht auf.

»Marcel«, sage ich.

»Ich muss los.«

»So kannst du aber nicht fahren.«

»Da kennst du mich aber schlecht.«

»Ich weiß, wie du fährst.«

»Das ist auch ziemlich das Einzige, was du von mir zu wissen meinst.«

Er sieht sehr müde aus, traurig und irgendwie geschlagen.

»Setz dich bitte wieder.«

Er bleibt stehen.

»Steffen Meier war unter anderem Rausschmeißer in einem Kölner Bordell«, spricht er in einem Ton, als diktiere er den Sachverhalt in ein Gerät der Polizeizone Eifel. »Reinhold Wirzig – das ist der tote Mann mit dem Geländewagen – war ein Kleinkrimineller, ein Geldverleiher, dem Steffen Meier eine Summe schuldete, die er nie und nimmer mit eurem Harz IV, gelegentlichem Modeln und Rausschmeißerei zusammengekriegt hätte. Sondern eher mit anderen Geschäften.«

»Mit welchen?«

»Rotlichtmilieu. Vielleicht Drogen- oder Waffenhandel, Prostitution, das Übliche eben. Was genau, versuchen wir gerade herauszufinden.«

»Ermordet wird der Wirzig den Meier kaum haben; dann hätte er sein Geld nie wieder gesehen.«

»Genau.«

»Also war es vielleicht ein Unfall?«

»Ein Messerstich gezielt ins Herz?«

»Wohl kaum. Dann hat jemand anderes die beiden ermordet.«

»Wahrscheinlich.«

Im Kölner Rotlichtmilieu kenne ich mich nicht aus, aber auf der Kehr. Also äußere ich das für mich Naheliegendste: »Vielleicht war es der Prönsfeldt vom Gnadenhof. Der ist neu hier und benimmt sich sehr seltsam.«

»Wäre sicher Grund genug.«

»Ihr solltet wirklich mal den Laden auf den Kopf stellen. Der stinkt zum Himmel, das spüre ich.«

»Mit dieser Begründung kriege ich als Belgier bestimmt einen Durchsuchungsbefehl aus NRW.«

»Aus Rheinland-Pfalz.«

»Egal, woher ich ihn nicht kriege.«

»Der Fall spielt in NRW, da kann sich ein Belgier schon mal irren«, tröste ich ihn.

»Dieser Belgier will jetzt in Belgien schlafen.«

»Genau! Dann bleib hier! Ist Belgien, falls du es vergessen haben solltest. Setz dich doch bitte wieder, Marcel, es tut mir leid.«

Sein Blick ist fast so leer wie der von Frau Pee heute Nachmittag. Der Anblick greift mir ans Herz. Ich bin zu weit gegangen. Und Marcel wird zu weit fahren. Aus der Kurve in Eiterbach geschleudert werden und schwer verletzt nahe dem Tatort seines letzten Mordes sein Leben aushauchen. Diese Schuld darf ich nicht auf mich laden, ganz davon abgesehen, dass mir dieser Mann entsetzlich fehlen würde. Ein letztes Taktieren, zu seinem Schutz. Erst mal Zeit gewinnen. Er darf sich nicht ins Auto setzen.

Ich wickele meine Jacke fester um mich. Ich friere tatsächlich.

»Bitte, Marcel, könntest du erst den Ofen anmachen? Du bist darin so viel besser als ich.«

»Na gut, wenn du kalt hast«, sagt er, öffnet die Ofentür, wirft zusammengeknülltes Zeitungspapier hinein, schichtet ein paar Scheite auf, legt den Anzünder dazu und reißt ein Streichholz an.

»Voilà«, sagt er, als die Flammen hochschießen. Sorgfältig verriegelt er die Glastür des Kaminofens und reibt seine Hände gegeneinander.

»Gute Nacht, Katja.«

»Was ist mit meinem Auto?«, frage ich hastig. Um ihn nicht wieder in Ermittlungs-Erklärungsnot zu bringen, frage ich nicht, welche Spuren dort gefunden worden sind. »Wann kann ich es endlich zurückkriegen?«

»Morgen.«

»Das ist doch Sonntag. Da kannst du ... ausschlafen«, hauche ich das letzte Wort so hin, wie ich mir die Anmache einer Telefonsexsprecherin vorstelle. Ich hasse mich dafür, die Waffen einer Frau anzuwenden. Aber ich darf ihn nicht fahren lassen.

Es funktioniert. Er setzt sich wieder.

Ich fülle sein Glas nach. Er schiebt es zur Seite.

»Du musst mich nicht besoffen machen, Katja, ich erzähle dir doch sowieso alles. Wie immer.«

»Wie immer!«

Ich bremse mich gerade noch rechtzeitig. Es wäre völlig idiotisch, jetzt auf alte offene Rechnungen zwischen uns hinzuweisen. Die des toten Reinhold Wirzig sind viel interessanter. Die Rolle meines Autos ist es auch. Und schon wieder bin ich mittendrin im Taktieren. Auch dafür hasse ich mich. Aber ich muss wissen, was los ist, darf nicht, wie vergangenes Jahr, wieder als Letzte die Dumme sein, weil Marcel mir Entscheidendes verschweigt. Das hat mich damals fast das Leben gekostet. Ich ruckele mit meinem Sessel näher an ihn heran.

»Apropos dein Auto ...«

»Ja?«, unterbreche ich, vor allem vom nebensächlichen *Apropos* alarmiert. Er greift zum Glas und nimmt einen langen Schluck, murmelt dann: »Da ist noch was. Du solltest es in NRW anmelden.«

Ich werde noch hellhöriger. Will Marcel aus lauter Liebe zu mir mich oder mein Gefährt etwa vor weiterer polizeilicher

Nachforschung in Belgien schützen? Ist eine Ummeldung nicht schon zu spät, wenn die Spurensicherung tatsächlich Belastendes darin gefunden haben sollte?

»Warum?«, frage ich vorsichtig.

Marcels Antwort kommt aus einer anderen Welt. Aus einer der ordentlich arbeitenden Behörden, die nichts mit Mord und Totschlag zu tun haben.

»Weil du es dann von der Steuer absetzen kannst, Katja. Dein Betrieb ist in Deutschland angemeldet. Es ist Blödsinn, deine Einkäufe dafür in einem Auto mit belgischem Plaquen vorzunehmen.«

»Stimmt«, sage ich benommen.

»Steffen Meier hat auf dem Beifahrersitz gesessen«, fährt Marcel fort und greift endlich wieder zu seinem Glas. »So viel wissen wir.«

Der Schluck, den ich jetzt nehme, spült mehr als nur den Whisky runter. Marcel hat ein untrügliches Talent, das Wichtige im unendlich langen Belanglosen unterzubringen. Wie der Typ vom Kreuzworträtsel im Magazin der *Süddeutschen Zeitung*.

Ich räuspere mich. »Er ist also möglicherweise vom Verbotsgelände zur Kirche gegangen. Dann hat sich jemand mein Auto gemopst, den Meier einsteigen lassen, ihn in Eiterbach erstochen und den Wagen auf die Kehr zurückgefahren. Wer nur?«

»Wir haben sehr viele unterschiedliche menschliche Spuren in deinem Auto aufgenommen.«

»Mein Auto fahren eben sehr viele unterschiedliche Menschen.«

»Die uns bekannten haben wir schon identifiziert. Die meisten stammen von dir und Jupp.«

Erstaunt blicke ich auf. »Niemand hat uns um DNS- oder anderweitige Proben gebeten!«

»War nicht nötig.«

Ich verstehe. Wir alle waren bei den vergangenen Gewalttaten auf der Kehr betroffen. Der belgische Staat und seine Computer vergessen nichts. Im Gegensatz zu mir. Ich hatte zum Beispiel ganz vergessen, wie schön es sein kann, mit Marcel aufzuwachen. Jetzt fällt es mir wieder ein.

Eine wilde Sehnsucht packt mich. Ich möchte nicht mehr über den Fall reden, ich möchte nicht wissen, wer alles mit meinem Auto gefahren ist. Ich möchte keinen Whisky mehr trinken. Ich möchte mich nur noch unter, über oder neben Marcel in meinem Bett vergraben. Mit ihm ausschlafen. Und ohne jegliche Überraschung aufwachen.

Ich sehe zu ihm hin. Er scheint zwar wie in seinen Sessel einbetoniert, aber ansonsten nicht recht anwesend zu sein. Wenigstens wird er nicht mehr fahren.

»Wo kommt David bei dieser ganzen Sache ins Spiel?«, frage ich. »Warum ist er von diesem Mann zusammengeschlagen worden? Er kannte doch weder ihn noch Steffen Meier.«

Marcel sieht endlich wieder zu mir hin.

»Was wissen wir schon von David?«

»Oh Gott, die arme Gudrun!«, platze ich mit dem Ersten heraus, was mir dazu einfällt.

Marcel stellt sein Glas ab, steht wieder auf, sinkt vor meinem Stuhl in die Knie und umarmt mich.

»Das«, flüstert er, »ist die Katja, die ich kenne. Nicht die berechnende Person, die überlegt, wie sie aus mir das herausquetschen kann, was ich ihr nicht sagen darf. Sondern der Mensch, der sich um seine Freunde sorgt. Das ist die Katja, die ich liebe.«

Und die, mit der er morgen aufwachen wird.

12_ERWACHEN

Sonntagmorgen

Mit einem Ruck schieße ich hoch.

»Davids Mutter!«

»Hä?«, kommt es recht unwirsch von dem Kopf neben mir.

Ich schaue auf die Uhr. Kurz nach zehn.

Marcel setzt sich auf, zieht mich zu sich heran und versucht vergeblich, mir einen Kuss auf den Scheitel zu drücken. Seufzt dann: »Wie kannst du nach dieser Nacht als Erstes an Davids Mutter denken!«

»Sie kommt heute. Und ich weiß nicht einmal, wann!«

»Katja!« Er rutscht ein Stück. »Mach's dir gemütlich, ist noch warm, Linus«, sagt er, als der Hund seine Stelle einnimmt.

»Hau ab, du Untier!«, brülle ich Linus an. Der streckt alle viere aus, knurrt vergnüglich und blinzelt den Mann, der ihm in kulinarischer Hinsicht nichts durchgehen lässt, liebevoller an als mich.

»Hektik am Morgen soll man entsorgen«, reimt Marcel unerträglich gut gelaunt. Er springt aus dem Bett und beleidigt meine Ohren mit unangebracht fröhlichem Singen. »*Here comes the sun, dadadadadah*… Ich mach uns mal einen Kaffee.«

»Nix da.« Ich wuchte mich ebenfalls aus dem Bett. »Ich muss sofort herausfinden, wann Davids Mutter kommt. Ich gehe rüber zur *Einkehr*. Gudrun ist bestimmt schon wach.«

Marcel wandert um das Anderthalbpersonenlager herum und stupst mich an. Ich falle auf mein Kissen und auf den Hund. Linus fiept ungehalten.

»Sorry, Linus«, entschuldigt sich Marcel, als ich wieder hochkrabbele. »Nicht alles hängt so an dir wie dein Hund, mon chou. Und nicht jeder lässt sich so wie der alles von dir gefallen. Da sind zwei Schwiegertöchter, die bestimmt ganz genau wissen, wann Mrs. Quirk wo ankommt. Die um sie herumscharwenzeln werden und ihr vieles zu erzählen haben. Du störst da nur, Katja. Entspann dich, es ist Sonntag. Und außerdem scheint die Sonne.«

»Ich habe von Mathilde Quirk geträumt«, murmele ich. »Sie hat mich angeschrien. Ich hätte ihren Sohn in diesem Naziland in Gefahr gebracht.«

»Das war ein Traum, Katja.«

»Deutschland ist lebensgefährlich, hat sie gesagt. Vor allem auf der Kehr. Sie muss es wissen, Marcel. Ihre Familie ist ausgelöscht worden. Von Gudruns Vater. Oh Gott. Und jetzt holt die Tochter sie ab. *Holt sie ab!* Marcel! Das kann ich nicht zulassen.«

Tränen quellen mir in die Augen, hinter denen die Filme mit den Güterwagen ablaufen, die mich mein Leben lang entsetzt haben.

Behutsam lässt er sich neben mir auf dem Bett nieder und nimmt mich in die Arme.

»Katja, was sagst du da! Das ist doch vorbei und wird nie wieder passieren. Heute seid ihr Deutschen völlig in Ordnung. Ihr könnt es euch sogar erlauben, über eure Regierung öffentlich zu schimpfen. Was wir Belgier zum Beispiel nicht können, weil wir momentan immer noch keine haben. Beruhige dich! Gudrun holt Davids Mutter doch nur am Bahnhof ab.«

»Eben!«

»Katja, hör auf, dich verrückt zu machen. Es war nur ein böser Traum.«

Ich lasse mich von ihm streicheln. Frage ihn nicht, ob er so etwas wie ein kollektives historisches Schuldbewusstsein kennt. Wie sollte er auch? Er ist Belgier. Und der Kongo ist weit weg.

»Was meinst du, was die Frau sich freuen wird, einen Enkelsohn in die Arme zu schließen«, fährt er fort. »Hab keine Angst vor ihr. Sie wird dich gernhaben.«

»Weil ich ihrem Sohn nach so vielen Jahrzehnten endlich zu seinem Recht und Besitz verholfen habe?«, frage ich unter Tränen.

»Nein, weil du du bist. Ich hatte übrigens auch einen seltsamen Traum. Du hast mir diesen Floh gestern Nacht ins Hirn gesetzt. Du bist schuld an meinem Traum, dass du das nur weißt!«

Froh, an etwas so Harmlosem schuld zu sein, wische ich mir das Gesicht mit einem Kissenzipfel ab, sehe ihn erwartungsvoll an und rutsche wieder in die Horizontale. Marcel rutscht mit und der Hund vom Bett.

»Der Gnadenhof«, murmelt er.

»Ja?«

»Schon das Wort. Gnadenhof. Klingt nach gnadenlos. Vielleicht war es das. Auch unsinnig. Genau wie dein Traum eben. So ein Wort wie Gnadenhof sollte doch eigentlich positive Gefühle auslösen. Dankbarkeit, dass es Menschen gibt, die sich um alte, verwahrloste oder aussortierte Tiere kümmern. Das Wort Gnade ist hell, der Hof in meinem Traum war finster und unversöhnlich.«

»Der gnadenlose Gnadenhof …«, murmele ich, an den gnadenlosen Vater denkend, an Pia mit ihrem gnadenlosen Mundwerk, an Patti mit ihrer gnadenlosen Wut und an die Mutter mit ihrer gnadenlosen Gleichgültigkeit.

»… hat mich im Traum verfolgt«, fährt Marcel fort. »Und das Gefühl ist immer noch nicht weg. Ein großes Unbehagen. Ich habe die Leute nur kurz bei dir im Lokal gesehen, aber ich gebe dir recht. Da ist was faul. Auch wenn es bestimmt nichts mit den beiden Morden zu tun hat. Sorry, Katja, ich brauche Kaffee.«

Er reißt sich so abrupt von meiner Seite, dass ich an Herzlosigkeit gedacht hätte, wenn mir seine einzige wirkliche

Sucht nicht so vertraut gewesen wäre. Ohne Kaffee am Morgen ist Marcels gute Laune schnell dahin.

Ich strecke mich auf meinem leeren Lager aus. Marcel hat völlig recht. Gudrun und Regine werden Mathilde Quirk umsorgen. Ich kann und muss mich nicht um alles selbst kümmern. Auch nicht um die Leute vom Gnadenhof. Es ist natürlich höchst abwegig, dass sie irgendetwas mit den beiden Mordfällen zu tun haben sollten.

Wie sehr ich mich verrannt habe, wird mir klar, als ich die Fakten noch einmal nüchtern aufreihe:

Ein mir völlig fremder Mensch, Steffen Meier, hat – möglicherweise nach einem Ausflug über das Verbotsgelände – unsere Kapelle besucht und ist danach in meinem Auto nach Eiterbach gebracht worden, wo er seinem Mörder zum Opfer fiel. Ein paar Tage später wird David mit einem Baseballschläger übel zugerichtet. Am nächsten Tag wird Reinhold Wirzig, der David das wahrscheinlich angetan hat, auf Losheimergraben neben seinem schlammgrünen Geländewagen erschossen aufgefunden. Wo sollte da die Familie Prönsfeldt ins Spiel kommen?

»Habe ich dich etwa mit meiner Paranoia angesteckt?«, frage ich Marcel, als er mir einen riesigen Becher auf den Nachttisch stellt. Mit Zimt auf der Schaumkrone der aufgeschlagenen Milch, wie ich es morgens gern habe.

»Kann sein«, gibt er zu. »Vielleicht ist es ja keine Paranoia. Du hast einen guten Riecher, Katja, also mache ich mir so meine Gedanken. Ermitteln können wir in Richtung Gnadenhof jedenfalls noch nicht. Dafür gibt es keine vernünftigen Anhaltspunkte, nur Träume und böse Verdächtigungen ohne irgendeine Grundlage.«

»Und eine Ahnung«, sage ich.

»Ahnung«, sinniert Marcel, »könnte das Wort von den Ahnen kommen?«

Welch ein archaischer Gedanke! Sofort fallen mir Berichte über primitive Volksstämme ein, die wie selbstverständlich davon ausgehen, dass ihnen Botschaften aus dem Jenseits zugesandt werden. Der tote Häuptling teilt seinem Sohn mit, wer ihm den Kopf eingeschlagen hat, und fordert Blutrache.

»Lass uns die Leute einfach besuchen«, schlage ich vor. »Es ist doch völlig unverdächtig, wenn ich mit meinem Freund die Eier meiner Adoptivhühner abhole. Und mir mit ihm den Gnadenhof ansehe und mit den Betreibern rede. Dann erfährst du mehr, und wenn es da eine relevante Spur gibt, kannst du sie ja aufnehmen.«

Marcel leert seinen Becher.

»Die eine Tochter könnte Verdacht schöpfen. Sie kennt mich als Polizisten.«

»Das ist Pia. Die mir die Hühner zur Adoption angeboten hat. Sie ist doch sofort abgehauen, als du mit dem Jeep vorgefahren bist. Die hat dich gar nicht richtig gesehen.«

»Auf der Eröffnungsfeier schon – und da hat sie vom Foto aus sogar David als Daniels Vater erkannt.«

Auf Marcels Frage, was ich über die Vorgeschichte der Pees weiß, zucke ich mit den Schultern. Beklagenswert wenig. Nur, dass die Familie ihren früheren Hof irgendwo in der Eifel wegen der dramatisch gesunkenen Milchpreise verloren hat. Als David seinen Erbhof nicht selbst betreiben wollte, haben Jupp und Hein über eine Anzeige Paul Prönsfeldt als Pächter aufgetrieben. Wir alle sind heilfroh gewesen, als sich die Angelegenheit so schnell hatte regeln lassen. Außer Gudrun, die hätte natürlich liebend gern mit David in ihrem alten Haus gewohnt.

»Aus welchem Teil der Eifel sie kommen, weißt du also nicht?«, fragt Marcel.

Ich schüttele den Kopf.

»Wie sprechen die Leute denn?«

»Was meinst du damit?«

»Na, du machst dich doch ständig über unsere Sprache lustig. Über das *Holen* zum Beispiel. Sagen die Prönsfeldts das auch so wie wir?«

»Du meinst holen statt nehmen?«

»Du weißt, was ich meine«, sagt er und klingt leicht verschnupft.

Ich denke einen Augenblick nach, sage dann: »Ja, stimmt, das sagen die auch.«

Marcel nickt.

»Es ist dir vielleicht nicht aufgefallen, Katja, weil du dich ja in einem extrem kleinen Umkreis bewegst, wenn man so etwas von dir überhaupt sagen kann, aber dieses *Holen* für alles, was du mit *Nehmen* bezeichnest, ist eigentlich eher typisch ostbelgisch. Ist bis in den Trierer Raum über die Grenze geschwappt, aber ansonsten nicht überall in der Eifel verbreitet.«

»Ach nee?« Meine Überraschung ist echt. Ich hatte diese Formulierung generell für typisch Eifelerisch gehalten, nicht für eine eher ortsgebundene Variante.

»Außerdem sind beide Leichen in Belgien aufgefunden worden, im Süden der Deutschsprachigen Gemeinschaft«, spricht Marcel weiter.

Meine Güte, ich habe ihn wirklich angesteckt! Zeit, ihn zu bremsen:

»Belgier morden nur in Belgien?«

»Da kennen sie sich aus.«

»Wenn du das in deine Ermittlungsakte schreibst, wirst du von dem Fall abgezogen und frühzeitig in den Ruhestand geschickt«, warne ich und fasse seine von meiner Ahnung befeuerten Überlegungen kurz zusammen: Herr Prönsfeldt könnte der Mörder von Steffen Meier und Reinhold Wirzig sein, weil beide Leichen in Belgien aufgefunden wurden. Und weil die hierorts ansonsten unbekannte Prönsfeldt-Familie den mit Vorliebe in den Ostkantonen des Königreichs gesprochenen Dialekt spricht. Eine tolle Beweisführung; ich höre schon das Gelächter des Richters.

»Und wenn nun die beiden toten Kölner mit Herrn Pee irgendwelche dubiosen Geschäfte gemacht haben?«, fragt Marcel. »Vielleicht ist der Gnadenhof die Fassade für eine

Geldwaschanlage, für ein Diebesgutlager oder für andere kriminelle Machenschaften?«

»Schau doch in eurem Nationalregister nach«, empfehle ich Marcel, der meinen Kleiderschrank nach seiner Zivilkleidung durchwühlt. »Da wird doch alles über jeden notiert. Wenn die Prönsfeldts in Belgien gewohnt haben, können sie kein Geheimnis vor dir haben.«

»Mach ich später. Nachdem ich mir die Bude gründlich angeschaut habe.«

Doch erst bedürfen wir der Stärkung. Seitdem ich ein Restaurant führe, gibt meine häusliche Küche kein Frühstück mehr her. Wir verlassen also Belgien und wandern über die Straße nach Deutschland.

Vor der *Einkehr* stehen Regine Seifenbachs Wagen und Heins Rote Zora.

»Wird bestimmt gleich furchtbar lustig«, murmele ich ungehalten, als ich die Tür für Marcel, Linus und mich aufstoße.

Alle sitzen an zwei zusammengeschobenen Tischen im Gastraum und reden wild durcheinander. Bis auf Jupp, der den Kopf auf die Hände gestützt hat und nicht einmal aufblickt, als wir eintreten. Der Streit mit Hein hängt ihm offensichtlich noch nach.

Daniel sieht uns als Erster. Wer sich auf wen stürzt, ist mir nicht ganz deutlich, nur die Tatsache, dass ich mich im Moment wenigstens weder um Linus noch um Davids Sohn zu kümmern habe. Die Erwachsenen hingegen würde ich bis auf Jupp allesamt am liebsten augenblicklich in ein Trappistenkloster einweisen.

Ist es zu viel verlangt, in den eigenen vier Wänden meines Restaurants nur frühstücken zu wollen? Ohne lärmende Menschen an einem Tisch, den keine Teller mit Essensresten, verschmierte Kaffeebecher und Tausende von Brötchenkrümeln verunstalten? Es muss kein großes goldenes Omelett mit Ahornsirup, frischen Erdbeeren und kross ausgebackenem

Speck sein; eine Schrippe mit uraltem Gouda und Ingwermarmelade auf einem sauberen Teller würde mir völlig genügen. Ich hole tief Luft, um zu einem Löwinnengebrüll anzusetzen.

»Guten Morgen«, sagt Marcel leise.

Sofort herrscht Stille.

»Dürfen wir mit frühstücken?«

Gudrun springt sofort auf und stürzt in die Küche, Hein fegt mit einer Serviette ein paar Krümel auf den Boden, Jupp schiebt einen weiteren Tisch heran und Regine zwei Stühle.

Ich passe mich Marcels erfolgreicher Tonlage an: »Heute kommt Davids Mutter.«

»Nein«, sagt Regine Seifenbach. »Eben nicht.«

»Sie ist auf dem Weg zum Flughafen gestürzt und hat sich ein Bein gebrochen«, ruft Gudrun von der Tür.

»Und ist jetzt selbst im Krankenhaus«, setzt Regine hinzu.

Mein erster Gedanke ist ziemlich herzlos: Eine Sorge weniger. Der zweite ist ziemlich beunruhigend: Gibt es Mrs. Quirk überhaupt? Vielleicht gehört die Dame nur zu Davids Legende, die für die CIA nicht wichtig genug ist, um auch noch eine alte Frau aus Fleisch und Blut auf die Kehr zu zaubern. Als Drittes überlege ich, mich selbst wegen ausgeprägten Verfolgungswahns einweisen zu lassen, und als Viertes, ob es in diesem Teil der Eifel überhaupt entsprechende Einrichtungen gibt.

Marcel führt mich an den Tisch und rückt mir den Stuhl zurecht. Dann reicht er Regine Seifenbach die Hand und stellt sich vor.

»Das ist Regine, sie gehört jetzt zu uns«, erklärt Hein, um den Förmlichkeiten ein Ende zu bereiten. »Und der Junge, der gerade mit Linus rausgerannt ist, heißt Daniel und ist Davids Sohn, wie du bestimmt schon gehört hast.«

»Worüber habt ihr denn grad gestritten?«, will ich wissen.

»Über David. Sein Zustand hat sich stabilisiert. Er wird heute aus dem Koma geholt«, berichtet Regine. »Und ich habe im Krankenhaus durchgesetzt, dass ihr ihn morgen alle besuchen könnt.«

Gudrun kehrt zurück. Aus der Küche höre ich es prasseln.

»Das ist doch wunderbar.«

»Finde ich nicht«, sagt Hein. »Der Mann braucht doch erst mal seine Ruhe.«

»Er weiß gar nicht, dass er einen Sohn hat«, wirft Jupp ein. »Vielleicht ist das zu viel für sein Herz.«

»Er hat was auf den Kopf gekriegt, sein Herz ist völlig in Ordnung«, empört sich Gudrun, die es wissen muss.

»So ein Migränestäbchen kann weitreichend böse Auswirkungen haben«, bemerkt Hein.

»Ein was?«, fragt Regine entsetzt.

»Ein Baseballschläger, den nennt man so in gewissen Kölner Kreisen. Lasst den armen Mann doch erst mal richtig zu sich kommen, bevor ihr ihn alle überfallt.«

Das Geschnatter ist wieder voll im Gange.

»Der Mann, der ihn überfallen hat, ist tot«, übertöne ich die Diskussion. Sofort sind alle still.

»Ob er David überfallen hat, wissen wir noch nicht sicher«, wendet Marcel ein.

»Jedenfalls ist gestern noch ein Mann ermordet worden«, sage ich, »und der hatte einen Baseballschläger in seinem schlammgrünen Kölner Geländewagen.«

»Oh Gott«, flüstert Hein. Er wird kreidebleich und sieht aus, als würde er gleich vom Stuhl fallen. Jupp setzt sich neben ihn und legt ihm sanft eine riesige Tatze auf die Schulter.

»Auch erstochen?«, fragt er sachlich. Ich schüttele den Kopf, bin erleichtert, dass die Nachricht vom Tod eines uns Unbekannten die beiden wieder zusammenrücken und den albernen Streit um den Jacuzzi vergessen machen lässt.

»Wenn er David so zugerichtet hat, bin ich froh, dass er tot ist«, flüstert Gudrun, nachdem ich von Reinhold Wirzig und seinem Ende berichtet habe.

»So etwas darfst du nicht einmal denken«, tadelt Jupp. »Da ist ein Menschenleben brutal ausgelöscht worden. Das Recht darf sich niemand holen.«

»Was ist, wenn jemand Hein was antut?«, fährt Gudrun auf. »Da würdest du doch auch zwischengehen.«

Hein beginnt zu zittern. Jupp zieht ihn näher an sich heran.

»Ganz ruhig«, murmelt er, »ist doch alles vorbei.« Laut sagt er: »Genau das ist damals in Köln passiert. So haben wir uns kennengelernt. Als sich ein paar Skins den Hein zum Gay-Bashing vorgeholt haben. Ich habe die Kerle krankenhausreif geprügelt.«

Keiner sagt etwas. Diese Offenbarung ist für uns alle neu und sehr erschreckend. Wir wussten bisher nur, dass sich die beiden vor Jahren bei einer Veranstaltung in Köln kennengelernt und dabei entdeckt hatten, dass sie aus derselben Ecke stammen, und seitdem unzertrennlich sind. Ich stehe langsam auf, gehe ans Fenster und blicke hinaus auf die Landschaft, in der ständig irgendjemand ermordet wird, ein schwules Paar aber in Frieden leben kann. Trotz allem, was sogenannte Heimatfilme suggerieren.

»In der Küche verbrennt was«, sage ich zu Gudrun. Sie springt sofort auf.

»David wird uns ja morgen verraten, wer ihn überfallen hat«, sagt Regine, für die wir alle zu unbekannt sind, als dass sie die Ungeheuerlichkeit von Jupps Bemerkung einordnen könnte.

»Als Erstes wird die Polizei mit ihm sprechen wollen«, meldet sich Marcel.

Ich sehe Patti mit dem üblichen Tablett Jupps schönes Kopfsteinpflaster betreten.

»Da kommen ja meine Eier«, sage ich enttäuscht. Also werden wir wohl die Besichtigung meiner Adoptivhühner als Begründung für einen Besuch auf dem Gnadenhof vorschieben müssen.

Hein löst sich aus Jupps Umarmung und damit wohl auch aus den Gedanken um seine frühere Konfrontation mit den Skinheads. Die Farbe ist in sein Gesicht zurückgekehrt. Er springt auf, sieht aus dem Fenster und hält mir den Stuhl hin wie soeben Marcel. »Lass nur, Katja, ich hol dem Mädchen schon die Eier ab.«

Kaum sitze ich, da eilt er zur Tür, als erwarte ihn draußen eine freudige Sendung. Er wird sich wundern; Patti ignoriert Männer grundsätzlich. Es würde mich sehr überraschen, wenn sie ihn überhaupt zur Kenntnis nähme oder ihm gar die Eier aushändigte. Neugierig stehe ich wieder auf und schaue aus dem Fenster. Und werde tatsächlich überrascht.

Hein nimmt Patti nicht das Tablett ab, sondern spricht gestikulierend auf sie ein. Sie schaut ihm direkt und offenbar verärgert ins Gesicht und scheint etwas Heftiges zu antworten. Hein macht eine wegwerfende Handbewegung. Es sieht so aus, als ob er ihr eine Standpauke halte. Hoffentlich nicht; mit Gardinenpredigten dürfte das Mädchen überversorgt sein. Patti schüttelt den Kopf. Ich fürchte um meine Eier; das Tablett in ihren Händen zittert bedenklich.

»Was will er nur von ihr?«, murmelt mir Marcel ins Ohr. Ich schrecke kurz zusammen, habe ihn nicht heranschleichen hören. Vielleicht sollte ich mir nach der Lesebrille jetzt auch noch ein Hörgerät zulegen.

Patti will an Hein vorbeigehen. Er versperrt ihr den Weg, hebt die linke Hand mit erhobenem Zeigefinger, zieht mit der anderen so etwas wie ein Stück Pappe aus der Gesäßtasche und hält es ihr hin.

Patti versteinert. Dann bricht sie in Tränen aus, knallt das Tablett so auf den Gartentisch, dass die Eier wackeln, und rennt davon.

»Raus!«, fordert mich Marcel flüsternd auf.

Wir passen Hein auf den Stufen der *Einkehr* ab.

»Was war das denn?«, frage ich ihn.

»Was?«, fragt er unschuldig zurück.

»Na das, was du gerade wieder in deine Hosentasche gesteckt hast. Womit hast du das Mädchen denn so erschreckt, du Unhold?«

Hein schluckt und sieht uns ernst an.

»Darüber wollte ich gleich mit euch sprechen«, sagt er, geht die beiden Stufen rückwärts runter und stellt das Eiertablett vorsichtiger auf den Tisch als Patti soeben. »Aber erst wollte ich sehen, wie sie darauf reagiert.«

»Auf was?«, fragt Marcel scharf.

»Auf dieses Foto«, erwidert Hein und holt das Papier wieder hervor. Er hält es aber zunächst so, dass wir nur die Rückseite sehen können.

»Ihr wisst doch, dass ich mich in Köln ganz gut auskenne«, sagt er langsam.

Migränestäbchen, denke ich und sage scharf: »Offenbar auch in gewissen Kreisen.«

»Blieb mir in meinem alten Job nicht ganz erspart«, antwortet der Ex-Eventmanager leichthin. »Jedenfalls habe ich ein bisschen recherchiert. Irgendwie fühlte ich mich dazu verpflichtet, weil du ja diesen Mann auf dem Poster bei uns erkannt hast, Marcel. Und weil ich das Messer, mit dem er umgebracht wurde, auf Katjas Fenstersims gelegt habe. Und weil dieser Gnadenhof …«

»Steffen Meier«, unterbreche ich. Er soll nicht in seinen Gedankengängen herumpopeln, sondern uns sagen, was er herausgefunden hat.

»Genau. Darum geht es ja. Ich habe mir mal die Website dieser Modelagentur angesehen. Schaut selbst, was ich da heute früh entdeckt habe.«

Mit beiden Händen hält er sich ein kleines Foto vors Gesicht und schaut uns darüber aus glänzenden Augen an.

»Das hätte nicht jeder gebracht«, bemerkt er stolz. »Ihr müsst schon zugeben, dass man einen so scharfen Blick wie ich fürs Detail braucht, um sie darauf zu erkennen.«

Dafür verdient er tatsächlich Anerkennung. Dieses Bild wäre an mir vorbeigegangen. Obwohl ich mir auf meine Beobachtungsgabe auch etwas zugutehalte. Aber genau die wäre mir hier im Weg gestanden: Ich hätte das Mädchen nicht als Lolita in schwarzen Spitzendessous gecastet, sondern als

Madonnenmodel. Vor der gestrigen Verbalattacke gegen Daniel.

»Wer ist das?«, fragt Marcel.

»Pia«, antworte ich, das einzahnige Krokodil heftig reibend. »Pia Prönsfeldt …«

»… die als Désirée van Buyten für dieselbe Agentur wie Steffen Meier modelt«, sagt Hein triumphierend.

»Der gnadenlose Gnadenhof«, flüstert Marcel. »Da haben wir die Verbindung! Nichts wie hin.«

13_EINSICHTEN

Sonntagmorgen

Ich bestehe darauf, erst zu frühstücken. Außerdem müssen wir uns über eine Strategie einig werden. Wir können nicht einfach bei den Pees reinplatzen, das Foto auf den Eichentisch des Hauses knallen und Aufklärung verlangen.

»Wer weiß, was der Alte dem Mädchen antut, wenn ihr wieder weg seid«, äußert Hein das gleiche Bedenken, das mich auch quält. »Deshalb habe ich das Foto ja nur der Schwester gezeigt. Für zu sehen, ob die was davon weiß. Sie selbst habe ich in der Kartei nämlich nicht gefunden.«

»Und?«, fragt Marcel.

»Sie war geschockt. Sie hatte keine Ahnung. Aber sie hat ihre Schwester voll erkannt. Und den Namen Steffen Meier schien sie auch nicht zum ersten Mal gehört zu haben.«

»Rührei mit Speck?«, fragt Gudrun und stellt mir einen Teller hin. Ich verfeinere den elenden Renner des Hauses mit einem Löffel der einzig wahren Orangenmarmelade, nämlich Koo aus Südafrika, und lege diese Komposition auf eine Scheibe frisch geröstetes Dinkelbrot. Meine politisch unbekümmerte Mutter hatte diese Marmelade geliebt. Die weiße Dose hatte unsere gemeinsame Frühstückstafel bis zu jenem Tag gekrönt, an dem ich alt genug war, um die Worte Apartheid und Boykott zusammenzuführen. Von da an war Koo tabu. Nie werde ich das Leuchten in den Augen meiner Mutter vergessen, als ich Anfang der Neunziger mit einem frischen Exemplar der Blechdose vor ihrer Tür stand. Bis zu ihrem Tod war sie davon überzeugt, mit ihrem persönlichen Opfer des Boykotts Menschen aus grauenvoller Not befreit zu haben.

Und weil die Aufhebung der Apartheid zeitlich fast mit der deutschen Wiedervereinigung zusammenfiel, gehörte für sie beides zusammen: Menschen wurden aus Abhängigkeit befreit. Meine Gedanken überstürzen sich.

Ich fange an, mit vollem Mund zu reden, spreche von den auf dem Gnadenhof eingesperrten Mädchen, die nicht einmal die Haustür öffnen und offenbar nur mit Eiertabletts beladen das Gelände verlassen dürfen. Wie könnte da eines dieser Geschöpfe etwas mit einer Modelagentur in Köln zu tun haben? Ohne Handy, ohne Transportmöglichkeit, aber mit einem Zerberus als Vater?

»Vielleicht wollte Pia gestern gar nicht abhauen, sondern hatte heimlich einen Termin mit der Agentur?«, überlegt Marcel. »Aber wie wollte sie nach Köln kommen?«

»Mit mir«, sagt Hein nachdenklich. »Sie hat mir in meinem Haus aufgelauert und wollte unbedingt, dass ich sie sofort nach Köln fahre. Ich hätte doch so ein schnelles Auto. Was sie in Köln wollte, hat sie mir nicht verraten. Und da ich Minderjährige nicht entführe, habe ich das Mädel schön brav bei sich zu Hause abgesetzt. Der Vater stand wie gerufen vor der Tür. Mann, war die sauer!«

»Sie war bei dir?«, frage ich ungläubig, während sich Marcel nach dem Wann erkundigt.

»Nachdem ich Katja und Daniel am Gnadenhof gelassen habe«, antwortet Hein und redet weiter. Er sei nach Hause gefahren, um seinen Laptop abzuholen, und habe Pia in seinem – natürlich unverschlossenen – Haus in Losheim angetroffen. Ich kann das kaum glauben. Die schüchterne Hühnervermittlerin, die keinen Mann ansieht, sucht einen Fremden in seinem Haus auf und verlangt von ihm, mit ihr nach Köln zu düsen? Hätte ich gestern nicht die unangenehme Szene zwischen Pia und Daniel miterlebt und heute nicht das Foto gesehen, wäre ich jetzt geneigt, mehr an Heins Behauptung als an meiner Menschenkenntnis zu zweifeln. Aber warum sollte er diese Geschichte erfinden? Beim ersten

Blick auf Pia ist meine Phantasie mit mir durchgegangen, und zwar offensichtlich in eine völlig falsche Richtung. Sie ist nicht das unschuldige Landei, als das ich sie sehen wollte. Sie ist offenbar mit vielen Wassern gewaschen. Weiß der Vater, welch kleines Luder seine Jüngste zu sein scheint? Rührt da seine Strenge her?

Jedenfalls kann ich mir nicht vorstellen, dass sie für ein Shooting nach Köln fährt, sich ein sexy Outfit anlegt und danach wieder als Unschuldslamm zu Hause aufkreuzt. Auch Pattis gestrige Reaktion spricht gegen einen solchen Freigang ihrer Schwester: *Wie soll sie sich denn ohne mich durchschlagen?* Das klang, als befürchte sie, Pia nie wiederzusehen. Weshalb hat mich Patti neulich so eindringlich um ein Zurückkommen gebeten? Auf alle diese Fragen möchte ich nach dem Frühstück Antwort bekommen, auf jene, die Heins Äußerung aufwerfen, sofort:

»Wieso kennt sie dich? Warum geht sie zu dir? Woher weiß sie, wo du wohnst?«, frage ich.

»Sie kennt uns von früher her«, meldet sich Jupp zu Wort. »Ihr Vater hat damals die Kühe von hier gekauft. Nach der Sache mit Heins Eltern. Weil Hein den Hof nicht weiterführen konnte.«

Und wenn er gekonnt nicht gewollt hätte, setze ich für mich hinzu.

Jupp wendet sich an seinen Freund. »War die Kleine nicht auch dabei, als ihr Vater mit David den Pachtvertrag für den Gnadenhof klargemacht hat?«

»Möglich«, sagt Hein. »Weiß ich nicht mehr genau, könnte auch die andere gewesen sein; eines der Mädchen hatte er jedenfalls mitgeholt.«

»Ich dachte, ihr habt die Prönsfeldts durch eine Anzeige kennengelernt«, sage ich, nun völlig verwirrt.

»Sie haben sich auf unsere Anzeige gemeldet, aber wir hatten früher schon mal mit ihnen zu tun gehabt«, erläutert Hein. »Deshalb ging das mit dem Gnadenhof doch so schnell und unbürokratisch. Mit Handschlag, eben wie damals, als der Prönsfeldt noch mit Vieh gehandelt hat.«

»Richtig!«, ruft Gudrun, die sich einst bei Heins Eltern um deren Kühe gekümmert hat. »Jetzt erinnere ich mich wieder! Er handelte mit Rindern und hatte einen kleinen Hof in Weckerath.«

»Belgien«, bemerkt Marcel und sieht mich triumphierend an.

»Und dann ist er pleitegegangen?«, frage ich.

»Wäre kein Wunder«, sagt Regine, die jetzt unsere Frühstücksteller aufeinanderstapelt, als würde sie hier auch arbeiten. »Wo die Eifeler Bauern heute ihre Kühe aus Meck-Pomm kommen lassen, Kühe mit Rieseneutern, die am Tag bis zu siebzig Liter Milch geben, krank ist das, wenn ihr mich fragt.« Sie trägt die Teller in die Küche.

»Was ist denn normal?«, frage ich, nicht sonderlich interessiert.

»Früher haben wir uns über zwanzig Liter gefreut«, antwortet Gudrun und haut plötzlich mit der Faust auf den Tisch. »Hein, war das nicht der Viehhändler, der uns vor Jahren in eine üble Sache mit reinziehen wollte?«

Ich spitze die Ohren. Üble Sachen scheinen mir zu Herrn Pee zu passen. Hein rutscht unbehaglich auf seinem Stuhl herum.

»Davon weiß ich nichts«, sagt er. »Was meinst du damit?«

»Die Geschichte mit den Bullen!«, drängt Gudrun. »Erinnerst du dich denn nicht?«

»Also hatte er schon mal mit der Polizei zu tun?«, fragt Marcel in jenem irritierten Ton, den er immer draufhat, wenn seine Berufsbezeichnung ins Tierreich verlegt wird.

»Nein, nicht mit der Polizei. Mit dem Zoll. Der tauchte plötzlich mit diesem Mann hier auf und wollte von uns wissen, ob wir ihm acht Bullen verkauft hätten. Was er behauptet hat und was nicht stimmte.«

»Weil wir nie Bullen hatten«, bestätigt Hein.

»Genau. Der Prönsfeldt hat mir und deinem Vater zugezwinkert und Zeichen gemacht, aber wir sind hart geblieben.«

»Chapeau«, lobt der belgische Polizeiinspektor sichtlich versöhnt.

»Damals habe ich in Köln gelebt und nicht mitbekommen, was hier so alles abging«, sagt Hein, »außer, dass mich meine Eltern ständig mit der Gudrun verkuppeln wollten, damit der Hof in anständige Hände kommt und sie endlich Enkelkinder kriegen.«

Womit sich das Gespräch den nicht immer so guten alten Zeiten auf der Kehr zuwendet. Ich wechsele einen Blick mit Marcel und stehe auf.

»Wir sind dann mal weg«, sage ich und nehme als Wegzehrung den letzten Brownie von David mit. Vor der Tür bietet sich Daniel mit Linus als Begleitung an und ist schwer enttäuscht, als wir ablehnen.

»Er muss masochistisch veranlagt sein«, sage ich zu Marcel, »dass er nach Pias gestrigem Auftritt überhaupt noch dahin will.«

»Manchmal lohnt Beharrlichkeit im Umgang mit dickköpfigen weiblichen Wesen«, bemerkt Marcel und blickt angelegentlich über die sanft geschwungenen Weiten der Ardennenausläufer. Der Regen hat die letzten weißen Flecken in den Hügelschatten weggespült. Belgien erstrahlt in frischem hellen Grün. Die Landschaft bietet nicht nur die übliche grandiose, sondern sogar eine liebliche Aussicht, ein Begriff, der normalerweise zu diesem Teil der Eifel so passt wie zu meiner Person. Ich stopfe mir den Brownie in den Mund, ziehe meine Jacke aus und hänge sie mir um die Schultern. Der bleiche Spätwinterschimmer um die Sonne ist verschwunden, sie leuchtet freundlich und wärmt mir die Seele. Was diese braucht, angesichts des Ganges, den wir vor uns haben.

Ich atme tief ein, vermeine sogar Blütendüfte wahrzunehmen. Natürlich eine reine Illusion, da sich noch keine Knospe geöffnet haben kann. Und doch ist hier über Nacht der Frühling ausgebrochen. Das aber darf auf der Schneifel, der Schnee-Eifel, nicht dazu verführen, die Winterkleidung einzumotten oder gar schon an Blumenkästen zu denken. Diese Lektion habe ich im Vorjahr gelernt, als mich eines Morgens Mitte Mai sämtliche Geranien auf dem Fensterbrett vor der *Einkehr* steif gefroren anklagten. Ich hatte mir an einem Sonnentag ähnlich wie dem heutigen einfach nicht vorstellen können und wollen, dass der Winter noch mal die Macht zurückerobern könnte. Gudrun hatte mich angefleht, die Blumen wieder reinzuholen. Es bringe sie um, wenn man ihnen vor den Eisheiligen frische Luft zumute. Ich schlug ihre Warnung in den Eifeler Wind und hinterher die malträtierten Pflanzen aus den Kästen heraus.

Sosehr es mir wieder in den Fingern juckt – dieses Jahr werde ich mich zurückhalten. Das raue Grenzland schüttelt frühestens dann den letzten Reif von den Hängen, wenn die so verehrten und gefürchteten Eisheiligen Pankratius, Servatius, Bonifatius und die Kalte Sophie durchgezogen sind. Manchmal aber auch noch später: Nachtfrost im Juni verärgert den Schneifeler Bauern, bestürzt ihn aber nicht. Eisige Stürme machen ihn gar frohgemut lachen, wenn er ein Windrad sein Eigen nennt, was sehr oft der Fall ist. Als Touristin würde ich auch über die Verspargelung der ansonsten unverbauten weiten Landschaft jammern; als Einheimische begreife ich, dass hier aus wahrer einstiger Not eine Tugend und mit dieser eben Wind genutzt und Geld gemacht wird. Für den Getreideanbau ist die Saison nämlich zu kurz, und diverse jüngere Versuche mit Maisfeldern haben die Bauern bisher auch noch nicht wirtschaftlich überzeugen können.

Die Wärme der Sonne neckt uns jetzt nur; es wird wieder kalt werden. Das wissen auch die Vogelschwärme, die über uns hinweg nach Norden fliegen, vermutlich in die mildere Region der Rheinischen Tiefebene. Im gar nicht so fernen Euskirchen ist es jetzt mindestens sieben Grad wärmer.

»On y va«, reißt mich der Polizist in Zivil aus meiner Betrachtung. »Lass uns unterwegs überlegen, was wir über diesen Fall wissen und wo unsere Vermutungen ins Spiel kommen. Wie Pia Prönsfeldt an Steffen Meier geraten sein könnte. Ob ihn das umgebracht hat. Und wenn ja, warum. Hat David etwas herausgefunden? Er hat den Prönsfeldts schließlich den Hof verpachtet. Steckt er mit drin? Ist er deshalb von Reinhold Wirzig zusammengeschlagen worden? Den dein Herr Pee erschossen hat, weil er in Ruhe seinen Gnadenhof aufbauen und seine Familie schikanieren will. Würde passen, der belgische Eifeler holt nicht das Messer. Der schießt. Das Messer ist mehr was für Frauen. Vor allem so ein Küchenmesser. Dann hätten wir es mit zwei Tätern zu tun. Mit Vater und Tochter. Falls du der Pia das zutraust. Tust du das?«

14_GEDANKENSPIELE

Ich verstumme vor Staunen. Nie zuvor hat mich Marcel eingeladen, ihn bei seinen Ermittlungen zu unterstützen. Nie zuvor hat er mich an seinen Überlegungen teilhaben lassen oder mich gar um Rat gefragt.

Über keinen der vergangenen Morde haben wir je freundlich miteinander diskutiert. Vermutlich, weil ich damals selbst in alle Fälle verwickelt gewesen bin. Diesmal trifft nur mein Auto und mein Messer eine Schuld. Was schon schlimm genug ist. Ich kannte keinen der Ermordeten und kenne den oder die Mörder hoffentlich auch nicht.

»Nein, einen kaltblütigen Mord traue ich Pia dann doch nicht zu«, antworte ich, dankbar, dass Marcel nicht *dein* Küchenmesser gesagt hat. »So widersprüchlich sie sich auch verhält.«

Möchten Sie ein Huhn adoptieren? Die Unschuld der Frage habe ich dem ganzen Mädchen zugeordnet, der unbekömmlichen Aufmachung und scheinbaren Schüchternheit das harmlose kleine Mädchen abgenommen. Ich bin auf den ältesten Trick der Welt hereingefallen, weil er umgekehrt angewandt worden ist. Weniger Schein als Sein.

»Aber Herr Pee hat seine Töchter offenbar zu Geschäftstreffen mitgenommen«, fahre ich hastig fort. »Bei so einem könnte sie doch dem Meier begegnet sein. Da hat er sie dann angebaggert.«

Marcel wiegt den Kopf.

»Möglich, aber nicht wahrscheinlich. Der Meier machte nur Geschäfte mit menschlichen Rindviechern, nicht aber mit

Eifeler Rindern«, sagt er und nimmt meinen Arm. Letzteres ist auch etwas Neues. Normalerweise lehne ich eine solche Berührung ab, weil ich Platz benötige und mich ungern dem Gehrhythmus eines anderen anpasse. Das brauche ich bei Marcel nicht. Wäre schlichtes Voreinandersetzen der Füße eine preiswürdige Tanzform, würden wir aus dem Stand zu Weltmeistern gekürt werden.

»Vielleicht ist Herr Pee ja ein veritables menschliches Rindviech«, merke ich an, während wir in träumerischem Gleichschritt über die holprige Straße schreiten. »Wir müssen herausfinden, ob er sich öfter in Köln aufhält und, wenn ja, was er da tut. Wie kann ein gescheiterter Viehhändler einen Gnadenhof unterhalten? Schon das Futter für all die Tiere! Ist mit meiner Eiersubvention nicht zu finanzieren. Vorhin hast du ja auch überlegt, ob der Pee in dubiose Geschäfte verwickelt sein könnte. Hein soll sich mal in den entsprechenden unerfreulichen Kreisen umhören.«

»Dauert zu lang«, wehrt Marcel ab. »Wir brauchen flott die Ergebnisse.«

Wir. Ich fühle mich angesprochen, spüre, dass er mit diesem Wort nicht seine Polizeikollegen meint. Jedenfalls nicht nur. Er bezieht mich ein. Wie ich ihn gestern Nacht zum ersten Mal einbezogen habe.

Nach dem Zusammenbruch meines Taktierens und nach seiner Liebeserklärung habe ich einige Geständnisse abgelegt. Von meiner Angst vor einer festen Bindung gesprochen, vor jeglichem Scheitern. Vor einer Nähe, die mich ersticken und verschlucken könnte, wenn von mir nur noch die Hälfte übrigbliebe, wie das wohl so ist, wenn man das berühmte *Eins* würde. Angst vor dem Alleinsein sei mir völlig unverständlich. Ich zittere bei dem Gedanken, einer Symbiose anzugehören, die mich auf die Rolle von Ameise oder Blattlaus festlegt. Oder auf die eines Parasiten im Korallenriff. Ich gestand, Kurt Tucholskys Zitat »Was gestrichen ist, kann nicht durchfallen« auf mein ganzes Leben bezogen zu haben. Bis ich in die Eifel kam. Bis ich ihm, Marcel, begegnet sei. Da hätte ich mich auf ein Abenteuer mit völlig unabsehbarem Ausgang eingelassen. Nicht auf das Restaurant; das könne ich jederzeit abstoßen. Den Mann hingegen nicht. Nicht mehr.

»Das Herz hat ein Ziel«, sagte ich, »aber leider keinen Verstand.« Von dem ließe ich mich lieber beherrschen. Ein Bauchgefühl akzeptierte ich nur beim Kochen oder bei der Lösung eines Mordfalles; in Herzensangelegenheiten verursache es bei mir Durchfall. Auf mich selbst könne ich mich jederzeit verlassen. Ich würde mich verlassen fühlen, wenn ich diese Kontrolle abgäbe. Marcel hat sich mein schnell hervorgesprudeltes Bekenntnis angehört. Ohne Zwischenkommentare.

Ganz zum Schluss sagte er in aller Ruhe: »Ich werde dich immer lassen und nie verlassen.«

Bei chronischen Krankheiten gibt es ominöse Schübe, wie auch beim Erwachsen- und Altwerden. Man schaut in den Spiegel und entdeckt plötzlich, dass die Lider abgesunken sind. Über Nacht, ohne Alkohol und unwiderruflich, falls man der plastischen Chirurgie abgeneigt ist. Das Kind von nebenan, das gestern noch vor sich hinbrabbelte und ungelenk durch die Welt stapfte, weist plötzlich in angemesseneren Proportionen einen Kopf auf, mit dem man vernünftig reden kann. Wann ist das nur geschehen? Wie soll man mit der erschreckend neuen Situation umgehen? Wo die eigene Position einordnen? Weil es für die Wahrnehmung plötzlich auftretender unerklärlicher Wandlung keine einleuchtende Erklärung zu geben scheint, begründen wir sie mit Schüben. Alles ist mit einem Schlag, einem Blick oder einem Wort plötzlich gänzlich anders als gewohnt. Eine Herausforderung, die nicht immer schlecht sein muss. Das Verhältnis zwischen Marcel und mir hat in der gestrigen Nacht einen gewaltigen Schub bekommen. Weil ich Nähe zugelassen habe und er behutsam mit ihr umgegangen ist. Ich habe aufgehört, den Mann, der mir einen Heiratsantrag gemacht hat, als Widersacher zu betrachten, den ich mit meinem flotten Berliner Mundwerk bekämpfen oder dem ich zumindest den Rang ablaufen muss. Und so beginne ich, ein gewisses Verständnis für gefühlsgesteuerte Unsinnigkeiten zu entwickeln. Dass ich eins fürs Weglaufen habe, wenn es ungemütlich wird, habe ich in der Vergangenheit bewiesen. Ich bringe beides zusammen und beziehe es auf Pia:

»Irgendwo ist der schöne Steffen Meier dem Hühnermädchen über den Weg gelaufen«, sage ich. »Er ist ein Kenner, der den Liebreiz unter den ollen Klamotten und der dämlichen Frisur sofort erkannt hat.« Und mir zuvorgekommen ist, setze ich für mich hinzu; hatte ich selbst nicht auch überlegt, Pia den Weg aus ihrem offensichtlichen häuslichen Elend zu weisen? Ich hatte mich als Mäzenin einer vermarktbaren Schönheit gesehen. Wäre ich jetzt tot, wenn ich mich dieser Aufgabe gestellt hätte? Vor meinem geistigen Auge sehe ich mich mit dem Kopf im Eiterbach und meinem eigenen Santoku-Messer mitten im Herz. Ich schüttele mich.

»Was ist los?«, fragt Marcel. »Warum redest du nicht weiter?«

»So ein Mord ist sehr garstig«, flüstere ich.

»Daran gewöhnt man sich nie«, bestätigt Marcel. »Aber so weit bist du noch gar nicht. Du kannst ja aufhören zu erzählen, wenn es zu hässlich wird. Dann reime ich mir den Rest zusammen.«

Mit einem tiefen Atemzug schicke ich das Bild meiner Leiche in Körperregionen, die keine Phantasie haben.

»Sie beißt sofort an, als er sie zu einem Fotoshooting überredet«, fahre ich fort, »und sie bei der Agentur vorstellt, die auch ihn unter Vertrag hat. Weil sie so einmalig ist, kriegt sie sofort Aufträge. Wäre ich noch Moderedakteurin, würde ich sie sofort engagieren. Pia sieht das goldene Land von Freiheit und Luxus vor sich. Doch eine unüberwindbare Grenze versperrt ihr den Weg, ihr restriktives Elternhaus. Fürs Foto konnte sie einmal ausbüxen, ein zweites Mal bestimmt nicht. Herr Pee errichtet Mauer und Stacheldraht um den Gnadenhof. Telefonisch oder per E-Mail fleht das Mädchen Steffen Meier um Fluchthilfe an. Zu allem Überfluss haben sich die beiden unsterblich ineinander verliebt. Schöne Menschen verlieben sich immer in ähnlich schöne Menschen, das nennt man projizierten Narzissmus. Also kommt er auf die Kehr, um Pia aus ihrem Dornröschenhof zu befreien und mit ihr abzuhauen. Vielleicht irgendwo Richtung Süden. Da wollen die Leute doch immer hin. So schöne junge Menschen finden überall ihr Auskommen. Das nennt man …«

»… Glück«, unterbricht mich Marcel. »Und Steffen Meier ist damit auch seine gigantischen Schulden los. Aber er kommt nicht sehr weit.«

»Nur bis Eiterbach«, sage ich. »Und schon auf der Elbchaussee taten ihnen die Beine weh.«

»Was?«

»Nichts, mir fielen eben ein paar Ameisen ein.«

»Die rennen um diese Jahreszeit immer aus ihrem Bau rein und raus«, sagt Marcel. »Damit er nach dem Winter ordentlich warm wird. Was hat das mit Pia zu tun? Oder ist das wieder eines deiner Gleichnisse?«

»Nein, das ist Ringelnatz. Egal, vielleicht hat ihn der Wirzig doch umgebracht, den Meier meine ich.« Dankbar, dass sich Marcel über meine literarisch-chaotischen Ausführungen nicht amüsiert, fabuliere ich weiter: »Sie verabreden sich in der kleinen Kapelle auf der Kehr. Pia sieht, dass in meinem Auto der Schlüssel steckt, betrachtet das als göttliche Fügung, steigt ein und holt ihren Lover ab, der in der Kapelle auf sie wartet.«

»Und das Messer?«, fragt Marcel.

»Sie sieht es auf dem Fenstersims und nimmt es spontan mit. Für alle Fälle. Um Baguette zu schneiden oder eine Wassermelone zu schlachten, zum Beispiel. Genug Geld für gepflegtes Restaurantessen haben die beiden ja noch nicht.«

»Warum sollte Steffen Meier dann deine Plaquennummer auf dem Pfarrbrief notieren?«

»Damit er es bei einer Kontrolle schnell aufsagen kann? – Du hast recht, nicht sehr glaubwürdig. Jemand anders muss das Auto gefahren haben; vielleicht der Wirzig. Ist auf der Jagd nach seinem Schuldner Meier auf der Kehr aufgetaucht, hat Pia fortgescheucht oder verschreckt, das Kommando übernommen und mein Auto geklaut, damit in seinem keine Spuren entdeckt werden können. Der Meier wird misstrauisch, als er seinen Gläubiger am Steuer eines belgischen Autos sieht, und notiert die Nummer, bevor er einsteigt. Im Auto kommt es zur Konfrontation. Der Wirzig bedroht den Meier. Der öffnet in der Kurve von Eiterbach die Tür und lässt sich herausfallen, um davonzulaufen. Reifenquietschend stoppt Wirzig den Wagen, springt raus und rennt mit dem Messer hinterher …«

»Klingt gut«, unterbricht Marcel, »beantwortet aber leider immer noch nicht die Frage, mit welchem fahrbaren Untersatz der Herr Meier überhaupt bis auf die Kehr gekommen ist. Auch nicht die, wie er mit der Pia abhauen wollte, wenn er das denn vorhatte, oder weshalb der Wirzig den Mann umbringt, der ihm einen Haufen Geld schuldet«, sagt Marcel leise.

Elegant übersteigt er vor dem Kampfmittelräumdienst eine Frostfurche im Pflaster. Ich bleibe prompt mit einem Fuß darin hängen und bringe uns aus der harmonischen Balance.

»Entschuldigung«, sagt Marcel.

Ich mache den Mund auf. Will eine jener sarkastischen Bemerkungen hinausschleudern, die der allzeit kampfbereiten Katja vor Kurzem nur so zugeflogen sind. Schließlich ist meine Unachtsamkeit an unserem spaziergängerischen Auseinanderbrechen schuld. Doch seit der letzten Nacht, nach diesem Schub, weiß ich, dass ich gegen Eifeler Windmühlenflügel gekämpft habe, wenn ich glaubte, mich seiner Ironie erwehren zu müssen. Er will mich gar nicht in die Enge treiben. Meinen Kurzkrimi hat er soeben nicht belustigt ins Reich der Fabel verwiesen. Er hat ihn mit seiner letzten Frage nur höflich zunichtegemacht.

Ich nehme ihm seine Entschuldigung ab. Er bittet mich nicht höhnisch um Verzeihung. Es tut ihm leid, mich nicht um dieses Schlagloch herumgeleitet zu haben. Er ist, wie immer, einfach geradeaus gegangen. Sollte ich künftig auch tun. Und dabei die Füße mehr anheben.

Wir stellen weitere Mutmaßungen an, bis wir vor dem Gnadenhof stehen. Eine Strategie für unser dortiges Vorgehen tüfteln wir nicht aus. Das hält Marcel auch nicht für erforderlich, da sowieso immer alles anders komme als erwartet. Wichtiger sei, sagt er, sich auf eine unerwartete Lage einstellen und daraus Profit ziehen zu können.

»Leute, die alles planen, Polizisten, die jedes Verhör vorher im Kopf abspielen, alles zu berechnen glauben, werden meistens durch eine nicht vorhergesehene Wendung aus dem Konzept gebracht«, sagt er. »Dann verlieren sie den Faden, halten sich an unwichtigen Kinkerlitzchen fest und kommen keinen Schritt weiter.«

Gestern hätte ich Marcel nicht gefragt, wie ich auf die Leute zugehen und ihnen Informationen entlocken sollte. Ich hätte es auf meine Weise getan. Genau das sage ich ihm.

Er drückt mir einen Kuss auf den Scheitel.

»Mach es so wie gestern«, empfiehlt er lächelnd. »Sei du. Unverkrampft. Sieh dich gut um und hör zu. Wir werden uns auf dem Hof trennen und versuchen, mit den Familienmitgliedern separat zu sprechen.«

»Richtig ermitteln darfst du hier aber nicht«, stecke ich dem belgischen Polizisten sicherheitshalber den Kompetenzbereich ab. Er lacht.

»Umhören darf ich mich schon. Es wird mich keiner anklagen, wenn ich auf diese Weise relevante Informationen für die Aufklärung des Falles erhalte. Als Freund von Katja Klein interessiert mich dieser Gnadenhof und was er zu bieten hat. Vielleicht adoptiere ich ein Pferd und lerne auf meine alten Tage noch mal reiten. So richtig klassisch.«

Marcel, der Turnierreiter. Mit schief sitzender Reiterkappe, verknöpfter Jacke und zweifarbigen Socken. Er wäre schon vor dem Start disqualifiziert.

»Frag lieber Jupp. Der leiht dir bestimmt gern seinen Jumbo«, sage ich lachend. »Und wie locken wir die Leute aus der Reserve?«

»Zeig Interesse an ihnen. Werd ruhig persönlich, Katja, jeder Mensch spricht gern von sich selbst.«

Nicht Petra Prönsfeldt. Sie öffnet die Tür, bevor wir geläutet haben, und lässt uns gar nicht erst zu Wort kommen.

»Gehen Sie wieder«, faucht die Riesenmade. Ihr ansonsten bleiches Gesicht ist jetzt gerötet. »Sie verstören meine Töchter. Wir möchten Sie auf unserem Hof nicht mehr sehen.« Sie hält ein Papier hoch, zerreißt es vor unseren Augen und lässt die Stücke zu Boden segeln. »Sie haben keinen Patenschaftsvertrag mehr, Frau Klein. Lassen Sie meine Familie in Ruhe. Wenn Sie sich hier wieder blicken lassen, hetze ich die Hunde auf Sie. Hier ist Ihr Geld. Wir sind keine Verbrecher und lassen uns nicht von Ihnen oder Ihren Leuten dazu machen.«

15_BEKENNTNISSE

Sonntagmittag

Sie wirft mir ein paar Scheine vor die Füße und knallt die Tür zu, bevor einer von uns den Schuh dazwischen stellen kann. Den Mann neben mir hat sie mit gänzlicher Missachtung gestraft.

Wir sehen einander sprachlos an. Mit dieser Wendung haben wir nicht gerechnet.

»Erstaunlich.«

Mehr fällt mir dazu nicht ein.

»Wäre interessant zu wissen, ob Herr Prönsfeldt anwesend ist«, sagt Marcel.

»Glaubst du, er hat sie vorgeschickt? Weil alle Weiber im Haus von ihm gesteuert werden?«

»Jedenfalls haben wir das bis jetzt gedacht. Vielleicht ist es ja andersherum.«

»Der arme Herr Pee ist Opfer von Frau und Töchtern?«

»Wer weiß das schon? Mancher spielt draußen den großen Macker, zu Hause aber steht er unterm Pantoffel seiner Frau.«

»So sieht Herr Pee aus, lieber Marcel. Was machen wir jetzt?«

»Nichts. Zurückgehen«, sagt er und reicht mir wieder den Arm. »Ich fahre nach Belgien, durchsuche die Vergangenheit der Prönsfeldts, gebe meine Informationen ans EPICC nach Heerlen weiter und frage, was über den Mann dort bekannt ist.«

»Im Euregionalen Polizei-Informations-Cooperations-Centrum«, übersetze ich, stolz, dass ich mir die Bezeichnung für dieses länderübergreifende Zentrum von Polizei und Zoll gemerkt habe. Im niederländischen Heerlen haben deutsche, belgische und niederländische Beamte die Schreibtische zusammengeschoben, um bei grenzüberschreitenden Delikten den Tätern schneller auf die Spur kommen zu können. Sie übermitteln Ersuche, kümmern sich um Analysen, erstellen Lagepläne, koordinieren Einsätze und klären sich gegenseitig über Recht und Gesetz im jeweiligen Land auf.

Das erspare vielen Behörden umständliche bürokratische Wege, entgegnete Marcel, als ich die Befürchtung äußerte, ob hier nicht auch gesetzlich festgeschriebene Grundrechte eines der Länder durchlöchert werden könnten. Dabei dachte ich natürlich an das belgische Nationalregister, in dem erheblich mehr Persönliches über die Bürger des Landes vermerkt ist, als sich manch politisch bewusster Bundesdeutscher gefallen lassen würde. Uns könnte das jetzt aber weiterhelfen.

»Bestimmt hat das EPICC schon was Verdächtiges über Herrn Pee im Archiv«, sage ich. »Immerhin hat er mal Rinder geschmuggelt.«

»Wie du deinen Kaffee aus Belgien«, tadelt Marcel.

»Ich schmuggele ihn nicht, ich kaufe ihn dort«, verteidige ich mich. »Wie manches andere auch. Weil der Ardenner Grenzmarkt näher ist als irgendein deutscher Laden.«

»Und der Kaffee dort viel billiger.«

»Dafür der Wein viel teurer.«

Was mich daran erinnert, dass uns die gestrigen Gäste leer getrunken haben. Im belgischen Grenzmarkt könnte ich auch am Sonntag einkaufen – wenn mir endlich wieder mein Auto zur Verfügung stünde. Da wir jetzt auf dem Gnadenhof nichts ausrichten können, bietet sich Marcel an, mir gleich meinen Wagen zurückzubringen.

Ich bitte ihn, Zwischenstation beim Grenzmarkt einzulegen und mir ein paar Flaschen Wein zu besorgen. Er zieht eine Augenbraue hoch und bemerkt, es wäre mehr als nur grenzwertig, wenn ich in meinem NRW-Lokal den in Belgien gekauften Wein gegen Geld ausschenken würde.

»Hier ist alles grenzwertig«, gebe ich zurück. »Wir leben an der Grenze. Du machst dich nicht strafbar, wenn du mir ein paar Flaschen schenkst. Was ich damit tue, geht die belgische Polizei nichts an; nach Heerlen wird sie es wohl kaum melden, oder?«

»Auch noch schenken!«

»Damit du keiner Straftat Vorschub leistest.«

»Ich bringe als Übernachtungspräsent was zum Trinken mit«, seufzt er. »Dann können wir mit deinem Auto morgen früh gleich nach Köln fahren und da einige andere Spuren verfolgen.«

»Nicht zu früh. Ich habe Ruhetag und will mal richtig ausschlafen.«

Eine schmale Gestalt huscht neben dem Gelände des Kampfmittelräumdienstes auf die Straße und winkt mir zu.

»Patti!«, rufe ich überrascht.

Sie wirbelt herum, dass die braunen Zöpfe fliegen, sieht sich um, als würde sie gejagt, und deutet dann hinter die Baracke. Wir folgen der Anweisung.

»Nur Sie. Ohne den Polizisten«, sagt sie, als wir uns hinter dem Gebäude treffen, in dem David so übel zugerichtet worden ist.

Marcel hebt die Arme und zieht ab.

Als er hinter der Ecke verschwunden ist, zerrt sie stumm an den beiden Gummibändern, die ihre braunen Zöpfe zusammenhalten, reißt sie ab und streift sie über die Handgelenke.

»Was ist los, Patti? Warum lässt uns deine Mutter nicht ins Haus?«

Sie dehnt ein Gummiband aus und lässt es hart auf die Innenseite ihres linken Handgelenkes zurückschnellen, ehe sie etwas sagt.

»Sie haben doch das schreckliche Foto gesehen? Das von meiner Schwester.«

»Ja.«

»Die Pia ist nicht so. Da ist nur dieser Mann dran schuld.«

»Steffen Meier?«

Sie verstummt wieder. Fährt jetzt mit den Fingern durch das dicht geflochtene Haar, bis es als wilde Mähne in alle Richtungen weist.

»Heißt der so?«, bringt sie hervor.

»Wusstest du das nicht?«

»Die Pia heißt auch nicht Désirée van Buyten.«

»Er hat seinen echten Namen benutzt.«

»Die Pia auch. Ich meine, die hat er auch benutzt. Sie ist so schrecklich naiv.«

»Achtzehn«, sage ich, »da ist man normalerweise erwachsen.«

»Siebzehn«, berichtigt sie mich. »Die Pia ist gerade erst siebzehn. Ich bin vor Kurzem achtzehn geworden.« Verzweifelt sieht sie mich an. »Das sage ich schon seit Jahren, und jetzt, wo es nicht mehr wichtig ist und mir nichts mehr bringt, da stimmt es endlich.«

Wieder streckt sie das Gummi und lässt es zurückspringen. Ich kann kaum hinsehen.

»Weshalb ist es nicht mehr wichtig?«, hake ich schnell nach.

»Egal«, sagt sie, das Band nervös schnipsend. »*Das* ist jetzt alles vorbei. Aber was anderes nicht, da müssen Sie mir helfen.«

Sie blickt zu Boden. Als sie das Gummi wieder dehnt, lege ich rasch meine Hand dazwischen und ziehe es ihr vom Gelenk.

»Hör auf. Das muss doch wehtun«, sage ich, nehme ihre Hand in meine und berühre sanft die roten Striemen.

»Alles tut weh«, bringt sie hervor und reißt mir das Gummi aus der Hand. »Ich weiß gar nicht, wo ich anfangen soll.«

»Von vorn«, schlage ich vor, und als sie immer noch nichts sagt: »Von Pia und Steffen Meier.«

»Ja«, sagt Patti. Es klingt seltsam erleichtert.

Zu meiner Überraschung legt sie jetzt los. Ohne Stammeln, Stottern oder Gummibandschnipsen. Sie spricht in klaren vollständigen Sätzen, die ein Bild heraufbeschwören, das in

Teilen jener Skizze nachgezeichnet zu sein scheint, die ich vorhin Marcel gegenüber entworfen habe.

Danach hat Steffen Meier ihre Schwester bei einem Schulausflug im Kölner Dom angesprochen. Er hat sich als Fotoagent ausgegeben. Sie sei das Gesicht des neuen Jahrhunderts, und er könne sie berühmt machen. Er hat sich mit ihr bei der Agentur in Köln zum Fotoshooting verabredet. Pia fuhr hin und total auf den schönen Meier ab. Mehrmals trampte sie morgens nach Köln. Bis die Schule in Sankt Vith wegen ihrer Fehlzeiten bei den Eltern nachfragte. Der Vater hatte sich schon über die vielen Tagesausflüge ihrer Klasse gewundert. Aber nichts konnte Pia dazu bringen, ihm zu verraten, wo und mit wem sie sich herumgetrieben hatte.

Daraufhin hat Paul Prönsfeldt den Viehhandel an den Nagel gehängt, in Belgien alles verkauft und den Gnadenhof eingerichtet. Damit die Mädchen in Prüm zur Schule gingen, sich in ihrer Freizeit unter seiner Aufsicht um Tiere kümmerten und nicht mehr auf dumme Gedanken kämen.

Dass Herr Pee seine eigene Pleite den Töchtern als Erziehungsmaßnahme verkauft hat, will ich gerne glauben. Dennoch werde ich das Gefühl nicht los, dass an Pattis Geschichte etwas nicht stimmt. Sie ist zu glatt vorgetragen, so straff geflochten wie zuvor die Zöpfe. Das passt nicht zu dem verzweifelten Mädchen, das mich zu sich herangewunken hat und zunächst keine Worte hatte finden können. Diesen Text hat sie auswendig gelernt, um ihn bei passender Gelegenheit herunterzubeten. Was natürlich nicht bedeutet, dass er inhaltlich unwahr sein muss.

»Ist Pia denn mit Steffen Meier in Verbindung geblieben?«, frage ich.

Das Gummiband erträgt die Dehnung nicht mehr und reißt.

»Ja«, knurrt Patti. »Über E-Mail. Der Typ hat versprochen, sie hier rauszuholen und mit ihr ein neues Leben anzufangen. Die Pia hat ihm das geglaubt, alles hat sie ihm geglaubt, das dumme Schaf.«

»Du nicht?«

Sie schüttelt langsam den Kopf.

»Der hatte was ganz anderes mit ihr vor. Das Schwein wollte mit ihr richtig viel Kohle machen. Ich bin froh, dass er tot ist.«

Wie Gudrun über den Mord an Wirzig. Den Eifelerinnen auf der Kehr scheinen radikale Lösungen zu behagen.

»Weiß Pia, dass er tot ist?«, frage ich vorsichtig.

Patti schüttelt den Kopf.

»Eben nicht. Das ist ja das Problem.«

»Und woher weißt du es dann?«

»Von Ihnen«, sagt Patti. Sie sieht an mir vorbei, kämmt sich die Haare mit den Fingern und flechtet sie zu einem einzigen seitlichen Zopf zusammen. »Sie haben mir doch von dem Mord erzählt, Frau Klein, der, für den Ihr Auto benutzt wurde. Da habe ich im Internet nachgesehen. Und sein Bild entdeckt. Wir haben ja keine Zeitung. Ich kann es der Pia nicht sagen. Besser, wenn Sie das tun. Damit sie nicht wieder abhaut, für ihn zu suchen. Wer weiß, an wen sie dann gerät. Die Welt ist schlecht.«

Mir brennen viele Fragen auf der Zunge. Woher weiß Patti, wie Steffen Meier aussieht, wenn sie ihn selbst angeblich nie gesehen hat? Warum tat sie bei der Nennung seines Namens so, als sei der ihr unbekannt, wenn sie doch sein mit Namen versehenes Bild im Internet entdeckt hat? Woher will sie wissen, dass Steffen Meier unlautere Absichten hatte? Die wird er wohl kaum in seinen E-Mails erwähnt haben. Ich schlucke diese Fragen runter. Ich habe meine Lektion gelernt. Wenn ich Patti in die Verteidigung dränge, macht sie nur wieder zu.

Also gehe ich auf ihre Sorge um Pia ein. Frage, ob es nicht doch besser wäre, wenn sie ihrer Schwester selbst die furchtbare Nachricht übermitteln würde. Ganz bestimmt könne sie danach Pia in ihrem Kummer besser auffangen als ich, eine fremde Frau, der soeben ein Hausverbot erteilt worden ist.

»Geht nicht«, murmelt Pia. »Dann würde sie ja wissen, dass

ich Bescheid weiß. Dann wird sie nie wieder mit mir reden. Sie wird mich hassen.«

Stammelnd gesteht sie, an alle Informationen klammheimlich herangekommen zu sein. Aus Verzweiflung, weil Pia sich so verändert hatte, ihr seit Monaten nichts mehr anvertraute, sie gewissermaßen aus ihrem Leben ausgesperrt hatte. Patti befürchtete, ihre naive kleine Schwester würde in etwas Gefährliches reingezogen werden. Da habe sie Pias Passwort geknackt und den gesamten E-Mail-Wechsel zwischen ihrer Schwester und Steffen Meier gelesen.

»Ein ungeheurer Vertrauensbruch«, tadele ich.

Sie blickt beschämt zu Boden.

»Das würde sie mir nie verzeihen. Und mir die Schuld am Tod dieses Mistkerls geben. Bis der kam, hatten wir nie Geheimnisse. Wir hatten einander. Das hat uns gerettet, nach allem, was wir früher durchgemacht haben. Dass wir über alles sprechen und uns gegenseitig trösten konnten. Wir waren nicht nur Schwestern, Frau Klein. Wir waren beste Freundinnen.«

»Was sie vergessen hat, als sie Steffen Meier kennenlernte«, sage ich.

»Genau.«

»Davor wart ihr ein richtig gutes Team?«, plaudere ich weiter, während ich überlege, wie ich aus ihr herausbekommen kann, was die beiden Schwestern denn gemeinsam durchgemacht hätten.

»Gegen den Rest der Welt«, murmelt sie dumpf und streift das intakte Gummiband über das Ende des starren Zopfes.

Marcel steckt den Kopf um die Ecke des Gebäudes. Er zieht ihn zwar schnell wieder zurück, aber Patti hat ihn auch gesehen. Sie beugt sich zu mir hin.

»Werden Sie ihm alles sagen?«, flüstert sie ängstlich.

»Das muss ich, Patti, vor allem zu Pias und deinem Schutz. Hier läuft ein Mörder frei herum. Der sogar noch jemanden umgebracht hat, einen Bekannten von Steffen Meier.«

Ihre Augen weiten sich. Sie öffnet den Mund, bringt aber nur krächzend hervor: »Noch ein Mord?«

»Ja«, sage ich, »und weil es die Verbindung zu Pia gibt, wird die Polizei auch deine Familie befragen müssen. Es geht leider nicht anders.«

Das Mädchen beginnt zu zittern.

»Er wird Pia umbringen«, murmelt sie. Wen sie damit meint, brauche ich nicht zu fragen. Ich hebe die Augenbrauen.

»Nein!«, schreit Patti. »*So* habe ich das nicht gemeint!« Sie tastet nach Halt an der Plastikwand des Kampfmittelräumdienstes. »Mein Vater kann niemanden umbringen! Ganz bestimmt nicht.«

Ich trete einen Schritt vor und nehme das inzwischen heulende Mädchen in die Arme.

»Natürlich nicht«, sage ich und höre selbst den heuchlerischen Unterton in meiner Stimme. Rasch wechsele ich das Thema: »Ein Gutes hat die Sache. Wenn euch die Polizei befragt, wird Pia nie erfahren, dass du ihr auf die Schliche gekommen bist. Sie hat dann dich, wenn sie zusammenbricht. Du kannst sie trösten, ihr verzeihen, dass sie dir nichts gesagt hat, und alles wird wieder ganz so wie früher sein, als ihr beste Freundinnen wart.«

Patti hebt den Kopf von meiner Schulter. Ich lächele sie an, stolz darauf, ein so versöhnliches Ende für den Schwesternzwist gefunden zu haben. Patti sieht mich aus weit aufgerissenen Augen an. Entsetzen spiegelt sich in ihrem Blick; ein so abgrundtiefer Abscheu, dass ich das Mädchen sofort wieder loslasse.

Ich muss wieder einmal etwas Falsches gesagt haben, aber was?

Fragen kann ich sie danach nicht. Genauso gehetzt, wie sie uns empfangen hat, springt sie davon. Wie eine Gazelle auf der Flucht vor dem Löwen hechtet sie über das ehemalige Munitionsgelände Richtung Gnadenhof.

Auf dem Weg zum Restaurant bleibt Marcel immer wieder stehen, um sich Notizen zu machen.

»Tut mir leid, Katja«, sagt er, als er vor der *Einkehr* in seinen Jeep steigt. »Nach allem, was du mir jetzt erzählt hast, werde ich es nicht rechtzeitig schaffen, für dich den Wein im Grenzmarkt zu kaufen.«

Natürlich nicht. Es ist Sonntag, aber im Lichte der neuen Erkenntnisse muss er an diesem Fall arbeiten. Meine Informationen seinen Vorgesetzten und nach Heerlen melden und sich mit den dortigen deutschen Kollegen über das weitere Vorgehen beraten. Jedenfalls hat uns unsere Ahnung nicht getrogen: Der Mord an Steffen Meier hängt mit den Bewohnern des Gnadenhofs zusammen.

»Also nichts mit Köln morgen?«, frage ich.

»Doch«, sagt er. »Ich bringe dir dein Auto vorbei. Aber es wird spät werden. Gut, dass du abends auch zu tun hast.«

»Hoffentlich«, sage ich.

Zunächst habe ich mit Jupp zu tun.

Ich danke ihm für das Geraderücken des Schildes und kleide meine Vorfreude auf seinen Jacques Uhsi in lobende Worte über Hein. Jupp brummt, als sei ihm alles egal. Weist mich dann darauf hin, wie viel Strom ein solches Ungetüm verschlinge. Für das Restaurant könne ich den Whirlpool und die Folgekosten von der Steuer absetzen; nur deshalb habe er Hein gebeten, auf mich einzuwirken. Ihm widerstrebe es, ein nagelneues Gerät einfach wegzuwerfen, weil es den Besitzern nicht in die Landschaft passe. Meine Frage, warum diese den Whirlpool nicht bei einem Internet-Auktionär einstellten, quittiert er mit Achselzucken. Wer soll das Ding aus der fernen Schneifel holen, und vor allem wie? Die Transportkosten würden den Wert des Gegenstandes bei Weitem übersteigen. Menschen, die sich für solchen Luxus entschieden, hätten genug Geld und somit die Wahl unter viel moderneren Geräten mit kräftigeren Düsen und noch entspannenderen Funktionen, mit Anschlüssen für den iPod, zum Beispiel. *Barcelona,* so der offizielle Name des umstrittenen Jacques Uhsi, sei zwar unbenutzt, aber dennoch ein Auslaufmodell.

»Was aber hoffentlich nicht seine Funktion beschreibt?«, frage ich.

Wie immer braucht Jupp eine Weile, um den Witz zu verstehen. Und wie immer lasse ich sie ihm.

»Nein, ich habe ihn einmal laufen lassen«, erwidert er ernst, als er endlich begreift. »Der Jacuzzi ist wirklich ganz dicht. Alles funktioniert. Aber er verbraucht nicht nur Strom. Du musst dir ein Messgerät kaufen, für den pH-Wert richtig einstellen zu können, damit du die richtige Menge an Tabletten reintust, für die bakterielle Belastung niedrig zu halten, pH-Senker, pH-Heber, Flüssigkeit für die Flocken zu binden …«

»Aufhören«, bitte ich ihn. Technische Einzelheiten interessieren mich jetzt nicht. Ich möchte mich in frischer Luft im warmen Bad entspannen. Wie ich es sauber halte, kann er mir später erklären. Er verspricht, in den nächsten Tagen genügend Waldarbeiter-Kollegen aufzutreiben, um mir mein Traumbad herbeizuschaffen. Schlägt vor, den Schuppen hinter meinem Haus abzureißen und das Fenster vom früheren Arbeitszimmer meines Bruders zu einer Tür umzubauen, damit ich nach dem Bad gleich ins Haus hineinkönne und nicht frierend drum herumlaufen müsste.

Ich nicke die gute Idee ab. Und würde zu gern wissen, weshalb ein so unbedeutender Gegenstand zu einem solch leidenschaftlichen Streit geführt haben soll. Das passt weder zu Jupp noch zu Hein. Da aber offensichtlich wieder Frieden eingekehrt ist, bezähme ich meine Neugierde.

Ich stelle eine andere Frage.

»Wie hattest du dir das mit dem Whirlpool für mein Restaurant eigentlich vorgestellt, Jupp? Sollen die Gäste vor oder nach dem Essen nackig darin herumplanschen?«

»Doch nicht nackig!«, ruft er. Empört sieht er mich an. »Das

Ding steht draußen! In der freien Natur! Du willst da doch auch nicht nackig reingehen, oder?«

»Oder«, sage ich und lasse ihn stehen.

Der Abend bringt eine große Überraschung. Ich traue meinen Augen kaum, als kurz nach Eröffnung die Familie Pee eintritt. Fein herausgemacht. Jede Tochter trägt ein Eiertablett, Frau Pee eine bemüht freundliche Miene und ihr Mann einen großen braunen Umschlag.

»Ich möchte Sie in aller Form um Entschuldigung bitten, liebe Frau Klein«, begrüßt mich Herr Pee. »Was müssen Sie nur von uns denken! Das war alles ein fürchterlicher Irrtum. Wir haben zurzeit einige Sorgen, und darum ist in meinem Haus wohl überreagiert worden.«

Ich sehe Frau Pee an, die meine von Hein frisch gewienerten Dielen bewundert. Mein Blick geht zu den Mädchen. Beide Eiertabletts zittern leicht.

»Jedenfalls war das alles nur ein Missverständnis«, fährt der Mann fort. »Ich habe Ihnen einen neuen Patenschaftsvertrag mitgebracht.« Lächelnd wendet er seine Habichtsnase den Töchtern zu. »Diese Eier schenken wir Ihnen … als Wiedergutmachung.«

Bei seinem letzten Wort zucke ich zusammen, denke an Mathilde Quirk, die mit ihrem gebrochenen Bein, und an deren Sohn David, der mit Kopfverletzungen im Krankenhaus liegt. Und frage mich, inwieweit der Mann vor mir an letzterem Zustand schuld sein könnte. Steffen Meier, Pia, David und Reinhold Wirzig: Was verbindet diese vier Menschen?

»Frau Klein?«, fragt Paul Prönsfeldt. Zum ersten Mal höre ich so etwas wie Unsicherheit in seiner Stimme. Klar, auf meinem Terrain bin ich der Boss, Herr Pee.

Gudrun, die sonst als Teller-Balanciererin im Zirkus auftreten könnte, verschüttet etwas Suppe auf den Rock einer Coujon-Spielerin. Die Damen der Kehr haben sich wegen der unguten Ausdünstungen gegen den Raucherraum entschieden und tragen jetzt ihr sonntägliches Länderturnier in einer Ecke meines Restaurants aus. Die Beschüttete bemerkt das Unglück erst, als Gudrun ihr und dem Fleck mit einer viertel Flasche Soda zu Leibe rückt. Die Coujon-Spielerinnen standen bis dahin gänzlich im Bann der interessanten Vorführung am Eingang. Keine will sich den Auftritt der seltsamen Leute von dem seltsamen Gnadenhof entgehen lassen. Endlich mal was los auf der Kehr! Ich beneide die Frauen, die ahnungslos in diesem Mördernest leben. Das nasse kalte Soda hat die Haut der Kartenspielerin erreicht. Sie schreit.

Hochroten Kopfes entschuldigt sich Gudrun, wischt mit ihrer Serviette an dem Fleck herum und sendet mir einen verzweifelten Blick zu.

»Entschuldigung«, sage ich zu den Pees. »Ich bin gleich wieder da.«

Irgendwie befriedigt es mich, diesen Mann einfach stehen zu lassen. Um den Rest der Familie sorge ich mich nicht. Diese an Demütigungen gewohnten Frauen finden es vielleicht sogar erfreulich, den Herrn im Haus als kleinlauten Bittsteller zu erleben.

»Überhaupt kein Problem«, versichert die Coujon-Spielerin, als ich an den Tisch komme. Sie reißt Gudrun die Serviette aus der Hand, trocknet sich, ohne hinzusehen, den Rock selbst und verrenkt den Kopf, um an meiner Figur vorbeizuschauen. »Kennen Sie die Leute?«, fragt sie mich.

»Nicht wirklich«, antworte ich wahrheitsgemäß. »Ich habe bei ihnen nur ein paar Hühner adoptiert.«

Die Länderspielrunde bricht in schallendes Gelächter aus. »Ach, Frau Klein«, sagt eine belgische Kehrerin mitfühlend, »jetzt leben Sie schon so lange hier …«

»… was gefeiert werden muss«, beende ich den Satz, weil mir plötzlich eine sehr konstruktive Idee kommt. »Ich gebe eine Runde Sekt aus.«

Damit trete ich wieder auf die Pees zu und verziehe das Gesicht zu meinem gewinnendsten Lächeln.

»Pia, Patti, stellt bitte die Eier in die Küche«, sage ich zu den Mädchen. Und zu deren Eltern: »Setzen Sie sich doch!« Ich weise ihnen den nächsten freien Tisch zu. »Der Sekt ist auch für Sie. Um Ihnen zu zeigen, dass ich nicht nachtragend bin. Herzlich willkommen!«

Mein Restaurant ist schon längst geschlossen, als Marcel endlich mein belgisches Bruchsteinhaus betritt.

»Ich habe dir etwas zu sagen«, beginnt er.

»Und ich dir etwas zu zeigen«, erwidere ich. Er folgt mir ins Wohnzimmer. Ich deute auf den Eichentisch. Marcel betrachtet die vier einzeln in Gefriertüten eingewickelten Sektgläser.

»Ich habe sie beschriftet«, erkläre ich stolz. »Auf jedem findest du Fingerabdrücke und DNS eines Mitgliedes der Familie Pee.«

Er zieht mich an sich und küsst mich.

»Ach, Katja«, sagt er, »die liegen uns schon längst vor.«

»Auch die von den Mädchen?«, frage ich, von Nachricht und Begrüßungskuss gleichermaßen überrascht.

»Ja, auch die habe ich aus Heerlen bekommen. Weil sie ihnen in Köln abgeholt wurden. Vor acht Jahren.«

Ich glaube, mich verhört zu haben.

»Fingerabdrücke von Pia und Patti?«

Marcel nickt unglücklich.

»Wieso das denn?«, frage ich empört. »Da waren die beiden doch noch kleine Kinder!«

»Das ist ja das Schlimme.«

16_ABGRÜNDE

Montagmorgen

Der unübersehbar wieder verjüngten Dame im Empfangsraum der Kölner Agentur gelingt es nicht, ihr gebräuntes Gesicht in jene Falten zu legen, die ihrem betrübten Blick anstünden.

»Wie bedauerlich, dass sich Désirée umentschieden hat«, flötet sie. »Aber warum teilt sie uns das nicht selbst mit?«

»Weil ihre Eltern mich bevollmächtigt haben, ihre Interessen wahrzunehmen«, flunkere ich. »Sie steht bei Ihnen schließlich nicht unter Vertrag.«

Ich kann diesen Ballon ungefährdet steigen lassen, da Herr und Frau Pee mit Sicherheit einen solchen Vertrag nicht unterschrieben hätten.

»Da irren Sie sich aber gewaltig«, tönt die Dame. »Ohne Vertrag dürften wir das Mädchen überhaupt nicht in unserer Kartei führen und Kunden anbieten.«

»Alles nicht rechtsgültig«, erwidere ich gelassen. »Désirée ist erst siebzehn. Haben Sie sich den Ausweis nicht zeigen lassen?«

Das kunstvoll modellierte Gesicht verschwindet hinter einem Monitor. Wenig später höre ich tiefes Ausatmen, das in einen Triumphseufzer mündet: »Wir sind eine seriöse Agentur! Sehen Sie selbst.«

Ich sehe die eingescannte Kopie eines Personalausweises, bei dem nur das Foto und das Geburtsland Belgien mit der Wahrheit übereinstimmen dürften.

Auch das sollte mich nach Marcels gestrigen Enthüllungen über Pias und Pattis bewegte Vergangenheit nicht wundern. Wobei noch unklar ist, ob es sich um einen einmaligen Vorgang handelt, wie Marcel sich ausdrückte.

Die Kölner Polizei hatte vor acht Jahren die Angelegenheit unter diesem Begriff abgebucht. Danach die neunjährige Pia und die zehnjährige Patti wieder der Obhut des Landes Belgien übergeben. Dessen Polizei hatte wiederum die Eltern angemahnt, besser auf ihre Kinder aufzupassen.

Pia und Patti waren bei einer Razzia in einem illegalen Kölner Bordell aufgegriffen worden. Der Vernehmung nach waren die Kinder noch am selben Tag von zu Hause ausgerissen und nach Köln getrampt. Dazu passte die Vermisstenanzeige, die ein sehr verstörter Paul Prönsfeldt in jener Nacht bei der belgischen Polizei aufgegeben hatte.

Paul und Petra Prönsfeldt hatten eine Entschuldigung für ihre Unachtsamkeit: Sie waren damals wegen eines mysteriösen Todesfalls in ihrer Nachbarschaft selbst ins Visier der Fahnder geraten und hatten genug mit den daraus entstehenden Verdächtigungen zu tun. Sie wurden entlastet, als die Erben schließlich doch den Abschiedsbrief des Selbstmörders herausrückten und somit auf die Lebensversicherung verzichten mussten.

Verständlich, dass die Eltern Pee in diesem ganzen Stress ihren Nachwuchs einen Tag lang nicht beaufsichtigt hatten. Aber im Licht der jüngsten Erkenntnisse mag ich an einen *einmaligen Vorgang,* an einen einzigen Ausrutscher, nicht glauben. Steffen Meier war immerhin Türsteher in einem Kölner Bordell und hatte bis zu seinem Tod vor einer Woche Kontakt zu Pia.

»Dieser Ausweis ist leider eine Fälschung«, sage ich. »Wie ist Désirée zu Ihnen gekommen?«

Die Frau blättert per Tastendruck zurück.

»Oh Gott«, sagt sie und wird bleich.

»Durch Empfehlung von Herrn Steffen Meier?«, frage ich, bevor ich es selbst sehe.

Sie nickt und sieht so betroffen aus, wie es dem straff gespannten Gesicht eben möglich ist.

»Die Polizei war deswegen schon hier«, flüstert sie. »Das ist ja ganz furchtbar. Das mit dem Mord. So etwas muss man erst mal verdauen.« Sie deutet auf den Kuchenteller neben sich. »Möchten Sie ein Plunderteilchen, Frau Langer?«

Die Tür fliegt auf.

Herein stürzt ein Exemplar, von dem ich bis zu diesem Augenblick angenommen hatte, es im Leben nie wieder sehen zu müssen. Es fliegt mich an wie ein unerwünschter Gruß aus meiner Berliner Vergangenheit: ein mit Kameras behängter an Kopf und Kinn stoppeliger Modefotograf mit einem Stativ in der Hand. Im üblichen heftig gestylten Nachlässigkeitslook. Hinter ihm schleicht sich ein junges geschlechtsloses Kurzhaarwesen hinein, das sich schwer beladen an Koffer und Schirmen einen Bruch holen könnte, wenn es denn menschlich wäre. Was auszuschließen ist, wenn man den Umgang der Herren über das Objektiv gegenüber diesen Subjekten so hautnah miterlebt hat wie ich in meinem früheren Leben. Niemand muss leidensfähiger sein als der Assistent eines Modefotografen.

»Frau Schnei…«

Der Fotograf bricht ab und starrt mich an. So verzückt, dass ich in Schockstarre verfalle. Kennt er mich etwa von früher? Weit gefehlt.

»Meine Beth Ditto!«, trällert er und stellt das Stativ ab. »In Würde gealtert!«

Ich erschrecke noch mehr.

»Frau Schneider, nehmen Sie die Frau sofort unter Vertrag!«

Er stürzt auf mich zu, küsst stürmisch dreimal in die Luft neben mich, greift nach meinen Händen, als wolle er mit mir einen Ringeltanz aufführen, und mustert mich selig von oben bis unten. Ich kann mich nicht wehren, da mich eine seiner Kameras am Solarplexus getroffen und außer Gefecht gesetzt hat.

»Eine Haut wie ein dreißigjähriger Pfirsich!«

»So verschrumpelt?«, keuche ich, nach Luft ringend.

Er hört es natürlich nicht.

»Das ist, was ich die ganze Zeit suche. Eine wunderschöne dicke alte Frau. Wir haben einen Superauftrag, Mädchen, am besten, du kommst gleich mit.«

Die Dame der Agentur versucht ihr Hausrecht in Anspruch zu nehmen.

»Einen Augenblick! Frau Langer ist aus anderen Gründen …«

»Langer, wie klingt das denn?«

Darüber hatte ich auch schon nachgedacht, als ich mich mit Marcels Nachnamen vorgestellt hatte.

»Machen wir Langée draus, Mädchen, du wirst nämlich Lingerie in XXXL vorführen. Rubens aktuell. Und einen passenden Vornamen kriegen. Lola Langée. Genau. Das ist es. Rund und schön. Keine Angst, Falten und Cellulite räumen wir am Computer auf. Das Tattoo auf deiner Hand kann bleiben. Kroko macht sich immer gut. Wie sehen denn deine Beine sonst so aus?«

Als er mir den Rock, den ich um der Seriosität willen angezogen habe, lupfen will, trete ich drei Schritte zurück.

»Ich bin kein Model!«, informiere ich ihn.

»Ich mache dich zu einem! Zum besten. The talk of town. Dick, alt und schön. Das ist die Zukunft, Mädchen. Und das ist unser Auftraggeber, toll, was!«

Er tippt auf ein Foto an der Wand. Ein junges molliges Mädchen in Kunststoffpullover mit Glitzerpünktchen und längs gestreiften Leggings. Darüber der Schriftzug eines Billig-Discounters der Textilbranche mit einem grammatikalisch unkorrekten Werbespruch.

Ich verscheuche Gedanken an die Berliner Hochglanzzeitschrift, bei der mich Fotografen einst ehrerbietig umschwärmten und erst nach meinem Ritterschlag zu duzen wagten.

Es geht nicht darum, wie tief ich gesunken sein mag. Es geht um Pia. Um die Aufklärung zweier Morde.

»Dieses Unternehmen hat den Zeitgeist begriffen«, fährt er begeistert fort. »Nicht nur auf das budgetschwache Frischfleisch setzen! Die Alten haben noch Geld, müssen es aber zusammenhalten. Die essen billiges Fast Food. Werden dadurch noch dicker. Wie du, Mädchen. Müssen dauernd eine Nummer größer kaufen. Und können trotzdem toll aussehen. Masse mit Klasse. Wie du, Mädchen. Jetzt zier dich nicht; was hast du denn zu verlieren? Ich mach dich zu einem Star!«

Frau Schneider hat sich in ihrem Drehstuhl zurückgelehnt.

»So ganz unrecht hat er nicht«, bringt sie hervor. »Sie könnten es ja mal probieren.«

»Nein, danke«, gebe ich zurück. »Nur noch eine Frage: Wie viele Aufträge haben Sie Désirée bisher vermittelt?«

»Interessenten waren genug da«, antwortet Frau Schneider, »aber das Mädchen hat auf unsere E-Mails nie geantwortet, sehr bedauerlich.«

»Um wen geht es?«, fragt der Fotograf. Ich überlasse es der Agenturdame, dies zu erklären, und verlasse das Büro ohne Abschied.

Vor der Tür atme ich tief durch.

Es ist immer erfreulich, eine Alternative aufgezeigt zu bekommen, beruhige ich mein angekratztes Ego. Wenn mein Restaurant nicht läuft und mein Erbe aufgebraucht ist, werde ich eben Unterwäschemodel für Übergrößen. Ich mustere das Krokodil. Es kann bleiben, hat der Fotograf gesagt. Das will es offensichtlich auch, denn es denkt nicht daran zu verblassen, ganz im Gegenteil: Jetzt hat sich sogar ein Auge ausgeformt. Es blinzelt mich an, als wollte es sagen: »Wenn du mich nicht reizt, lasse ich dich auch in Ruhe.«

Ich schicke Marcel eine SMS. Anrufen will ich ihn nicht. Man sollte einen Mann im Puff nie stören.

Er antwortet sofort und beordert mich in das Bordell, an dem ich ihn vor meinem Besuch in der Agentur abgesetzt habe.

»Sag ihnen, du bist Frau Langer«, schreibt er.

Langsam fange ich an, mich daran zu gewöhnen. Kann es allerdings kaum fassen, dass er tatsächlich unter seinem echten Namen aufgetreten ist. Kennt man in Belgien den Begriff *undercover* nicht? Leider hat er versäumt zu schreiben, *wie* sich Frau Langer im Puff verhalten soll. Empört den Gatten zurückfordern oder freudig über den in Aussicht stehenden flotten Dreier strahlen?

»Was soll ich sagen?«, simse ich zurück.

»Langer + Guten Tag«, schreibt er. Schön, er hat also wieder mal alles unter Kontrolle.

Das Etablissement erreiche ich in fünf Minuten, brauche aber eine Viertelstunde, um einen Parkplatz zu finden. Im eingeschränkten Halteverbot. Gut, dann soll die belgische Polizei mein Kölner Knöllchen bezahlen.

Ein völlig unscheinbarer Sechzigerjahre-Bau aus Beton mit einem deprimierend aufleuchtenden Siebzigerjahre-Schriftzug *Erotik Salon.* Im Fenster hängen von Zeit und Licht vergilbte Fotos des dauergewellten Schönheitsideals aus den frühen Achtzigern. Die Highlights im Haar der mittelalten Frau, die mir auf mein Klingeln öffnet, stammen immerhin aus diesem Jahrhundert.

Ich sage mein Sprüchlein auf; sie lächelt verbindlich und führt mich an einem Treppenaufgang vorbei zu einem von künstlichen Fackeln schlecht beleuchteten Gang. Ein tiefloriger Teppichboden in Altrosa dämpft jeden Schritt. In der Luft hängt schweres Parfüm und an der Wand eine schwarzweiße Tapete mit Kopulationsszenen aus der griechischen Antike.

»Nummer 105«, haucht sie und nickt in den langen Flur hinein. »Wenn Sie etwas brauchen, klingeln Sie nur. Wir sind immer für Sie da. Angenehmen Aufenthalt.«

Marcel öffnet auf mein Klopfen. Zu meiner Beruhigung ist er voll bekleidet. Im Gegensatz zu der jungen Schönen, die in schwarz-violetten Dessous auf dem Rand eines Plüschsessels hockt. Mit einer weitläufigen Geste fordert mich Marcel auf, die einzige andere Sitzgelegenheit in Anspruch zu nehmen. Also lasse ich mich auf dem breiten Bett nieder.

»Tanja; meine Frau«, stellt er uns knapp vor und setzt sich neben mich. »Tanja kann uns bei der Suche nach unserer Nichte Désirée helfen.«

»Hat sie hier etwa gearbeitet?« Meine Entgeisterung klingt echt, weil sie es ist.

»Nicht hier im Salon. Auf eigene Rechnung«, antwortet Tanja und deutet mit dem Zeigefinger nach oben. »Sie und ihre Freundin haben im ersten Stock ein Zimmer gemietet.«

»Wann?«, frage ich gepresst, ahnend, wer die Freundin sein muss.

Tanja hebt die Schultern. »Weiß ich nicht. Sie waren schon da, als ich vor zwei Jahren hier anfing. Jedes Wochenende, von Freitag bis Sonntagabend. Und manchmal auch die ganze Woche durch.«

In den Ferien. Mir ist ganz schlecht.

»Unsere Nichte kann das Zimmer gar nicht gemietet haben«, wirft Marcel ein, »sie ist noch nicht volljährig.«

Unter dem falschen Wimpernfell verdunkelt sich Tanjas Blick.

»Wusste ich es doch!«, schreit sie. »Dass da was nicht stimmt! Da sind immer die Kinderficker raufgegangen. Weil, mich fanden sie zu alt. Mit achtzehn. Die Chefin sagte, die beiden stylen sich geschickt auf unschuldig, um Schulmädchen zu spielen. So ein Quatsch!«

Sie reißt Désirée van Buytens Agenturfoto vom verschnörkelten Beistelltisch und hält es uns mit zitternder Hand hin. »So hat die hier nie ausgesehen! Immer ungeschminkt. Schön brav mit Zöpfen und Söckchen. Auf Oma kann man sich machen, aber doch nicht auf Kind! Von hundert auf fünfzig, ok, aber von achtzehn auf ... wie alt war Désirée, als sie hier anfing?«

»Wissen wir nicht«, gibt Marcel zu.

»Möglicherweise neun«, sage ich hart.

»Das ist kriminell!«, ruft Tanja erschrocken.

»Und wie!«

Das Mädchen hechtet hoch und schüttelt Marcel so heftig an den Schultern, dass ihr hochgeräumter Busen beinah aus dem violetten Spitzen-BH springt. Marcel weiß gar nicht, wo er hinsehen soll. Hektische Flecken breiten sich über ihrem Gesicht aus, als sie atemlos hervorstößt:

»Keine Polizei! Der Salon hat nichts damit zu tun! Die Chefin auch nicht. Die ist gut zu uns. Wir sind eine Familie. Wenn hier dicht gemacht wird, muss ich wieder auf die Straße. Haben Sie eine Ahnung, wie schlimm das ist? Das halte ich nicht aus. Ich sag Ihnen alles. Aber keine Polizei. Bitte!«

Sie holt Luft, lässt Marcel los, sieht mich an und sagt erleichtert: »Außerdem ist es ja vorbei. Die Mädchen sind schon so lange weg.«

»Wie lange?«, fragt Marcel.

»Drei Monate? Vielleicht noch länger.«

Eine weitere schwer verdauliche Information, die in mir sofort einen furchtbaren Verdacht aufsteigen lässt. Vor drei Monaten ist Familie Pee umgezogen. In ein alleinstehendes Haus in einer nachbarlosen Gegend. Mit diversen Stallungen, wo sich fremde Autos wunderbar verstecken lassen.

»Wer kann damals das Zimmer gemietet haben?«, frage ich heiser.

»Weiß nicht. Bitte sagen Sie der Chefin nichts. Dann kriege ich Ärger, weil ich geredet habe.«

»Vielleicht Steffen Meier?«

Sie schüttelt den Kopf.

»Nee.« Ein Lächeln fliegt über ihr Gesicht. »Der war doch ständig pleite. Aber immer nett zu uns.« Ihre Augen werden wieder traurig. »Schlimm, dass er tot ist. Er war immer so lustig. Da haben wir ihm schon mal was zugesteckt. Weil er gute Laune gemacht hat. Wir hätten es ihm auch umsonst gemacht, aber er wollte uns nicht ausnutzen, hat er gesagt. Ich glaube, wir waren alle ein bisschen in ihn verliebt.«

Steffen Meier, der Mann mit den vielen Facetten.

Marcel fragt, ob Steffen denn auch zu Désirée so nett und lustig gewesen sei, aber darauf hat Tanja keine Antwort. Sie sei ja immer im Salon gewesen, wenn die Mädchen durchs Treppenhaus nach oben huschten.

»Eigentlich habe ich sie nie wirklich gesehen«, erklärt sie, als wolle sie das soeben Gesagte zurücknehmen. »Wir haben unter uns nur darüber gesprochen. Weil, wir fanden es seltsam, dass die Mädels nie runterkamen. Das tut man doch, wenn man im selben Haus arbeitet. Wenigstens mal guten Tag sagen, oder?«

»Aber Steffen Meier hat die beiden bestimmt gesehen?«, frage ich.

»Natürlich. Der musste sie ja reinlassen.«

Mehr kann sie uns nicht erzählen. Das Bett seufzt, als wir aufstehen. Marcel legt hundert Euro auf den Tisch.

Verwirrt sieht das Mädchen zu ihm hin.

»Nicht bei mir«, sagt sie flüsternd.

»Alles okay«, sagt er, »die Chefin hat schon abkassiert. Das ist ein Bonus.«

»Bitte, bitte, keine Polizei«, flüstert sie, als wir uns höflich verabschieden.

Wir stehen schon auf dem rosa Flaum, als Marcel noch einmal den Kopf durch die Tür steckt.

»Ich *bin* die Polizei«, flüstert er freundlich zurück und schließt die Tür.

»Das war nicht nett«, tadele ich ihn.

»Ich bin eben nicht Steffen Meier«, entgegnet er. »Ich nehme kein Geld von ihr; ich gebe ihr etwas. Und natürlich werde ich den Kollegen in Heerlen diesen Laden ganz besonders ans Herz legen.«

»Heerlen? Das ist doch Holland?«, kommt die Stimme der Chefin aus dem Nirgendwo. Als sei sie aus einer Tapetentür getreten, steht sie plötzlich vor uns. »Es freut mich, wenn Sie uns weiterempfehlen. Holländer lassen zwar nie viel Geld da, aber sie gehen anständig mit meinen Mädchen um. Sehr gut,

Sie sind also zufrieden und haben bekommen, was Sie wollten?«

»Mehr als das«, antworte ich ehrlich.

»Beehren Sie uns bald mal wieder!«

Ich kann erst richtig durchatmen, als wir auf der Straße stehen. Reden kann ich noch nicht. Marcel scheint es ähnlich zu gehen. Schweigend wandern wir zu meinem Auto, auf dessen Windschutzscheibe natürlich ein Knöllchen klebt. Ich reiche es Marcel.

»Kannst es ja über Heerlen abrechnen«, sage ich, überrascht, meine Stimme wiedergefunden zu haben.

Von der ich aber erst einmal keinen weiteren Gebrauch mache. Einsilbig führt mich Marcel durch das Baustellenchaos der Stadt Köln. Ich versuche, mich ganz aufs Fahren zu konzentrieren, kann aber den entsetzlichen Film, der in meinem Kopf abläuft, ebenso wenig stoppen wie mein Auto, das bei einer Baustellenampel vor dem Kölner Dom einfach bei Rot durchrauscht. Reifenquietschen, Hupen. Geht gerade noch mal gut. Der Polizist neben mir sagt nichts. Ursprünglich hatte ich vorgehabt, nach unseren Ortsterminen noch ein wenig zu shoppen. Die Lust dazu ist mir gründlich vergangen.

Als wir über die Aachener Straße Richtung A 1 fahren, spricht Marcel meine Gedanken laut aus: »Die Eltern müssen das doch gewusst haben!«

»Vielleicht stecken die sogar dahinter«, flüstere ich. »Als die Kinder vor acht Jahren im Puff aufgegriffen wurden, sah der Vater eine neue Einkommensquelle aufsprudeln. Hat sich gedacht, wenn sie so etwas schon freiwillig machen, kann er ja mit dran verdienen.«

»Oder er hat selber damit angefangen«, überlegt Marcel. »Vielleicht sind die Mädchen damals überhaupt nicht ausgerissen, sondern er hat sie gezielt an Kinderschänder im Puff verkauft. Und sie als vermisst gemeldet, weil ihm das jemand von der Razzia gesteckt hat. Der Mann hat sich nach allen Seiten hin abgesichert.«

Die Frage, was zuerst da war, die Henne oder das Ei, stelle ich nicht laut. Das wäre geschmacklos. Zumal ich durch ein Huhn in die ganze Geschichte hineingezogen worden bin.

17_ALLEINGÄNGE

Montagmittag

Auf meinen Vorschlag, die Pees auf dem Gnadenhof augenblicklich mit unseren Erkenntnissen zu konfrontieren und weiter nachzuhaken, bricht Marcel in bitteres Gelächter aus.

»Damit würden wir noch ein Limit überschreiten«, sagt er. »Ich bin nur Polizeiinspektor und du bist zu gar nichts befugt. Ich werde der Einsatzleitung weitergeben, was wir herausgefunden haben, und kann nur hoffen, dass man meine Methoden nicht hinterfragt.«

Das letzte Telefongespräch, das er auf der B 51 kurz hinter der Ausfahrt Baasem führt, hebt seine Stimmung sichtlich.

»Es lebe die Polizeizone Eifel«, sagt er. »Die ganze Familie Prönsfeldt ist für eine erneute Vernehmung nach Prüm beordert worden. Sie werden gleich abgeholt. Und ich soll dabei sein.«

»Wann?«, frage ich neidisch und schalte den rechten Blinker ein. Gleich hinter der Kurve müssen wir die Bundesstraße verlassen.

»Fahr geradeaus«, beantwortet er meine Frage, »nächste Ausfahrt. Du hast doch nichts dagegen, mich bei der Polizei in Prüm abzusetzen?«

Eigentlich schon. Ich würde zu gern selbst hören, was Eltern und Töchter zu Protokoll geben. Möchte dabei sein, wenn Herr Pee wegen Mordes und Kindesmissbrauchs in Handschellen abgeführt wird.

»Ich komme mit«, erkläre ich. »Nach allem, was ich herausgefunden habe, muss mich die Polizei schließlich auch vernehmen!«

Marcels Antwort wirft unsere neue vertrauensvolle Beziehung um Lichtjahre zurück: »Hat sie doch lange schon getan«, sagt er. »Alles, was du weißt, weiß ich auch.«

Klar, er ist die Polizei. Wie konnte ich das nur vergessen! Mich so vergessen!

Ich gebe Gas. Achte nicht auf Marcels laute Warnung, mich an die Geschwindigkeitsbegrenzung zu halten. Die B 51 ist hier extrem unfallträchtig. Ich kenne die Strecke gut genug, um kurz vor der nächsten unübersichtlichen Einfahrt das Tempo zu drosseln. Gerade noch rechtzeitig, um dem auf die Bundesstraße zuckelnden Traktor auszuweichen.

Marcel atmet geräuschvoll aus. Gleich wird der Mann, mit dem ich soeben noch im Puff ein Bett geteilt habe, wieder in die Welt der offiziellen Ermittlungen eintauchen. Mich ausschließen und vermutlich erst sehr viel später über die neuesten Erkenntnisse informieren. Das wurmt. Und bringt mich auf einen Gedanken.

Ich kann meinen Plan nicht sofort in die Tat umsetzen, da Gudrun und Regine zeitgleich mit mir an der *Einkehr* eintreffen. Angesichts Gudruns strahlender Miene brauche ich die Frage nach Davids Befinden nicht zu stellen, tue es aber dennoch. Den Umständen entsprechend gehe es ihm wunderbar, versichert Gudrun. Sie habe er sofort erkannt und nach einigem Überlegen auch Regine.

»Wie hat er auf Daniel reagiert?«, frage ich.

»Gar nicht«, antwortet Regine. Auf Anraten der Ärzte hätten sie den Jungen nicht mit nach Trier genommen und dem Patienten auch noch nichts von seiner Existenz erzählt. Ein Schock könne sich auf sein noch sehr empfindliches Gehirngefüge böse auswirken. Das große Erinnerungslücken aufweist. So könne sich David weder an das Rezept für Brownies erinnern noch an den Menschen, der ihn angegriffen hat.

»Er weiß nur, dass er mit Linus in die Baracke gegangen ist«, erzählt Gudrun.

»Ohne Linus«, versetze ich. »Den armen Hund hat er im Regen stehen lassen. Wo ist der überhaupt?«

»Bei mir in Prüm«, antwortet Regine. »Damit sich Daniel nach der Schule um ihn kümmern kann.«

Es passt mir gar nicht, wie sich Davids Ex jetzt in unser Leben einnistet. Erst räumt sie Teller in die Küche, und jetzt verfügt sie über meinen Hund. Sieht ganz so aus, als ob sie hier um eine Anstellung nachsucht. Den Zahn werde ich ihr ziehen müssen. Bei uns würde sie noch weniger verdienen als bei ihrem Minijob im Schlachthof.

Gudrun scheint meine Gedanken zu lesen.

»Wir konnten Linus doch nicht mit ins Krankenhaus nehmen«, springt sie Regine bei. »Und Hein und Jupp sind zum Einkaufen nach Luxemburg rüber. So ist der Hund bestens versorgt, das weißt du doch. Kommt rein, ich mach uns einen Kaffee. Da kannst du mir dann alles über euren spannenden Ausflug nach Köln erzählen. Und uns deine neuen Klamotten vorführen.«

»Holt's mir nicht übel«, sage ich. Und erstarre.

»Was ist los?«, fragt Gudrun beunruhigt.

»Nichts«, erwidere ich und denke: Nun ist die Berlinerin auch sprachlich in der Eifel angekommen. »Ich bin nur furchtbar geschafft«, sage ich, wissend, dass sich die echte Eifelerin dann nicht ins Bett zurückzieht, sondern erst recht aktiv wird. In der alten Zeit durfte sich keine Bäuerin Müdigkeit oder Müßiggang erlauben; im Gegensatz zu Melkschemel und Butterfass ist dieser Kodex weitervererbt worden und heute noch gültig. Spazierengehen wird nur entschuldigt, wenn der Hund Auslauf braucht oder ein körperliches Gebrechen eine ansonsten zweck- und ziellose Ortsveränderung erforderlich macht.

Ich erkläre also, endlich Ordnung in meinem eigenen Haus zu schaffen und vor allem das alte Arbeitszimmer auszuräumen, damit Jupp darin das vom Schuppen verdunkelte Fenster zur Tür umbauen könne. Gudrun bietet sofort ihre Hilfe an und ist nicht beleidigt, als ich dankend ablehne. Auch das gehört zum Ritual. Nachbarschaftshilfe wird nur dann in Anspruch genommen, wenn man sie wirklich braucht, zum Beispiel Geld für einen Handwerker ausgeben müsste.

»Wir haben Ruhetag«, sage ich. »Lasst mich also bitte bis morgen in Ruhe. Das gilt auch für Marcel, falls der hier auftauchen sollte.«

Was ich ohnehin nicht erwarte, da er offensichtlich ins alte Muster verfallen ist. Ich werde ihm wieder alle Informationen aus der Nase ziehen und mir das belgische Polizistendeutsch übersetzen müssen.

So lange will ich nicht warten. Der ungeheuerliche Gedanke, der mich seit der Fahrt von Köln in die Eifel so quält, erfordert augenblickliches Handeln. Ich muss herausfinden, ob der Gnadenhof die Front für ein Bordell abgibt. Hat Herr Pee seine eigenen Töchter dort verkauft? Mir läuft ein Schauer nach dem anderen über den Rücken. Ich ärgere mich, in der Vergangenheit so blind und taub gewesen zu sein. Nur an mich und mein Restaurant gedacht zu haben, als sich Paul Prönsfeldt als Stammkunde angemeldet hat. Klar habe ich mich gewundert, dass er Interessenten für die Tiere seines Gnadenhofs bei mir treffen wollte. Der einstige Viehhändler hatte etwas ganz anderes vor, nämlich dort mit den Freiern für seine Töchter zu verhandeln! Mit Leuten, die er zuvor per Computer aussortiert hat, wie mir Patti bei meinem ersten Besuch gesagt hat. Ich mag mir gar nicht vorstellen, was für Sites er dafür aufgesucht haben mag, und bin heilfroh, dass es in der *Einkehr* zu keiner Kontaktanbahnung gekommen ist.

Natürlich ist die Haustür der Prönsfeldts verschlossen. Aber es gibt mehrere Hintereingänge, wie ich noch von früher her weiß. Eine morsche Kellertür lässt sich tatsächlich mit einem kräftigen Tritt öffnen. Ich betrete das Haus und überlege, wo ich mit der Spurensuche anfangen soll. Am besten von oben nach unten. Also steige ich die steilen Stiegen zu den Dachkammern hinauf und stoße die erste Tür auf. Über dem einzigen Stuhl in der spartanisch eingerichteten winzigen Stube hängt das geblümte Kittelkleid, in dem ich Pia zuerst gesehen habe. Der ramponierte Teddybär, der mich von der penibel glatt gestrichenen Bettdecke aus matten Knopfaugen ansieht, passt in diese Zelle. Keine Poster, kein Computer, keine Pferdebilder, keine Schminksachen. Pattis Zimmer sieht ähnlich aus. Ihr persönlichster Gegenstand ist ein Foto auf dem Nachttisch. Wahrscheinlich eins aus glücklicheren Tagen: Zwei kleine Mädchen stehen lachend vor dem Elefantengehege im Zoo und halten sich an den Händen. Im Elternschlafzimmer hängt über dem riesigen Doppelbett ein gewaltiges Ölbild mit einer Golgathaszene; vermutlich ein Überbleibsel aus Gudruns Erbmasse. Vor einer kleinen Marienstatue in der Ecke brennt ein ewiges Licht.

Die anderen beiden Zimmer im Obergeschoss sind offenbar unbenutzt und stehen voller Gerümpel.

Als ich die Treppe wieder hinunterkomme, höre ich ein Geräusch. Wie das Schnäuzen einer Nase. Ich spitze die Ohren. Dann ertönt ein Klagelaut. Hat sich etwa noch jemand eingeschlichen? Sich beim Zerschlagen einer Fensterscheibe verletzt? Ich ignoriere das heftige Jucken meiner Hand. Von den Pees kann keiner hier sein. Die sind ja gerade erst nach Prüm geschafft worden. Ich schleiche mich näher heran und luge durch die offene Küchentür. Und sehe, dass ein Mitglied der Familie derzeit nicht in Prüm vernommen wird.

Mit dem Rücken zu mir sitzt Pia über den Küchentisch gebeugt und weint herzzerreißend.

»Pia«, sage ich leise, um sie nicht zu erschrecken.

Sie fährt herum.

»Weg!«, schluchzt sie und springt auf. »Gehen Sie weg!«

Die scharfe Klinge des kleinen Steakmessers in ihrer rechten Hand weist auf mich. Ich trete einen Schritt zurück in den Flur und hebe die Hände.

»Ich will dir doch nichts antun«, sage ich ruhig und sehe ihr fest in die Augen.

»Ich mir schon«, weint sie. »Ich will nicht mehr leben!«

»Weil dein Steffen tot ist«, sage ich mitfühlend. »Das ist furchtbar. Es tut mir so leid.«

Sie umklammert den Griff ihres Messers.

»Haben Sie ihn denn gekannt?«, fragt sie mit Sehnsucht und Misstrauen in der Stimme.

»Nein, aber ich habe gehört, dass er ein sehr lieber und lustiger Mensch war, ganz gleich, was andere sagen mögen.«

»Das stimmt«, heult sie und lässt sich wieder auf den Küchenstuhl fallen. »Er war lustig. Und lieb. Er hat niemandem was getan. War gut zu allen Leuten, auch zu den Bösen. Er hat mich geliebt. Richtig geliebt. Er war der Einzige. Und jetzt ist er tot. Für immer.«

»Das ist das Furchtbare am Tod«, sage ich und setze mich übers Eck zu ihr.

»Er wollte mich retten«, heult sie. »Mich hier rausholen und mit mir weggehen.«

»Das war gut von ihm. Du musst hier auch raus, Pia. Aber doch nicht *so.*« Ich will ihre linke Hand umdrehen, aber sie zieht sie rasch weg. Mit der rechten umklammert sie den Messergriff so fest, dass ihre Knöchel weiß hervortreten.

»Was wissen Sie schon!«

»Leider sehr viel. Aber noch längst nicht alles. Erzähl mir von Steffen, Pia. Erzähl mir davon, wie ihr euch kennengelernt habt.«

Sie schüttelt den Kopf, weint weiter und sagt nichts mehr. Im Geiste haue ich mir eine runter. Ich hätte mir den letzten Satz sparen sollen. Natürlich will sie über Steffen reden, wie jeder, der einen geliebten Menschen verloren hat. Aber nach allem, was ich über sie und den Mann jetzt weiß, kann sie mir doch nicht erzählen, wie sie sich kennengelernt haben!

Ich beuge mich vor, um sie zu streicheln oder in den Arm zu nehmen, aber sie rückt weit von mir ab. Das Quietschen der Stuhlbeine auf dem glatten Steinboden geht mir durch Mark und Bein.

Ich warte schweigend ab.

Nach einer langen Weile putzt sie sich geräuschvoll die Nase, sieht mir in die Augen, hebt das Messer und erklärt mit fester Stimme: »Sie können mich nicht davon abhalten.«

»Doch, Pia, du bist so jung. Du hast das Leben noch vor dir. Es steckt voller guter Überraschungen. Willst du dir die alle entgehen lassen? Würde dein Steffen wollen, dass du dich seinetwegen umbringst?«

»Ja!«, heult sie. »Ohne ihn bin ich ganz allein.«

»Du hast deine Schwester.«

»Die ist jetzt auch weg.«

»Sie ist bei der Polizei in Prüm. Deine Eltern auch.«

»Woher wissen Sie das?«

»Mein Freund ist Polizist.«

»Ich habe keinen Freund mehr!«

Ich lasse sie in Ruhe weiterweinen. Wir haben alle Zeit der Welt. Nichts wird mich dazu bringen, sie in ihrer Verzweiflung allein zu lassen. Fragen stelle ich keine mehr. Was sie mir zu erzählen hat, ist jetzt nicht wichtig. Wichtig ist nur, dass ich eine weitere Katastrophe verhindere. Vielleicht tut ihr das Weinen gut.

Vor der Spüle liegt eine hingepfefferte schwarze Umhängetasche, aus der einige Hefte gerutscht sind. Natürlich, Pia ist gerade erst mit dem Schulbus heimgekommen. Deshalb hat die Polizei sie verpasst.

Patti geht offenbar nicht mehr zur Schule. Seltsam, dass ich mir darüber noch nie Gedanken gemacht habe. Wie über vieles andere auch nicht. Auf dem Herd steht ein großer Topf, in dem es leise vor sich hin brodelt.

Ich stehe auf, hebe den Deckel und schnuppere hinein. Die Ochsenschwanzsuppe riecht gut. Vor Schreck über die Polizeitruppe an der Tür hat Frau Pee bestimmt vergessen, den Herd auszustellen. Während der Vernehmung wird ihr das einfallen. Sie wird an ihre brennende Küche denken und mit einem Entsetzensschrei aufspringen. Was die in ihre Ermittlungen verstrickten Polizisten wie Marcel natürlich gegen sie verwenden werden. *Was ist mit Ihrer Küche? Liegt da das Messer, mit dem Sie Steffen Meier umgebracht haben?*

Ich ziehe die Schubladen auf. Finde kein Santoku-Messer, aber jede Menge Suppenlöffel. Ich nehme zwei heraus, stelle den Herd aus und fülle zwei tiefe Teller aus dem Küchenschrank mit der dampfenden Suppe. Da der Schnittlauch auf der Fensterbank seine gelben Stängel ebenso traurig hängen lässt wie Pia ihre Schultern, verzichte ich auf diese Verfeinerung und entriegele den uralten Kühlschrank von Gudruns Mutter. Erstaunlich, dass dieses Teil aus den Fünfzigern noch funktioniert! Damals wurden eben auch Elektrogeräte noch für die Ewigkeit gebaut. Ewigkeit. Tod. Ich blicke zu Pia. Sie weint nicht mehr, sondern schaut mir aus umflorten Augen zu.

»Was machen Sie da?«

»Uns was zu essen. Ich habe Hunger.«

»Ich nicht.«

»Macht nichts«, sage ich, stelle uns die Teller hin und fange an zu essen.

»Ich möchte sterben.«

»Warum?«

»Ich kann nicht mehr leben. Ich will zu Steffen. Mich wird nie wieder jemand lieben.«

Eine wunderbare Eröffnung. Jetzt kommen wir weiter.

»Es gibt jemand, der dich sehr mag«, sage ich. »Auch wenn du unmöglich gemein zu ihm warst.«

Sie hebt ihr tränenüberströmtes Gesicht.

»Ich mag ihn auch«, flüstert sie, sieht nach unten, legt das Messer weg und taucht den Löffel in die Suppe. Ich widerstehe dem Impuls, schnell nach dem Messer zu greifen und es wegzuräumen. In der Schublade hinter mir habe ich ein ganzes Arsenal scharfer Klingen gesehen.

»Warum hast du ihn dann so schlecht behandelt?«

»Weil …« Sie führt den Löffel zum Mund. Was mich beruhigt. Wer isst, bringt sich nicht um, jedenfalls nicht dann, wenn er das Richtige isst wie eine ordentliche Eifeler Ochsenschwanzsuppe.

»… weil er so sauber ist«, beendet sie ihren Satz.

»Sauber?«

»Anständig. Gut. Und ich bin so …« Sie hebt den Löffel wieder an den Mund, schluckt und fährt dann flüsternd fort: »Ich bin nicht, wie ich aussehe. Ich bin dreckig. Versaut. Eklig. Ich bin ein schlechter Mensch. Es ist besser, wenn ich tot bin. Für alle.«

Sie schmeißt den Löffel in den Teller und beginnt wieder zu weinen. Ich wische mir die Suppenspritzer vom Gesicht.

»Der Steffen«, schluchzt sie, »der kannte mich, der wusste alles, und es hat ihm nichts ausgemacht. Für ihn war ich trotzdem eine Prinzessin. Er hat alles für mich getan. Und ich habe ihn umgebracht!«

Ich verschlucke mich an der Suppe.

»Was sagst du da?«

»Ja«, sagt sie eindringlich. »Ich bin schuld. Jemand hat ihn ermordet, weil er mich geliebt hat. Ich bin ein Fluch. Ich bringe allen nur Unglück. Auch dem Daniel. Der darf mich nicht mögen. Er soll nicht traurig sein, wenn ich tot bin. Er soll froh sein, sagen Sie ihm das.«

»Du wirst nicht sterben.«

»Doch!«

Sie steht mit einem Ruck auf. Wieder quietscht der Stuhl über den Stein.

»Ich muss«, sagt sie und sieht mich entschlossen an. Die Tränen sind versiegt. »Mein Leben ist zu Ende. Nicht nur wegen dem Steffen. Es gibt noch einen Grund. Den Sie nicht kennen. Wollen Sie den sehen?«

»Ja«, antworte ich gedehnt und erhebe mich ebenfalls. Das Herz klopft mir bis zum Hals. Mein Instinkt hat mich also nicht getrogen. Jetzt wird sie mir den Ort des Unheils zeigen. Blaubarts achte Kammer. Ein Wespennest ist ein Wellness-Spa verglichen mit dem, was auf diesem Gnadenhof abläuft.

Ich hoffe, Marcel und seine Kollegen nehmen den Vater dieses Mädchens gerade tüchtig in die Mangel. Ich bin Mitglied bei Amnesty International und gegen Folter jeder Art, aber diesen Mann will ich leiden sehen.

»Es ist draußen«, sagt Pia und geht zur Kellertreppe. »Kommen Sie. Dann verstehen Sie alles.« Sie wendet sich kurz um. »Deshalb sind Sie doch hier eingebrochen? Sie wollten in unseren Geheimnissen herumschnüffeln.«

»Ich bin nicht eingebrochen«, entfährt es mir, bevor ich denken kann. Hinter ihr steige ich die Stufen hinab. »Die Kellertür war offen«, verteidige ich mich.

»Bei uns ist nie etwas offen«, erwidert das Mädchen und deutet vorwurfsvoll auf die morsche Tür, die unglücklich in den Angeln hängt. »Egal. Ich zeige Ihnen, was Sie gesucht haben.«

Wir treten auf den Hof hinaus. Mein Blick schweift über die diversen Stallgebäude. Die Tarnung ist perfekt. Keines sieht aus, als könne es eine Lasterhöhle beherbergen. Ich führe meine rechte Hand zum Mund und versuche, dem Krokodil seinen Juckreiz auszusaugen. Da hat es so lange stillgehalten und macht jetzt wieder auf wildes Tier.

Die Gänse kommen zischelnd auf uns zugewackelt.

Pia faucht sie an und wedelt sie mit den Armen fort. In der Nähe wiehert ein Pferd. Der Hahn kräht. Aus dem Stall dringen das Grunzen der Schweine und dumpfes Muhen. Junge Birken verbeugen sich vor dem frischen Frühlingswind. Ein Hauch von Gülle liegt in der Luft. Auch die gehört zur ländlichen Idylle. In die sich das Böse eingeschlichen hat.

Und das hinterm Hühnerhaus liegt, wie mich Pia informiert, während sie forsch voranschreitet. Sie geht auf eine unbebaute Weide zu. Kurz vor dem Übergang zum Munitionsgelände bleibt sie stehen und deutet geradeaus. Ich sehe nur frisches Grün auf einem sanften Erdbuckel, der von Eifeler Gestrüpp umgeben ist.

»Was ist das?«, frage ich verwundert.

»Zeige ich Ihnen.« Sie wendet sich wieder um und mustert mich. »Haben Sie Angst, sich dreckig zu machen, Frau Klein? Ich meine, wenn Sie da reingehen?« Sie deutet auf das Dickicht.

»Nein«, sage ich. »Aber wieso sollte ich das tun?«

»Sehen Sie selbst.« Sie tritt auf die Büsche zu. »Hier ist ein kleiner Durchgang. Im Sommer ist der total zugewachsen. Jetzt noch nicht.«

Ich bücke mich an ihr vorbei, schiebe mit der Krokodilhand etwas Gestrüpp zur Seite und stehe plötzlich vor einer Stahltür.

Jetzt begreife ich alles. Der perfide Herr Pee hat sein Haupthaus und die Hofgebäude sauber gehalten. Dem teuflischen Handel mit seinen Töchtern einen zusätzlichen Kick gegeben. Sex im Bunker. Die Sache wird immer unappetitlicher.

»Der Schlüssel steckt«, sagt Pia hinter mir.

Jupp hat mich kurz nach meiner Ankunft in der Eifel auf die vielen Erdhügel in unserer Nachbarschaft hingewiesen. Hier verlief die Front; auf dieser blutgetränkten Erde wurde ein Teil des Westwalls gebaut, dessen Höckerlinie heute noch an diesen Wahnsinn erinnert. Wie auch die unzähligen Bunker. Die im Zweiten Weltkrieg nicht nur als Schutzraum, sondern auch als Lagerstätte für Munition, Lebensmittel und allerlei andere Dinge dienten. Gesprengte Betonteile der großen Bunker verunstalten wie riesige faulige Gebisse haushoher Ungeheuer ganze Waldlichtungen. Die Bunker auf dem Weideland sind völlig von Gras bedeckt. Wenn der Eingang, wie bei diesem, sichtbar ist, klafft da normalerweise ein Loch. Eine Tür habe ich bisher nur am Partybunker der Familie Quetsch gesehen. Auf den Gängen mit Linus rund um die Kehr vertreibe ich mir manchmal die Zeit damit, kleine Erhebungen zu identifizieren, unter denen sich solche Bunker verbergen könnten.

»Machen Sie die Tür auf«, sagt Pia. Sie steht direkt hinter mir.

Ich drehe den Schlüssel im Schloss und wuchte die Tür auf. Abgestandene Luft schlägt mir entgegen. Meine Hand brennt. Am liebsten würde ich wegrennen. Hin zum nächsten Eisfach.

»Ein bisschen weiter rechts, da ist der Lichtschalter«, sagt das Mädchen. »Dann werden Sie alles verstehen.«

Ich inhaliere noch einmal die frische Eifeler Luft, schlage dem Krokodil aufs Maul, trete in den Bunker ein und taste mit der Hand die kalte Betonwand ab.

»Das ist es«, sagt Pia leise. »Danke, dass Sie mir gefolgt sind. Jetzt darf ich endlich sterben.«

Ich wirbele herum.

Aber zu spät. Dumpf fällt die schwere Stahltür ins Schloss. Und ich stehe im Dunkeln.

»Pia!«, brülle ich. »Mach sofort die Tür auf.

Natürlich tut sie das nicht. Wahrscheinlich kann sie mich nicht einmal hören. Ich rüttele an dem inneren Türknauf und donnere mit den Fäusten gegen den kalten Stahl. »Pia! Lass mich sofort hier raus!«

Sie hat mich reingelegt. Sich meine Neugier zunutze gemacht, um sich in Ruhe das Leben nehmen zu können. Ihr kann ich nicht mehr helfen. Sie mir schon. Wenn sie einen Abschiedsbrief schreibt. Nein, diese Zeit wird sie sich nicht nehmen. Sie hat es mit dem Sterben sehr eilig, denkt jetzt nur daran, ihr furchtbares Leben hinter sich zu lassen und im Jenseits ihren Steffen wiederzusehen. Als ich sie in der Küche überrascht hatte, lag nirgendwo ein Schreiben. Da hatte sie den Anlauf zur Selbsttötung doch schon längst genommen. Und sollte sie ihren Abschiedsbrief irgendwo anders deponiert haben, kann nicht drinstehen, wo man mich zu suchen hat.

Panik steigt in mir auf. Hastig taste ich die Wand links und rechts ab, finde keinen Schalter, stürze ein paar Steinstufen hinunter und lande auf einem harten Boden.

Meine Fingernägel wollen sich festkrallen. Als könnte ich noch tiefer stürzen. Doch hier gibt es nur Split und Sand.

Ich kann kaum atmen. Meine Kehle ist staubtrocken und

viel zu eng für die Luft, die da hindurch soll. Auf Hände und Gesicht kriechen Tausende von Ameisen herauf. *Geht weiter!*, ruft ihnen mein Gehirn zu. *Bleibt nicht auf meinem Schweiß kleben! Fresst den Elefanten auf, der mir ein riesiges Bein auf die Brust gestellt hat!*

Das hält mein Herz nicht mehr lange aus. Ich muss mich auf meinen Atem konzentrieren. Ich setze mich auf den Boden und lege beide Hände dahin, wo das Herz herausspringen will. Einatmen, ausatmen, an nichts anderes denken. Es hilft.

Ich rappele mich auf und blicke in die Dunkelheit. »Du musst systematisch vorgehen«, sage ich laut. Es hallt nicht, also dürfte dies kein sehr großer Raum sein. »Du bist ganz schön bescheuert«, schreie ich mich an. »Lässt dich von dieser Göre so übertölpeln!«

Das Selbstgespräch tut meinem Körper gut, also rede ich weiter auf mich ein. »Natürlich gibt es hier kein elektrisches Licht. Wo sollte der Strom mitten auf dem Feld auch herkommen?«

Früher haben Kinder in den Fabrikruinen und Bunkern gespielt. Vielleicht haben sie hier ein paar Kerzenstummel liegen lassen? Die mir ohne Streichhölzer auch nichts nützen würden. Als Raucher könnte ich wenigstens etwas Licht in dieses Dunkel bringen. Sollte ich hier je herauskommen, werde ich erwägen, mir dieses Laster zuzulegen.

Ich lehne mich gegen die Wand. Ersticken werde ich nicht. Bunker haben Lüftungsschächte. Und manchmal einen zweiten Zugang. Ich werde verhungern. Nicht wieder in Panik geraten, ganz ruhig bleiben. Ich habe reichlich Reserven. Verdursten? Wenn es hart auf hart kommt, kann ich Kondenswasser von den Wänden lecken. Ich muss mein Gefängnis erkunden.

Von vorn anfangen. Bei der Treppe.

»Das machst du schon sehr gut«, lobe ich mich, als ich die Stufen ertaste. Wie zur Belohnung kommt mir der rettende Gedanke. Eine warme Woge von Erleichterung und Glücksgefühl wallt in mir auf. Ameisen und Elefant haben sich gegenseitig vernichtet. Das Krokodil hat sich auch beruhigt. Ich kann befreit aufatmen. Alles wird gut. Ich werde Pia retten können. Und mich auch. Ein Hoch auf die moderne Technik! Ich ziehe mein Handy aus der Jackentasche und stelle es an. Ironisch leuchtend teilt mir das Display mit: *Kein Netzempfang.*

Ein Schlag in die Magengrube.

»Atmen!«, ermahne ich mich. Was hatte ich in einem betonierten Erdloch erwartet? Zumindest spendet der Apparat etwas Licht. Ich halte ihn hoch. Ein völlig leerer Raum. Der bei einem Bombenangriff vielleicht zwanzig Menschen Schutz gewähren würde. Wenn sie ganz eng beieinanderstünden.

Ich setze mich auf die oberste Stufe und lehne mich an die kalte Tür. Etwas huscht über den staubigen Boden. Irgendein Tier ist durch das Handylicht aufgeschreckt worden. Ein sehr kleines Geschöpf, stelle ich enttäuscht fest, nachdem ich auch den letzten Winkel meines Verlieses ausgeleuchtet und keinen weiteren Zugang gefunden habe.

Ich setze mich wieder hin und schalte das Handy aus.

Mach dich nicht verrückt, sage ich mir. Du wirst vermisst werden. Deine Freunde werden dich suchen. Aber nicht heute. Leider habe ich Gudrun vorhin ausdrücklich darum gebeten, am Ruhetag nicht gestört zu werden.

»Dann musst du hier eben bis morgen ausharren«, beruhige ich mich laut. Wie gut, dass ich vorhin etwas gegessen habe! Ich kann nichts tun, sollte also versuchen, mich mal gründlich auszuschlafen. Wenigstens ist es hier nicht kalt. Aber sehr finster. Sieh das Positive! Dunkelheit, wenn man ihr denn die Chance gibt, macht wie Unwissen den Kopf frei. Ich kann alles in das Schwarz hineinmalen, es nach meinem Belieben umdeuten. Jetzt begreife ich, in welchem Dunkel ich die vergangenen Tage herumgetappt bin. Ich habe mir meine Theorien zurechtgelegt, danach gehandelt und bin dadurch im Bunker gelandet.

Ich werde mir meine Jacke unter den Kopf schieben und mir vorstellen, an einem beschaulichen Ort zu übernachten. In einem Traumgarten meiner Kindheit, zum Beispiel. Wenn mich was Tierisches berührt, werde ich nicht an Rattenschwänze denken, sondern lasse mich vom sanften Flügel eines bunten Vogels streifen. Werde süß träumend auf Rettung warten. Straßenlärm wird mich jedenfalls nicht wecken. Aber wie kann ich schlafen, wenn ich weiß, dass sich ganz in meiner Nähe ein Mensch umbringen will?

Fliegt, Gedanken, fliegt! Ich schicke einen telepathischen Gruß nach Prüm.

Beeilt euch mit der Vernehmung, ihr Polizisten! Frau Prönsfeldt, Ihre Küche brennt!

Ich werde nicht schlafen. Ich werde mich mit esoterischem Unsinn beschäftigen. Meine verbrannte Hand ist schließlich auch auf unerklärliche Weise durch einen Telefonanruf geheilt worden. Es gibt nicht nur Bunker zwischen Himmel und Erde, auch wenn mir das jetzt so vorkommt. Beten wäre vielleicht auch angebracht. Doch ganz gleich, in welcher Reihenfolge ich um Beistand werbe; ein fürchterlicher Gedanke ist nicht zu vertreiben: Wenn sich Pia das Leben nimmt, bin auch ich so gut wie tot. Niemand wird mich in diesem Bunker suchen.

18_HERKUNFT

Montagnacht

Esoterik ermüdet. Irgendwann muss ich bei den verzweifelten Bemühungen, telepathisch Kontakt aufzunehmen, tatsächlich eingeschlafen sein. Weil ich soeben auf dem harten Boden aufgewacht bin. Mein erster Gedanke gilt Pia. Sie muss tot sein. Hätte sie überlebt, hätte sie geredet, und ich wäre längst befreit worden.

Ich richte mich auf und taste nach dem Handy, das ich neben mich gelegt habe. Sieben Uhr. Noch mindestens fünf Stunden, ehe man mich vermissen wird. Gudrun hat einen Schlüssel für mein Haus. Sie wird mein unbenutztes Bett sehen und Alarm schlagen.

Marcel wird versuchen, mich zu erreichen. Und denken, dass ich immer noch sauer auf ihn bin, weil ich mein Handy ausgestellt habe. *Hallo, Marcel, ich bin in einen Bunker am Gnadenhof eingesperrt.* Wieso kommt das nicht bei dir an? Die Schwingungen meiner Gedanken können die Betonwände des Bunkers nicht durchdringen.

Es ist Zeit, aufzustehen. Ich bleibe noch einen Augenblick liegen, darauf gefasst, bei der ersten Bewegung wie ein uraltes Weib jeden Knochen einzeln zu spüren. Nach jeder Nacht im eigenen Bett tut mir ja schon der Rücken weh.

Erst aufsetzen. Der Oberkörper gehorcht erstaunlich geschmeidig. Mithilfe der Hände im Split richte ich mich auf. Mühelos. Staunend stehe ich im dunklen Bunker, setze ungläubig einen Fuß vor den anderen. Ich bin zum ersten Mal seit zwei Jahren schmerzfrei aufgewacht. Und fühle mich seltsam ausgeruht, obwohl mir der Magen gewaltig knurrt.

Sollte ich hier je rauskommen, werde ich mein durchgelegenes Anderthalbpersonenbett dem Sperrmüll übergeben und in ein neues Modell investieren. In eins aus Split und Beton.

Sehr viele Stunden später

Das Licht ist grell und schmerzt die Augen. Eine Figur fällt die Stufen hinunter und stürzt voll auf mich drauf.

»Katja!«

»Bitte, erstick mich nicht, Marcel«, keuche ich, als ich wieder zu Atem komme. »Was ist mit Pia?«

»Sie lebt!«, ruft er den Schemen zu, die den Eingang gnädig verdunkeln. Er küsst mich ab.

»Und Pia?«

»Alles in Ordnung. Daniel hat sie gerettet. Und dich auch.«

Es hätte alles fürchterlich schiefgehen können. Wenn Daniel gestern nicht beschlossen hätte, mit Pia im Schulbus auf die Kehr zu fahren. Unter dem Vorwand, mir Linus zurückzubringen. Er wollte das Mädchen nicht allein lassen, das am Morgen so überaus verstört in die Schule gekommen war. Mitten im Unterricht war sie in Tränen ausgebrochen. Wie üblich hatte ihn Pia gänzlich ignoriert, als er sie später im Schulbus ansprach.

Er lieferte Linus in der *Einkehr* ab und wurde gezwungen, dort mit seiner Mutter eine völlig abgefahrene Pizza zu essen, eine unverschämte Bezeichnung für meine Enten-Orangen-Linsen-Quiche, wie ich finde. Danach eilte er auf den Gnadenhof zu seinen Patenhunden. Der Viertelpinscher Pipo hatte sich einen Dorn eingetreten und humpelte kläglich. Grund genug, um Pia herauszuklingeln und eine Pinzette einzufordern. Aber niemand öffnete. Also lief der Junge ums Haus, betrat es durch die von mir eingetretene Kellertür und suchte das Badezimmer.

Wo man eher Pinzetten findet als bewusstlose Mädchen in einer Wanne mit lauwarmem Wasser. Daniel vergaß Pipo und rief sofort Hilfe herbei. Pias Versuch, sich die Pulsadern aufzuschneiden, war gescheitert. Sie konnte kein Blut sehen. Wild zum Sterben entschlossen, hatte sie sämtliche Schlaftabletten ihrer Mutter geschluckt, die Wanne gefüllt, sich voll bekleidet hineingelegt, ein altes batteriebetriebenes Transistorradio hineingeworfen und auf den Tod gewartet. Stattdessen kam wieder einmal Daniel.

Dem Mädchen wurde im Prümer Krankenhaus der Magen ausgepumpt. Sie kam kurz zu sich und murmelte etwas von *klein* und *Bunker,* ehe sie wieder einschlief. Der Arzt interpretierte diese Worte als die Ursache ihres Selbstmordversuchs: Das Mädchen betrachte ihr Leben als nichtig und unterirdisch. So ganz unrecht hat er damit nicht.

Natürlich sah niemand einen Zusammenhang zwischen Pias Aktion und meinem Verschwinden, das Gudrun schon relativ früh am Morgen entdeckte. Regine und Daniel hatten bei ihr übernachtet, da die beiden Frauen am nächsten Morgen zu David nach Trier fahren wollten. Mein leeres Bett erschütterte Gudrun keineswegs, als sie Linus um neun zu mir rüberbrachte, wohl aber der Anruf bei Marcel, der aus allen Wolken fiel und sofort zur Kehr eilte.

»Wusstest du, dass er einen Spürhund ausbildet?«, fragt mich Marcel, als er mir die ganze Geschichte erzählt.

»Einen Mantrailer«, verbessere ich den Polizisten stolz.

Kurzum, Maggie fand mich. Sie blieb bellend vor dem dünnen Gestrüpp des Erdhügels sitzen, bis Marcel auf die Idee kam, die Zweige beiseitezuschieben. Linus hatte den Bunker zwar schon die ganze Zeit umkreist, aber da sich dort auf den ersten Blick nichts befand, nahm keiner der Suchenden meinen verspielten Hund ernst.

Marcel will mich sofort zum Arzt schicken, und Gudrun möchte mich ins Bett stecken. Beides lehne ich kategorisch ab.

Abgesehen von einem Bärenhunger geht es mir ausgezeichnet. Ich habe zudem bestens geschlafen. Die Frage, wie das in diesem unwirtlichen Bau denn möglich gewesen sei, beantworte ich mit einer Bitte an Jupp: Ob er mir so bald wie möglich ein Bett aus Beton und Steinen bauen könne.

»Geh zu Dr. Knauff«, wiederholt Marcel seine Bitte. »Oder soll ich ihn lieber herbestellen?«

»Zwei mal zwei Meter«, sage ich zu Jupp, der mich fast ebenso verstört betrachtet wie Marcel. Dem stelle ich die Vorzüge eines solchen Betonbettes in Aussicht: Es biete mehr Platz, mache keinerlei Geräusche und würde einem Erdbeben sowie allen anderen Erschütterungen jederzeit standhalten.

»Und dafür willst du dann mit blauen Flecken aufwachen?«, fragt er zurück.

»Ohne Rückenschmerzen. Außerdem gibt es Matratzen«, kläre ich ihn auf. »Schöne, harte Matratzen.«

»Wenn du dann auf dem Rücken liegst, wirst du wie eine von diesen Königinnen in den großen Kathedralen aussehen«, flüstert Gudrun ehrfurchtsvoll, während Marcel mit mir zu verhandeln versucht: »Aber eine Bettdecke willst du schon noch haben?«

»Erst etwas zu essen«, antworte ich. »Entschuldigt«, sage ich zu den anderen, beuge mich zu Marcel hin und flüstere ihm ins Ohr: »Sowie einen ausführlichen Bericht über die Vernehmung der Familie Prönsfeldt. Den bist du mir schuldig.«

»Kriegst du, kriegst du«, murmelt er.

»Also gut«, erklärt Jupp kopfschüttelnd. »Wenn Marcel nichts dagegen hat, dann mache ich dir dein Bett. Sobald ich den Jacuzzi eingerichtet und die Tür gebaut habe.«

Jetzt sitze ich also als Gast in meinem eigenen Restaurant. Nach allem, was ich durchgemacht habe, soll ich verwöhnt und gefüttert werden. Von meinem Tisch neben der Küche lächele ich den Gästen zu. Natürlich möchten alle mit mir sprechen, aber Marcel und Hein halten sie mir mit Charme und Bestimmtheit vom Leib. Wer bisher noch nichts von meiner Nacht in Gefangenschaft gehört hat, ist spätestens jetzt auf dem Laufenden, auch wenn natürlich keinem gesagt wird, was wirklich geschehen ist. Um die Neugier der Nachbarn zu befriedigen, verbreiten Gudrun und die beiden Männer eine Halbwahrheit: Ich hätte mich gestern aus Versehen in einem Bunker nahe dem Munitionsgelände selbst eingeschlossen und sei dank meines Hundes heute Morgen darin entdeckt worden. Als könne ein solches Glück abfärben, will jeder Linus streicheln. Marcel und Daniel sehen ausnahmsweise großzügig über die nicht artgerechten Häppchen hinweg, mit denen die Gäste den gefräßigen Hund belobigen. Der wieder eine Nacht bei Daniel in Prüm verbringen darf. Darauf hat Marcel bestanden.

Obwohl es noch sehr früh am Abend ist, sind alle Tische besetzt. Nicht nur deshalb kommentiere ich Regines Auftritt als Servierhilfe nicht. Ihr Sohn hat mir schließlich das Leben gerettet. Da darf sie bei mir natürlich jederzeit gern Gläser und Teller abräumen. Über das Honorar sprechen wir später.

Während ich darauf warte, dass sich Marcel zu mir setzt, schnappe ich Gesprächsfetzen auf. Natürlich sind außer meinem diffusen Abenteuer die beiden so kurz hintereinander verübten Morde Thema des Tages. *Der Trierische Volksfreund* und *Das Grenz-Echo* hatten heute jeweils eine ganze Seite der Sorge gewidmet, ob die Eifeler nun neben Angriffen von Wildschweinen und Bussarden auch die von Kölner Gangstern in ihren Wäldern befürchten müssten. *Die Kölnische Rundschau* und *Der Kölner Stadt-Anzeiger* beschäftigten sich in ihrem Eifeler Lokalteil hingegen mit der Frage, ob Ausflüge in das benachbarte Mittelgebirge für Bewohner der Domstadt generell lebensgefährlich wären oder nur für Herren aus dem Milieu wie Steffen M. und Reinhold W.

Obwohl die Prümer Polizei diskret vorgegangen sein soll, hat sich ebenfalls herumgesprochen, dass die Leute vom Gnadenhof in Zusammenhang mit den beiden Morden vernommen worden sind. Für die Kehrer ist das eher ein Grund zum Feiern als zur Besorgnis. Die Fremden waren ihnen von Anfang an nicht geheuer. Gut, dass man sie endlich dingfest gemacht hat. Verstörend sei allerdings, dass man sie nach der Vernehmung wieder nach Hause gebracht habe. Das überrascht mich auch. Aber ich übe mich in Geduld. Marcel hat mir Aufklärung versprochen.

Ich schnappe Gesprächsfetzen auf: Demnach hat Paul Prönsfeldt beim Frühschoppen in Ormont noch nie eine Runde ausgegeben, Petra Prönsfeldt dem Caritas-Sammler die Tür vor der Nase zugeschlagen und keines der beiden Mädchen dem Kirchenchor in Hallschlag eine Aufwartung gemacht. Obwohl sie angeblich Gold in der Kehle haben sollen. Ihre Mitschülerinnen in Prüm verstünden nicht, weshalb sich die beiden nie für ein Superstar-Casting bewerben. Derartige Auftritte würde sie ihrer Tochter auch nicht erlauben, wendet eine rheinland-pfälzische Kehrerin ein, aber solche Zauberstimmen dürfe man nicht auf einem Gnadenhof einsperren. Man habe sie dem Kirchenchor zur Verfügung zu stellen.

Dem Gespräch der beiden Frauen am Nebentisch kann ich mühelos folgen. Und entnehme ihm eine hochinteressante Information. Aufgeregt winke ich Marcel zu mir her.

Er kommt sofort. Immer noch ziemlich zerknirscht, dass er mich allein gelassen hat.

»Das war unverzeihlich«, sagt er, als er sich setzt. »Aber wie sollte ich wissen, dass du dich in Gefahr begibst?«

»Wie letztes Jahr«, gebe ich ungerührt zurück. »Als du mich auch nicht in deine Erkenntnisse eingeweiht hast.«

»Da war die Lage komplett anders«, fährt er auf.

»Und ich verhalte mich jetzt auch gänzlich anders«, sage ich versöhnlich und fordere ihn auf, näher heranzurücken, weil ich wegen des Nachbartisches leise sprechen muss. »Ich habe soeben eine Information erlauscht, die sehr aufschlussreich ist und die ich gern mit dir teile.«

Mit dem Daumen deute ich hinter mich. Flüsternd sprudelt es aus mir heraus: »Die junge Frau da, die von der Cafeteria im Grenzmarkt, die hat gesagt, Frau Pee wollte beim Einholen Plunder haben, stell dir das vor!«

Marcel sieht verwirrt in mein triumphierendes Gesicht. Er streichelt begütigend meine Hände und flüstert zurück: »Es geht dir wirklich nicht gut, Katja, wieso sollte ein belgisches Bäckermädchen dabei sein, wenn Frau Prönsfeldt irgendeinen Krempel einholt? Schlimm genug, dass ihre Tochter das Zeugs eingeholt und sich daran vergiftet hat. Was willst du mir eigentlich sagen?«

Ich schlage die Hände vors Gesicht. Babylonische Sprachverwirrung in der Eifel. Im Schnelldurchlauf übersetze ich für mich alles hin und her.

»Oh Gott!«, hauche ich, als ich begreife, was er nicht begriffen hat, weil er es nicht begreifen kann.

»Ich rufe Dr. Knauff an«, drängt Marcel. »Die Nacht im Bunker hat dich fertiggemacht. Du redest dummes Zeug, Katja.«

»Nein, nein, du verstehst mich nicht!« Ich nehme seine Hände, die meine immer noch streicheln, und drücke sie fest. »Darum geht es doch. Um die Sprache, meine ich. In Berlin sagt man einholen für einkaufen, ist mir in der Aufregung so rausgerutscht! Frau Pee wollte Plunderstücke kaufen.«

»So ein Unsinn«, murmelt Marcel kopfschüttelnd. »Was soll das bedeuten? Du musst dich schon deutlicher ausdrücken; wir sind hier nicht in Berlin.« Er wiederholt: »Frau Pee wollte Krempel kaufen. Das tut doch jeder. Na und?«

»Nicht in einer Eifeler Cafeteria!«, rufe ich und dämpfe sofort meine Stimme. »Genau das ist es! Weil du es auch nicht verstehst, habe ich recht!«

»Ich gebe auf«, sagt er. »Ich verstehe überhaupt nichts mehr. Einholen, Krempel …«

»Nicht Krempel. Plunder. So heißt ein Kuchenstück, Marcel«.

»Habe ich noch nie gegessen.«

»Doch. Du nennst es anders. Ein Teilchen aus Hefeteig.«

»Warum sagst du das nicht gleich? Und was hat das mit Frau Prönsfeldt, den Morden und der bösen Geschichte mit den Mädchen zu tun?«

»Du bist schwer von Begriff, Marcel! Frau Pee hat in der Cafeteria Plunder bestellt. Sie kommt nicht von hier, nicht aus der belgischen Eifel, verstehst du jetzt, was ich meine?«

Er denkt einen Augenblick nach, zuckt mit den Schultern und sagt: »Stimmt. Sie ist nicht im Gebiet der Deutschsprachigen Gemeinschaft geboren, falls du das meinst. Aber das macht sie doch noch lange nicht verdächtig.«

»Vielleicht doch.«

»Nur, weil sie nicht von hier kommt?«

Sein Blick spricht Bände. Ich bin schlimmer als der misstrauischste Einödbauer der hintersten Eifel. Wenn alles auseinanderbricht, sind immer die Zugezogenen schuld. Marcel hat ja recht: Ich möchte den Prönsfeldts etwas anhängen. Weil ich es unverzeihlich finde, was ihre Töchter durchgemacht haben. Gänzlich unglaubwürdig, dass den Eltern deren Doppelleben entgangen sein soll. Wenn Herrn Pee schon nichts nachzuweisen ist, muss seine Frau genauer unter die Lupe genommen und jeder Stein, auf den sie je getreten ist, umgedreht werden. Irgendein Gewürm wird man darunter schon finden.

»Wo kommt sie denn her?«, frage ich.

»Weiß nicht mehr. Aus einer Kleinstadt in Deutschland, nicht weit von Köln, glaube ich.«

»Köln!«, rufe ich. »Wieso habt ihr diesen Anhaltspunkt nicht weiterverfolgt?«

»Wie sollte uns das in der aktuellen Lage weiterführen? Außerdem ist das nichts Besonderes. Viele Bewohner der DG kommen aus Deutschland. Köln liegt vor unserer Haustür. Wenn meine jungen Kollegen rausgehen wollen, fahren die nicht nach Brüssel oder Trier. Die fahren immer nach Köln.«

»So weit weg für einen Abend raus?«, frage ich erstaunt.

»Das ist hier normal«, gibt er zurück.

Wenn ich als junger Mensch gefeiert habe, hätte ich dafür nie eine zweistündige Fahrt in Kauf nehmen müssen. Das wäre in der geteilten Stadt, in der ich aufgewachsen bin, auch nur möglich gewesen, wenn ich im Kreis herum oder gleich nach Westdeutschland gefahren wäre.

»Aber es lohnt sich doch, der Sache nachzugehen?«, frage ich etwas verloren. »Vielleicht kommen wir über sie an ihren Mann heran. Obwohl es bei diesen scheußlichen Dingen immer heißt, dass die Mütter nichts wissen oder nichts wissen wollen.«

»Könnte gut sein, dass sie über ihre Töchter mehr weiß, als sie uns sagt«, gibt er zu. Und dann beginnt er mir endlich zu erzählen, was bei der Vernehmung in Prüm herausgekommen ist.

Er macht es kurz.

»Mit den Morden kann keiner in der Familie was zu tun haben. Alle haben für beide Tatzeiten bombensichere Alibis.«

Als Steffen Meier das Zeitliche segnete, war Herr Pee beim Frühschoppen in Ormont. Viele Zeugen sagten aus, dass er da keine Runde ausgegeben hat. Frau Pee hat bis zum späten Sonntagnachmittag den Tierarzt auf dem Hof beschäftigt, der das nicht nur bestätigte, sondern auch versicherte, Pia sei nicht von der Seite eines kranken Pferdes gewichen. Patti habe mit einer Grippe im Bett gelegen. Aber auch sie hat der Tierarzt gesehen: Als Frau Pee ihm am Nachmittag einen Kaffee aufbrühte, war das käsebleiche, sichtlich kranke Mädchen in ihrem Nachthemd aufgetaucht und hatte in der Küche ihr Inhalationsgerät mit kochendem Wasser aufgefüllt.

Ein noch besseres Alibi hat die gesamte Familie Pee für den Mord an Reinhold Wirzig: Zum Zeitpunkt seines gewalttätigen Ablebens hatten alle mit mir zusammen in der *Einkehr* Sekt getrunken.

»Es wäre dir doch aufgefallen, wenn der Mann verschwunden wäre – und wenn es auch nur für zehn Minuten gewesen wäre?«, fragt mich Marcel.

Fünf Minuten bis Losheimergraben, einmal Pistole abdrücken, fünf Minuten zurück. Zu schön, um wahr zu sein. Aber an jenem Abend habe ich Herrn Pee keine fünf Minuten aus den Augen gelassen.

Voller Bedauern nicke ich.

»Aber was ist mit dem Kindesmissbrauch?«, frage ich. »Da haben wir doch echte Beweise! Warum habt ihr ihn deswegen nicht eingebuchtet?«

»Weil in dieser scheußlichen Sache erst weiter ermittelt werden muss«, gibt Marcel zurück. »Es fehlen uns noch Beweise. Wir haben natürlich alle separat voneinander vernommen.«

»Außer Pia«, murmele ich.

»Die war noch in der Schule. Und sie ist minderjährig. Aber sobald sie wieder fit ist, werden wir sie natürlich befragen.«

»Wie geht es ihr?«

»Den Umständen entsprechend gut«, antwortet Marcel. »Dank Daniels schnellem Handeln wird sie keine bleibenden Schäden behalten.«

»Das glaubst du doch nicht im Ernst!«, fahre ich auf.

»Jedenfalls nicht von dem Selbsttötungsversuch«, antwortet Marcel und blickt finster vor sich hin. »Sie schläft erst mal. Sobald es die Ärzte zulassen, werden wir sie befragen.«

»Sie wird nur weinen.«

»Auch die deutsche Polizei beschäftigt gute Psychologen«, versichert Marcel.

»Die arme Pia hat nichts mehr zu verlieren«, sage ich. »Im Gegensatz zu ihrem Vater. Dem wird das Einkommen der Töchter fehlen.«

»Es ist ihm bisher nichts nachzuweisen. Und, Katja, das wirst du nicht gern hören, aber er war glaubhaft durch den Wind, als wir ihn mit den Fakten konfrontierten.«

»Ein guter Schauspieler«, sage ich abfällig. »Der hat das doch alles eingefädelt. Seine Töchter als Pferdchen für sich laufen lassen, ekelhaft!«

»Die ganze Sache ist ekelhaft«, bestätigt Marcel. »Aber nach unseren Erkenntnissen stecken die Eltern nicht dahinter. Die sind total ausgeflippt, als wir ihnen sagten, dass ihre Töchter seit Jahren als Prostituierte gearbeitet haben. Der Vater ist zusammengebrochen. Er konnte überhaupt nicht mehr aufhören zu weinen.«

»Krokodilstränen«, sage ich bissig und blicke schnell um Entschuldigung heischend auf meine rechte Hand. Die Brandechse fühlt sich zum Glück nicht angesprochen. »Es ist ihm natürlich nicht aufgefallen, dass die Mädchen jedes Wochenende und ganze Ferienwochen nicht zu Hause waren.«

»Natürlich wusste er das. Er war jedes Mal dabei, wenn die Mädchen abgeholt und zurückgebracht wurden.«

Jetzt geht es mir so wie ihm mit dem Einholen und dem Plunder. Ich verstehe überhaupt nichts mehr.

»Herr Prönsfeldt wollte seinen Töchtern eine gute Ausbildung mitgeben«, fährt Marcel fort. »Er hat geglaubt, sie würden an den Wochenenden in einem strengen Kölner Musikinternat wohnen. Wo ihre Stimmen ausgebildet werden sollten. Die beiden können offenbar sehr gut singen ...«

Aber nicht im Hallschlager Kirchenchor, erinnere ich mich an einen erlauschten Moment.

»Dieser autoritäre Mann würde seine Töchter doch nie einem Verein überlassen, den er nicht selbst ...«

»Geschenkt, Katja. Natürlich hat er sich im Vorfeld informiert, die Schule besucht und mit den Lehrern gesprochen. Da gab es vor allem einen, der auf Disziplin genauso viel Wert zu legen schien wie er selbst. Bei dem, glaubte er, wären seine Kinder besonders gut aufgehoben. Das war der Schweinekerl, mit dem alles angefangen hat. Der hat ihm regelmäßig schriftliche Berichte über die Fortschritte der Gesangskünste zugeschickt.«

»Und dieser Mann hieß zufällig Reinhold Wirzig?«, frage ich atemlos.

19_KÄLTE

Dienstagabend

»Leider nicht«, antwortet Marcel. »Obwohl wir den Mord an Wirzig endlich in einen Zusammenhang mit dem an Steffen Meier bringen können: Wir haben auf dem Beifahrersitz des Geländewagens DNS von Meier gefunden. Was vermutlich bedeutet, dass er Pias Freund an dessen Todestag auf die Kehr gefahren hat.«

»Und ihn umgebracht hat!«, rufe ich.

Am Nebentisch ist es plötzlich sehr still geworden.

»Lass uns rübergehen«, flüstere ich Marcel zu. »Da können wir ungestört reden. Bleib heute Nacht bei mir.«

Marcel zögert.

»Ich habe ein sehr weiches Bett«, sage ich und denke an meine morgigen Rückenschmerzen.

»Ich würde auch auf Beton bei dir schlafen, Katja, das ist es nicht«, erwidert er. »Aber du hast eben etwas gesagt, das ich gern so schnell wie möglich überprüfen möchte.«

Er steht auf. Ich folge seinem Beispiel. Ohne weiteren Abschied nicken wir den Gästen und meinen Mitarbeitern zu.

»Alles unter Kontrolle!«, ruft Regine fröhlich. Was mich im Moment herzlich wenig interessiert.

»So kommst du mir nicht davon«, sage ich zu Marcel, als wir vor die *Einkehr* treten. »Du hast mir versprochen, alles zu sagen. Warum haben die Mädchen das mitgemacht? Marcel, die beiden waren noch Kinder, als es angefangen hat! Das muss für die der reine Horror gewesen sein!«

»War es auch«, entgegnet er und nimmt meinen Arm. »Patrizia hat uns alles erzählt.«

Ich schmiege mich dichter an ihn. Die Sterne über Belgien funkeln. Glitzernder Reif liegt auf den Windschutzscheiben der parkenden Autos. An der Straße bleibe ich stehen und deute nach links, wo es gelblich flackert.

Ich lasse Marcel los.

Er versteht sofort und geht mit mir zum Eingang zurück, wo neben den Stufen der Eimer mit dem Salz steht. Dröhnend fährt der Streuwagen vorüber. Sein gelbes Blinklicht färbt Marcels Gesicht gespenstisch fahl. Die Bundesstraße knistert noch, als wir ohne Worte und mit bloßen Händen das Streusalz auf meinem Vorplatz verteilen. Damit sich keiner meiner Gäste ein Bein bricht. Es friert gotterbärmlich.

Auch wenn der Mai schon längst angefangen hat.

Ich bin dankbar, diese Nacht nicht im Bunker verbringen zu müssen. Ahne aber, dass mich kein Eifeler Frost so schaudern machen kann wie das, was mir Marcel gleich erzählen wird.

Bei einem starken Kaffee bringt er es in meinem Wohnzimmer stockend hinter sich. Es bereitet ihm sichtlich Pein, Pattis Worte zu wiederholen. Ich erfahre, wie entsetzt die kleinen Mädchen waren, als sie plötzlich nicht vorsingen, sondern ganz andere Dinge tun sollten. Wie sie der *Musiklehrer* mit Geschenken und Drohungen gefügig gemacht und immer tiefer in den Dreck gezogen, wie er ihnen Geld für angeblich gewonnene Wettbewerbe zugesteckt hat. Geld, das sie brav bei ihrem Vater ablieferten. Zusammen mit gefälschten Zeitungsausschnitten über ihre Auftritte. Mit Liedern von Bach und Schubert. Einmal ließ er den Eltern sogar VIP-Karten zukommen, damit sie den angeblichen Triumph ihrer Töchter selbst erleben könnten. Natürlich wurde die Veranstaltung im letzten Moment abgesagt.

Den Mädchen zeigte er Kontoauszüge, auf denen sie ein Vermögen stetig wachsen sahen. Er sagte, dies seien ihre eigenen Bankkonten, über die sie nach ihrer Volljährigkeit verfügen dürften. Dann wären sie eh zu alt, um so viel Geld mit so wenig Arbeit zu verdienen. Vor allem Patti wurde immer wieder auf ihre nahende Haltbarkeitsgrenze in diesem perversen Milieu hingewiesen. Weil das Ende des Schreckens abzusehen war, schwiegen die Mädchen weiter. Weil sie sich schämten. Weil sie sich niemandem anzuvertrauen wagten. Weil sie von greifbarem Reichtum träumten. Wie der Streit ums Geld alle zermürben kann, erlebten sie schließlich tagtäglich zu Hause.

Natürlich gab es kein Konto auf ihren Namen, als Patti an ihrem achtzehnten Geburtstag bei der Bank auftauchte. Kurz zuvor hatten die Fahrten nach Köln ein plötzliches Ende genommen. Weshalb, konnte Patti nicht sagen. Ihr Vater hatte den Mädchen wutschnaubend ein Schreiben der Musikschule vor die Füße geworfen. Bedauerlicherweise entspräche das Talent der Töchter nicht mehr den geforderten Ansprüchen.

Diesen Satz bringt Marcel nur flüsternd hervor. Er räuspert sich.

»Als Polizist wird man zwangsläufig ziemlich abgebrüht, aber diese Geschichte hat uns alle richtig mitgeholt, das kann ich dir sagen.«

»Was ist mit dem Musiklehrer?«, frage ich.

»Über alle Berge. Ausgewandert. Schon vor Monaten. Interpol fahndet wegen anderer ähnlicher Verbrechen nach ihm.«

»Aber es muss doch mehr Leute geben, die Bescheid wussten. Die Chefin vom Bordell?«

»Die ist schon in die Mangel geholt worden. Behauptet, die Frauen nie gesehen zu haben, für die der Mann das Zimmer angemietet hat. Um Freiberuflerinnen kümmere sie sich nicht.«

»Wir wissen, dass das nicht stimmt.«

»Vor Gericht würde ihr Anwalt unsere Aussage zerpflücken.«

»Und der Fahrer? Oder hat der Mann die Mädchen selbst abgeholt?«

»In den ersten Jahren ist er selber gefahren. Hat ihnen unterwegs eingetrichtert, wie sie sich zu Hause verhalten und was sie wem sagen sollen. Er hat ihnen im Auto sogar Gesangsunterricht gegeben. Er ist tatsächlich ausgebildeter

Musiklehrer. Wurde vor Jahren wegen sexueller Belästigung Minderjähriger rausgeschmissen. Im letzten Jahr brauchten die Mädchen wohl keine Instruktionen mehr. Da hatten sie einen anderen Fahrer. Steffen Meier.«

»Der mit Reinhold Wirzig hierherkam«, flüstere ich. »Das ist doch kein Zufall.«

»Nein. Der Meier hatte sich am Sonntag tatsächlich mit Pia verabredet. In der Kapelle auf der Kehr. Wir haben den gesamten E-Mail-Wechsel ausgewertet. Aber Pia ist nicht hingegangen. Sie hat sich um ein krankes Pferd gekümmert.«

»Das kann nicht stimmen!«, sage ich heftig. »Pia hätte Steffen nie und nimmer versetzt! Die wäre mit fliegenden Fahnen zu ihm hingelaufen.«

Wieder bringe ich meinen Lieblingstäter Herrn Pee ins Spiel. Der muss erst Steffens letzte E-Mail an Pia, dann ihn selbst in der Kapelle abgefangen und daraufhin bei Eiterbach umgebracht haben.

»Da müsste der Mann schon die Fähigkeit besitzen, an zwei Orten gleichzeitig zu erscheinen«, sagt Marcel müde, stellt die Kaffeetasse ab und erhebt sich. »Sein Alibi in Ormont steht.«

»Zeugen können sich irren«, sage ich und zupfe ihn am Hemdärmel. »Deswegen sind die Pees nach Deutschland gezogen. Weil dem Mann die Sache zu heiß geworden ist. Deswegen steht kein Namensschild am Gnadenhof. Damit die Kinderschänder die Mädchen nicht finden! Deswegen hält sie der Vater auch an einer so kurzen Leine. Deswegen lässt er niemanden direkt auf den Hof – passt doch alles ins Bild.«

»Mein Gefühl sagt mir, dass etwas anderes noch besser passen könnte. Was du vorhin gesagt hast.«

Er zieht seine Jacke über.

»Was habe ich denn gesagt?«, frage ich verloren, als ich ihm in den Flur folge. Am liebsten würde ich ihn anflehen, hierzubleiben. Aber ich habe meinen Stolz. Und er hat keinen Alkohol getrunken.

»Dass Petra Prönsfeldt nicht aus der Eifel kommt.«

»Ach?«, gebe ich überrascht zurück. »Eben hast du dich doch noch über meine Ansicht amüsiert. Dass diese Fremde nicht von hier ist. Woher der plötzliche Sinneswandel? Hat meine Xenophobie in deiner deutschsprachig-belgischen Seele etwa eine Saite zum Klingen gebracht?«

Als ob ich ihn mit meinem Sarkasmus zum Bleiben anregen könnte. Den letzten Satz hätte ich herunterschlucken sollen. Ich habe mir doch vorgenommen, nie wieder im Streit von ihm zu scheiden. Der nächste Bunker ist schließlich nicht fern.

»Nein«, antwortet Marcel abwesend. Sein Blick scheint angestrengt nach innen gerichtet zu sein. Ich atme erleichtert aus. Der Mann hat mir zum Glück überhaupt nicht zugehört.

»Irgendwas war an ihrem Geburtsort tatsächlich auffällig. Der ist in den Dossiers noch einmal irgendwo aufgetaucht. Es klang komisch. Nicht verdächtig, aber da war was.«

Er nimmt mich in den Arm.

»Vielleicht hast du recht. Vielleicht habe ich da etwas übersehen. Etwas, was wirklich wichtig ist.«

Ein Zittern fährt durch seinen Körper. Ohne mir einen Kuss zu geben, lässt er mich los. Sieht mich sehr ernst an. Ich hebe die Augenbrauen und warte auf weitere polizeiliche Enthüllungen.

»Ich muss besoffen sein«, sagt er.

»Leider nicht«, entgegne ich verblüfft.

»Weil ich etwas wirklich Wichtiges übersehen habe. Aber das liegt an dir, Katja.«

»Wieder etwas, was ich gesagt habe?«

»Nein, etwas, was du nicht gesagt hast. Du hast nichts über deine Todesangst im Bunker gesagt, nicht gejammert, niemanden angeklagt. Nicht mal Pia. Du hast dir Sorgen um sie gemacht, hast Witze gerissen und uns alle beruhigt. Und ich habe nicht weiter nachgefragt. Mich nur gewundert, wie zäh du doch bist. Dabei warst du lebendig begraben. So etwas hinterlässt Spuren. Ich habe dich nicht nur vorher allein gelassen. Auch hinterher.«

Er zieht seine Jacke aus.

»Die Dossiers können bis morgen früh warten. Ich könnte mich ohrfeigen, Katja. Vielleicht kriegst du einen verspäteten Schock. Oder Albträume. Da will ich bei dir sein. Ich lasse dich heute Nacht nicht allein.«

»Danke«, seufze ich erleichtert. Weil ich es nicht noch dramatischer machen will, setze ich hinzu: »Ob wir uns nach all der Aufregung an ein Schlückchen heranwagen dürfen? Single Malt? Was meinst du, Marcel? Auch wenn wir morgen ziemlich früh rausmüssen?«

Ich will ihn an der Hand ins Wohnzimmer ziehen. Doch der belgische Polizeiinspektor bleibt mit offenem Mund wie angewurzelt stehen. Sein Gesicht ist starr geworden. Dann bewegen sich seine Lippen. Verwundert lese ich so etwas wie *Schlückchen wagen*. Und frage mich, was ich mit dieser unschuldigen Formulierung, diesem Angebot, schon wieder losgetreten habe.

»Jetzt fällt's mir ein!«, bringt Marcel schließlich atemlos hervor. »Hückeswagen! Der Ort heißt Hückeswagen! Da ist die Prönsfeldt geboren! In Hückeswagen!«

»Klingt wirklich komisch«, sage ich beruhigt. *Schlückchen wagen, Hückeswagen.* Wie schön, Marcels Gedächtnis mithilfe von noch nicht getrunkenem Alkohol auf die Sprünge geholfen zu haben. »Dann kannst du ja jetzt ruhig schlafen.«

Wortlos geht er in die Küche. Zieht einen Stuhl ans Buffet, steigt hoch, reckt sich und holt die halb leere Flasche Single Malt aus ihrem Versteck. Ich stelle zwei Gläser auf den Küchentisch und setze mich hin.

Marcel schüttet uns einen.

»Hückeswagen«, wiederholt er befriedigt, lässt sich auf den Stuhl fallen und prostet mir finster grinsend zu. »Hückeswagen könnte uns tatsächlich weiterbringen.«

»Nur, weil die Riesenmade da geboren wurde?«

Bei seiner Antwort läuft es mir eiskalt den Rücken herunter: »Nicht nur sie. Dieses Schwein von Musiklehrer stammt auch von da. Die beiden müssen sich gekannt haben. Könnte sein, Katja, dass du auf der ganzen Linie recht hast.«

Ich verspüre keinen Triumph. Bin zu entsetzt bei dem Gedanken, den Marcel zwar nicht ausgesprochen, aber dennoch unmissverständlich formuliert hat: Dass diese Mutter ihre Töchter einem Mädchenhändler ausgeliefert haben könnte. Vielleicht eine noch üblere Vorstellung, als wenn sie unter elterlicher Aufsicht im Gnadenhof zur Prostitution gezwungen worden wären. Ich mag im Fall krimineller Machenschaften auf der Kehr jedweden Verschwörungstheorien zugeneigt sein, aber Marcels perfides Szenario geht sogar mir zu weit.

»Was hätte sie davon gehabt?«, frage ich. »Der Typ hat den Mädchen doch nur ein Taschengeld gegeben und den Rest selbst eingesackt.«

»Vielleicht ging es gar nicht um Geld«, überlegt Marcel.

»Um was denn sonst!«, entgegne ich empört. »Etwa um Liebe?«

Marcel beugt sich übers Eck vor und küsst mich sanft auf die Lippen.

»Ganz im Gegenteil«, sagt er leise. »Ich habe diese Frau bei unserer Vernehmung genau beobachtet. Irgendwie hat mich gestört, wie sie ihre Tochter angesehen hat. Das war ein sehr unangenehmer Blick.«

»Sie hat von euch schließlich mehr als nur etwas sehr Unangenehmes über ihre Tochter zu hören bekommen«, verteidige ausgerechnet ich Frau Pee. »Da würde ich mein Kind auch voller Entsetzen anblicken.«

»Aber nicht voller Hass«, sagt Marcel. »Als Polizist habe ich gelernt, solch einen Blick zu interpretieren. Ihn bei Petra Prönsfeldt jedoch nicht gleich einordnen können. Weil es unvorstellbar war. Jetzt bin ich mir sicher: Die Frau hasst ihre schönen Töchter.«

20_ERINNERUNG

Mittwochmorgen

Etwas kitzelt mich an der Wange. Verschlafen hebe ich mein Gesicht dem mutmaßlichen Schnurrbart entgegen und strecke die Arme aus. So flach und struppig kann Marcel über Nacht nicht geworden sein. Erschrocken öffne ich die Augen. Der belgische Polizeibeamte hat sich in einen frisch erblühten Forsythienzweig verwandelt. Jedenfalls liegt der jetzt auf dem Kissen neben mir.

Mit Linus im Haus wäre es Marcel nie gelungen, mir durch die Blume einen guten Morgen zu wünschen. Der Hund wäre auf das Bett gesprungen und hätte den Frühlingsgruß geknackt. Nein, Linus hätte sich schon vorher auf die frei gewordene Stelle geworfen, und ich wäre unsanft geweckt worden.

Trotzdem fehlt mir der Hund. Es ist zu still im Haus. Ich könnte den Marder über den Speicher huschen hören. Aber der nagt vermutlich gerade die Bremsschläuche meines Autos an. Jeden Frühling schlägt er zu; da kann ich noch so viele Hundehaare, WC-Steine oder elektronische Piepgeräte im Motorraum anbringen. Heins Rote Zora rührt das Vieh nicht an. Mein Auto ist eben bei Mördern und Mardern auf der Kehr gleichermaßen beliebt.

Beide laufen hier frei herum.

Dass zwei Morde aufgeklärt werden müssen, ist für mich seit gestern in den Hintergrund getreten. Das Schicksal der beiden Prönsfeldt-Mädchen beschäftigt mich erheblich mehr. Die Frage, ob Marcel recht hat. Wenn zwei Leute im gleichen Alter aus dem gleichen kleinen Ort stammen, muss das längst nicht heißen, dass sie ein gemeinsames kriminelles Ziel verfolgen. Der Mann war tatsächlich ausgebildeter Musiklehrer. Frau Pee kann das gewusst haben, und deswegen hat Herr Pee auch Vertrauen zu ihm gefasst. Wahrscheinlich leben die Prönsfeldts schon zu lange in Belgien, als dass sie seinen Rausschmiss wegen sexueller Belästigung mitbekommen haben. Sie haben ihm ihre Töchter guten Glaubens anvertraut. Zumal sich der Mann in der ehrwürdigen Musikschule mit Herrn Pee getroffen haben soll.

Kopfschüttelnd lasse ich in der Küche Wasser für Kaffee und Forsythienzweig laufen. Katja Klein übernimmt in Sachen Prönsfeldt die Verteidigung der Eltern. Noch gestern hätte ich mir das nicht träumen lassen.

Mit einer Anzeige wegen Vernachlässigung der Aufsichtspflicht gegenüber ihren Schutzbefohlenen werden die Prönsfeldts wohl zu rechnen haben. Man wird sie fragen, ob sie denn wirklich nichts gemerkt haben. Die Mädchen müssen doch völlig verstört von ihren ersten Wochenenden zurückgekommen sein. Wie kann man zwei Kindern nicht anmerken, dass sie kontinuierlich vergewaltigt werden? Die müssen doch irgendwie auffällig werden. Wir dachten, dass es eine sehr strenge Musikschule war, lasse ich die Eltern antworten; die Mädchen waren von zu Hause keine Disziplin gewöhnt, und wir haben die Zügel zu sehr schleifen lassen. Wir fühlen uns immer noch schuldig, dass sie vor acht Jahren einfach so weglaufen konnten, und waren heilfroh, als sie damals bei der Razzia im Bordell unbeschadet aufgegriffen wurden.

Dann kamen Klagen über ihren Umgangston aus der Schule in Sankt Vith und die Absage der Musikschule. Da haben wir begriffen, dass wir unser Leben zum Wohl der Mädchen ändern mussten. Deshalb haben wir den Gnadenhof gepachtet. Versuchen jetzt, die früheren Fehler bei unserer Erziehung mit strenger Zucht und Disziplin auszubügeln. Wir konnten doch nicht ahnen, dass unsere Töchter die ganze Zeit einem sexuellen Martyrium ausgesetzt waren! Wirklich nicht?

Ich lege die Verteidigung der Eltern nieder; wiewohl ich

selbst erlebt habe, dass die Mädchen im Verstellen und Vortäuschen falscher Tatsachen zu Meisterinnen herangereift sind. Doch der Weg dahin muss grausam gewesen sein. Unmöglich, dass sich die Eltern die ganze Zeit über im Tal der Ahnungslosen aufgehalten haben.

Lautes Gerumpel schreckt mich auf. Es klingt, als sei vor meinem Haus eine Statue umgefallen. Wenn da eine stehen würde. Nur mit meinem langen T-Shirt bekleidet, renne ich zur Tür und reiße sie auf.

»Oh«, sagt ein fremder Mann und sieht interessiert auf meine nackten Beine. Ich knalle die Tür wieder zu und schaue aus dem Fenster. Keine Spur von Schnee oder Eisglätte. Das ist schon sehr beruhigend. Im Gegensatz zu der Szene, die sich vor meinem Haus abspielt. Jupp steht neben einem Lastwagen und stemmt sein ganzes gewaltiges Gewicht gegen einen übermannsgroßen Käselaib, der auf irgendeiner fragilen Unterlage bedenklich schwankt.

Hastig kleide ich mich an. Wieder höre ich Gepolter. Als ich vor die Tür trete, rumpelt der Käselaib an mir vorüber. Sechs Männer balancieren ihn auf einer Art Holzschlitten mit Rädern.

»Hinters Haus«, höre ich Jupps Stimme. »Vorsicht! Nicht, dass es noch mal hinfällt. Das Ding ist voller Elektronik.«

Zum Glück ist mein Jacques Uhsi gut eingepackt. Im Gegensatz zu mir, wenn ich da eintauchen werde. Welch ein Luxus! Ein warmes Bad im Freien mit Blick über schneebedeckte Hänge oder auf einen durch Restlicht ungetrübten Sternenhimmel.

Rumps. Der Whirlpool wird vor dem Schuppen vom Schlitten gerollt.

»Wir lassen ihn erst mal in der Verpackung«, sagt Jupp zu mir. »Nächste Woche bin ich bei den Holländern fertig. Dann reiße ich hier den Schuppen ab, baue die Tür ein und schließe diese Badewanne an.«

Ich bedanke mich bei seinen Waldarbeiter-Kollegen und lade alle zum Frühstück in die *Einkehr* ein.

Vor der uns ein seltsamer Anblick empfängt. Gudrun und Regine hopsen auf dem salzfeuchten Pflaster nebeneinander her. Regine gibt händeklatschend eine Art Polkatakt an.

»Was macht ihr denn da?«, frage ich.

»Üben«, keucht Gudrun. »Für Pfingsten.«

»Falsch«, sagt einer der Waldarbeiter, legt den Arm um Gudrun und zeigt ihr, wie das, was da gehen soll, richtig geht. Sehr unkomplizierte Schritte: Jeweils ein Sprung zur linken und zur rechten Seite, dabei kurzes Verharren auf dem jeweiligen Fuß. Es erschließt sich mir nicht, was daran so schwer sein soll, dass es geübt werden muss.

»Man muss doch auch zwei zurückspringen!«, kommentiert Jupp das Gehopse.

»Mittelalter!«, kräht Regine empört.

»Aber ich hab das so schon gesehen«, insistiert Jupp. »Im Fernsehen.«

»Das wirkt nur so, wenn die ganze Menge springt«, erläutert Regine. »Es geht immer vorwärts. Weiter, Gudrun, nicht schlappmachen!«

»Und was ist das für ein Tanz?«, erkundige ich mich verwundert.

»Kein Tanz«, verbessert mich Regine. »Wir üben für Pfingsten.«

»Ich kann nicht mehr!«

Gudrun hört auf zu hüpfen, beugt den Oberkörper vor und drückt die Arme in die Seiten.

»Für die Echternacher Springprozession«, bringt sie japsend hervor. »Ich habe da noch nie mitgemacht. Aber dieses Jahr muss ich dabei sein! Weil ich schon nicht mit der Sankt-Matthias-Bruderschaft nach Trier wandern kann …«

Wegen des Hochbetriebs am vergangenen Samstag hatte ich sie inständig gebeten, in diesem Mai auf ihre dreitägige Pilgerwanderung zu verzichten.

»Wir Prümer haben bei der *Procession dansante* eine Sonderstellung«, erklärt Regine stolz. »Wir springen nämlich drei

Tage lang – den ganzen Weg nach Echternach und dann am Dienstag in Echternach selbst auch noch.«

»Dafür braucht man Ausdauer«, kräht Gudrun. »Deshalb muss ich vorher schon anständig trainieren. Sonst schaffe ich es nicht, und das wäre doch peinlich.«

»Wozu das Ganze?«, frage ich, als ich allen voran die *Einkehr* betrete.

Während Gudrun und Regine in der Küche verschwinden, klärt mich der des Hüpfens kundige Waldarbeiter über eine uralte Tradition meiner neuen Heimat auf. Demnach ist die Echternacher Springprozession kein Tanzvergnügen, sondern eine Wallfahrt. Die führt zum Grab von Sankt Willibrord in der Echternacher Basilika. Weshalb man sich dem Heiligen hüpfend zu nähern hat, kann er mir aber auch nicht erklären. Das sei eben immer so gewesen, verbinde die Gemeinschaft und mache viel Spaß.

Zudem sei sie sehr wichtig: Die UNESCO habe die Echternacher Springprozession vor wenigen Monaten in die Liste der Meisterwerke des mündlichen und immateriellen Erbes der Menschheit aufgenommen.

Ich erkundige mich, wofür der heilige Willibrord denn zuständig sei. Das meine ich keineswegs ironisch. Obwohl ich ungetauft und ungläubig bin, nimmt sich der heilige Antonius immer meiner an, wenn ich etwas verlegt habe. Vor zwei Jahren habe ich ihn das erste Mal aus Verzweiflung und Ermüdung angerufen. Weil wichtige Erbschaftspapiere unauffindbar verschwunden waren und Gudrun mich unendlich nervte, doch auf die Gnade des Heiligen zu bauen. Sie ließ nicht locker. Also belästigte ich den Schutzpatron für das Auffinden verlorener Sachen mit einer Bitte. Um Gudrun zum Schweigen zu bringen und weil es eh nicht schaden konnte. Ohne übrigens selbst weiterzusuchen; im ganzen Haus gab es keine Stelle mehr, die ich nicht durchforstet hätte.

Der Heilige, der vor allem in der Eifel bestimmt Wichtigeres zu tun hatte – er bekämpft schließlich auch Unfruchtbarkeit,

Fieber, teuflische Mächte und Viehkrankheiten –, erbarmte sich meiner ungeheuer schnell. Zwei Stunden später fand ich die Papiere auf dem Fußboden im Arbeitszimmer. Sie waren offenbar aus der Rückwand des davorstehenden Schranks gerutscht. Seitdem betrachte ich diesen Sankt Antonius als einen Freund, der mir exzessives Suchen abnimmt.

»Der heilige Willibrord ist für vieles zuständig«, sagt jetzt der Waldarbeiter. »Wenn man Krämpfe hat oder einen epileptischen Anfall oder irgendwas mit den Nerven.«

Hätte ich Letzteres gestern im Bunker gewusst, wäre mir die Panikattacke möglicherweise erspart geblieben.

»Aber das Springen muss doch einen Sinn haben«, erkläre ich, als sich Gudrun zu uns an den Tisch setzt. Sie nimmt meine rechte Hand in ihre und streicht über das einzahnige bräunlichrote Krokodil.

»Die Farbe ist immer noch so stark wie am ersten Tag«, flüstert sie. »Was für einen Sinn hat das denn?«

»Keinen. Die Eifel hat mich gebrandmarkt«, gebe ich scharf zurück.

Gudrun lacht ihr unerträglich vielwissendes leises Lachen.

»Für Gott gibt es nichts Sinnloses«, sagt sie.

»Jucken ist sinnvoll?«

»Vielleicht soll es dir etwas sagen? Juckt es denn ständig? Oder nur vor einem Wetterumschwung? Wie manche Leute das bei Narben haben?«

»Es juckt nur manchmal«, gebe ich zu. »Aber mit dem Wetter hat das nichts zu tun …«

Ich breche entgeistert ab. In meinem Hirn ist ein ganz und gar absonderlicher, vielleicht sogar kranker Gedanke aufgeblitzt. Gudrun blickt mich fragend an, aber ich spreche nicht weiter. Ich würde mir eher die Zunge abbeißen, als ihr verraten, dass das Tier seltsamerweise immer dann aufzumucken scheint, wenn mir oder meinem Umfeld Unheil droht. Eine solche in die Haut integrierte Frühwarnechse sollte ich als Freund behandeln.

Seitdem ich in der Eifel lebe, halte ich es mit dem Aberglauben wie mit dem Computer und der Religion: Sie alle können in vorsichtigen Dosierungen hilfreich und tröstlich sein.

Nachdem die Männer gegangen sind, präsentiert mir Gudrun strahlend die Abrechnung des Vorabends.

»So viel Kasse haben wir nicht mal zur Eröffnung gemacht«, erklärt sie. »Wenn das so bleibt, müssen wir Regine unbedingt einstellen, vor allem, wo uns David noch nicht helfen kann.«

»Wie geht es ihm?«, frage ich mit schlechtem Gewissen. An David habe ich überhaupt nicht mehr gedacht, auch nicht daran, dass Gudrun und Regine meinetwegen gestern nicht zu ihm nach Trier fahren konnten. »Warum fahrt ihr nicht gleich los und besucht ihn?«

»Weil wir erst heute Nachmittag können«, beantwortet Regine meine Frage. »Wenn Daniel aus der Schule kommt. Die Ärzte meinen, David kann es jetzt verkraften, einen Sohn zu haben.«

»Es geht ihm jeden Tag besser«, erklärt Gudrun. »Wir haben heute Morgen ganz lange telefoniert. Stell dir vor, er kann sich langsam erinnern. An das, was passiert ist.«

»Und das sagst du erst jetzt?«, frage ich fassungslos.

»Na ja«, Gudrun zögert. »Es ist nicht viel. Er weiß wieder, dass er in die Leitstelle gegangen ist. Und dass da ein Mann war. Der hat ihn etwas gefragt.«

»Was hat der ihn gefragt?«

»Ebendas fällt ihm nicht ein«, antwortet Gudrun. »Aber er arbeitet dran. Geht immer wieder alles von vorn durch. Irgendwann wird er den Mann wieder hören, sagt er.«

Es wird höchste Zeit, dass ich den Patienten auch besuche.

»Könnt ihr euch um die heutigen Einkäufe kümmern?«, frage ich die beiden Frauen und greife nach einem Notizblock.

»Sag ihm noch nichts von Daniel«, bittet Regine. »Das soll eine Überraschung sein.«

»Ich werde schweigen wie ein Grab«, verspreche ich.

David empfängt mich aufrecht im Bett sitzend. Er sieht unverändert aus, abgesehen von einem nicht sonderlich breiten Verband um die Stirn und den winzigen schwarzen Stoppeln, die auf dem Kopf sprießen, wo man ihm die Haare abrasiert hat. Er freut sich sichtlich, mich zu sehen.

»Gestern war Gudrun nicht da«, klagt er.

Ich halte es nicht für sinnvoll, dem gerade erst Genesenden von meinem Bunker-Abenteuer zu berichten – zumal ich dann unweigerlich Daniel erwähnen müsste. Ich habe Regine zwar versprochen, ihr die Überraschung nicht kaputt zu machen, ihr aber auch zu bedenken gegeben, ob es nicht sinnvoller wäre, David psychologisch behutsam auf seine späten Vaterfreuden vorzubereiten. Ich wäre dazu durchaus in der Lage, da ich David gut kenne und sehr umsichtig vorgehen würde. Man sollte ihm den Schock ersparen, plötzlich mit seinem jüngeren Selbst konfrontiert zu werden. Ein Blick auf Daniel, sagte ich, und alles wird ihm klar sein. Regine wies mich resolut in die Schranken. Eben, sagte sie, gerade dieser Blick erspare allen Beteiligten unnötige Erklärungen. Nicht ich, die Unbeteiligte, solle sprechen, sondern die Tatsache für sich selbst.

Ich hätte es wissen müssen: Eifelerinnen reden zwar leicht und locker über Alltagssorgen, bürden sich aber höchst ungern die Last schwerwiegender Worte auf.

Also weiche ich Davids Frage lachend aus und berichte von meinem unglaublich florierenden Geschäft. Ich sei personell unterbesetzt und könne es kaum erwarten, ihn wieder Radieschenfiguren schnitzen zu sehen, eine Tätigkeit, die ich ihm unter Androhung von Höchststrafen in meiner Küche verboten hatte.

»Mir fehlen deine Brownies«, sage ich. »Schade, dass du dich an das Rezept nicht mehr erinnern kannst.«

»Ich erinnere!«, ruft er empört und wirft mir Block und Stift von seinem Krankenhausnachttisch zu. »Schreib!«

Gehorsam notiere ich seine sehr peniblen Inhalts- und Mengenangaben. Keines meiner Rezepte könnte ich aus dem Stegreif so exakt herunterbeten.

»Toll, dass dein Kopf wieder richtig funktioniert«, sage ich beeindruckt. »Dann wird dir bestimmt irgendwann wieder einfallen, was dieser üble Kerl von dir gewollt hat. Weshalb er dich niedergeschlagen hat. Irgendeinen Grund muss es dafür doch geben!«

David verzieht das Gesicht.

»Ich versuche so hart zu erinnern«, sagt er verzweifelt. »Es ist fast da – and then it slips away. Wie der Traum morgens. Oder bevor du in Schlaf fällst. Du möchtest ihn halten. Du weißt, du hast etwas gesehen. Etwas gehört. Aber dann ist es weg. Und du bist leer. Aber ich versuche. Gudrun sagt, der Mann ist tot. Murdered. Weiß Marcel schon, wer das gemacht hat?«

»Nein«, sage ich. »Aber er wird es herausfinden.«

»Gut. Todesstrafe ist zu viel für das.« Er berührt seinen Kopf.

»Todesstrafe gibt es in Deutschland nicht«, sage ich.

»Ist aber manchmal gut«, sagt der Texaner.

»Ich bin voll dagegen«, erkläre ich.

»Verstehe ich«, sagt David. »Es gibt falsche Urteile. Du musst ganz sicher sein. Und es muss furchtbar schlimm sein. Wer ein Kind was Böses tut, der muss weg. Für immer.«

»Einschließen und Schlüssel wegwerfen«, sage ich mit bemühter Leichtigkeit. Über dieses Thema möchte ich nun gerade nicht reden. Ich informiere ihn, dass Gudrun ihn am Nachmittag besuchen wird.

David strahlt mich mit seinem amerikanischen Zahnpastalächeln an.

»Ich weiß. Mit Regine. Gut, dass Regine jetzt auch in *Einkehr* arbeitet.«

Vorsicht. Mine. Regine. Daniel. Ich muss aufpassen. Und etwas richtigstellen.

»Sie arbeitet nicht in der *Einkehr,* David. Sie hilft Gudrun.«

Sein Lächeln wird noch breiter.

»Gut, dass Gudrun nicht böse ist. Wegen Regine. Ist auch so lange her.«

Ein Teenagerleben lang. Daran darf ich nicht denken. Damit bloß nichts rausrutscht.

»Wie hast du Regine eigentlich kennengelernt?«, frage ich.

»In Café«, antwortet er.

»In Prüm?«

»Natürlich.«

»Du warst also schon früher hier?«

»Ja. Habe ich nicht gesagt?«

»Nein.«

»Aber du weißt es jetzt.«

»Ja. Was hast du hier denn so gemacht?«

»Hat Regine nicht gesagt? Wie alle Amerikaner hier. Ich war bei der Army. In Schwarzem Mann.«

»In der Radarstation?«

»Ja.«

Ich rücke meinen Hocker näher an das Bett heran und streichele seine Hände.

»Kannst du dich denn noch erinnern, was genau du da getan hast?«

»Natürlich, ich …«

Die Erfindung des Telefons hat nicht nur Vorteile. Warum muss es ausgerechnet jetzt klingeln? Wo das Licht im Dunkel von Davids Prümer Vergangenheit gerade aufglimmen will?

»Hi, Mom«, sagt er.

Ich stehe auf und blicke aus dem Fenster auf die Müllcontainer des Krankenhauses. David spricht sehr liebevoll mit seiner Mutter. Und sehr bestimmt. Nein, sie solle nicht in die Eifel kommen. Sie solle sich und ihr Bein schonen. Er würde sie in Texas besuchen. Mit einer schönen Überraschung.

Mit mehreren Überraschungen, denke ich. Wie wird David seine Mutter auf Gudrun vorbereiten, auf die Tochter des Mannes, der so viel Leid über seine Mutter und Großeltern gebracht hat? Wahrscheinlich gar nicht. Vielleicht wird sich die gebürtige Eifelerin Mathilde Quirk an die Bürde schwerwiegender Worte erinnern und keine Fragen stellen.

»I'm fine«, sagt David ins Telefon. Der Mann, der ihn angegriffen habe, sei erschossen worden. Nein, natürlich habe er ihn nicht selbst umgebracht. Er liege doch noch im Krankenhaus. Wie sie ja auch. Ach, sie sei schon entlassen worden?

»No, Mom, please don't take the plane«, sagt er, bevor er sich verabschiedet.

»Deiner Mutter geht es also besser?«, frage ich, als er das Telefon wieder auf den Nachttisch legt.

»Ja. Sie will hier kommen«, seufzt er.

»Freu dich doch!«, sage ich.

Er hebt die Schultern.

»Keine gute Idee«, sagt er finster.

Wieso wehrt er sich gegen einen Besuch seiner Mutter? Das werde ich ja wohl noch fragen dürfen. Doch er kommt mir mit einer Frage zuvor.

»Wie geht es Linus?«

»Keine Ahnung«, sage ich überrascht. »Der ist die ganze Zeit bei Daniel.«

»Daniel?«

Ich habe es vermasselt.

»Wer ist Daniel?«, hakt David nach, als ich nicht reagiere.

»Regines Sohn«, quetsche ich unwillig hervor.

»Regine hat ein Sohn?«

Ich nicke unglücklich. David zieht die Augenbrauen zusammen.

»Wie alt?«, fragt er heiser.

»Keine Ahnung«, flunkere ich. »Ein Kind halt.«

»Was Kind? Drei, zehn, siebzehn?«

Ich sehe es hinter der bandagierten Stirn rechnen.

»Irgendwas dazwischen.«

»Mehr drei oder mehr siebzehn?«

»Mehr siebzehn«, flüstere ich.

David sagt lange Zeit nichts. Dann schlägt er mit der Faust aufs Bett.

»Shit! Ich habe es gedacht!«

Es hat keinen Zweck, weiter herumzulügen.

»Aber das ist doch eine schöne Nachricht«, sage ich. »Freust du dich denn gar nicht?«

Toll, wie psychologisch behutsam ich vorgegangen bin! David weint. Ich setze mich an den Bettrand und streichele ihm unbeholfen die zuckenden Schultern.

»Daniel ist ein wunderschöner Junge, David. Er sieht aus wie du. Wir haben ihn alle sehr gern. Linus auch. Und gestern hat er mir das Leben gerettet.«

»Daniel«, schluchzt David.

»Ja, so heißt er. Er freut sich so darauf, dich kennenzulernen. Und du kannst sehr stolz auf ihn sein.«

Ich lasse ihn los, ziehe ein Papiertaschentuch aus der Box neben dem Bett und reiche es ihm.

»Ich wollte immer ein Sohn haben«, flüstert er und schnäuzt sich kräftig. »Der Erste sein, der ihn zeigt, wie man Baseball richtig wirft und trifft. Jetzt ist Daniel schon siebzehn. Zu spät.«

»Wenn das deine einzige Sorge ist«, erwidere ich lachend. »Da kannst du immer noch der Erste sein, David. In Deutschland spielt man nicht Baseball.«

Ich bin froh, dass er in mein Lachen einstimmt und nicht daran denkt, dass ihn ein Baseballschläger fast umgebracht hätte.

Vielleicht ist es ihm doch eingefallen. Sein Gesicht verdüstert sich. Hellt sich aber sofort wieder auf.

»Ich weiß es jetzt!«, ruft er ekstatisch. »Ich erinnere! Was der Mann gesagt hat. In der Baracke. Es ist da. Ganz klar. Ich höre ihn!«

»Was hörst du?«, frage ich atemlos und streichele mein plötzlich wieder aufmüpfig werdendes Krokodil.

Davids Antwort lässt mir das Blut in den Adern gefrieren.

Er muss sich irren. Irgendetwas verwechseln. Es ist die Aufregung wegen Daniel. Meine Schuld. Da sind die Synapsen im Gehirn durcheinandergeraten.

»Sag das noch einmal«, bitte ich ihn und fahre mit der Zunge über meinen juckenden Handrücken. Was will mir das Tier jetzt bloß sagen?

»Sein Freund«, antwortet er gedehnt. »Der Mann fragt, ob ich sein Freund kenne. Sein Freund Hein Mertes. Ich sage ja. Er fragt, wo Hein jetzt ist. In Restaurant *Einkehr*, sage ich. Mehr nicht. Dann ist es dunkel. Dann bin ich in Krankenhaus aufgewacht. Ich verstehe das nicht.«

»Hein?«, wiederhole ich ungläubig.

»Ja, Katja, was meint das?«

Ich kann nicht antworten. Ich stehe unter Schock.

»Ist schlimm?«, fragt David besorgt.

Wenn es das ist, was mir jetzt durch den Kopf geht, ist es eine Katastrophe.

21_STÖRUNG

Mittwochmittag
Die Sache kann nicht warten. Eilig verabschiede ich mich von David und rufe noch aus dem Krankenhaus Marcel an. Der bittet mich, Hein und Jupp aufzutreiben und am Nachmittag in mein belgisches Privathaus zu beordern. Klar, dann kann er sie ohne Zustimmung deutscher Behörden vernehmen.

Ich komme mir wie eine Verräterin vor, als ich die beiden Männer anrufe. Natürlich wollen sie wissen, um was es geht.

Zu aufgewühlt, um einen Vorwand zu ersinnen, bestelle ich sie einfach barsch zu mir hin. Mit einer Stimme, die keine Widerrede duldet.

Jupp fragt, ob ich es mir mit dem Jacuzzi doch anders überlegt hätte, jetzt, wo ich das Riesending gesehen habe.

»Nein, es geht um etwas anderes«, sage ich und setze freundlicher hinzu: »Das wirst du dann schon erfahren.«

Mit Hein lasse ich mich gar nicht erst auf eine Diskussion ein und kappe die Verbindung, als er fragt, weshalb ich denn so wütend sei.

Ich bin nicht wütend. Ich bin außer mir. Auf der Fahrt von Trier zurück in die Eifel rede ich laut vor mich hin. Wie vorgestern im Bunker. Erzähle mir selbst, dass alles bestimmt völlig harmlos ist. Es ist nichts von Bedeutung passiert. David, der immer noch an den Folgen der Kopfwunde laboriert, hat an seinen Freund Hein gedacht. Er hat doch selbst gesagt, das Zurückerobern der Erinnerung sei wie das Festhalten eines Traumgesichts. Eben. David hat geträumt. Von seinem Angreifer und seinem Freund Hein. Und beim Aufwachen beides zusammenhanglos in die Wirklichkeit versetzt.

So muss es gewesen sein. Ich verfluche meine Voreiligkeit. Marcel ist auf meinen Bericht regelrecht angesprungen; als habe er auf eine solche Offenbarung gewartet. Leider hat er dieselbe abenteuerliche Schlussfolgerung gezogen wie ich eben im Affekt.

Ausfahrt Prüm. Ich zuckele hinter einem Güllewagen die Landstraße entlang und die Serpentinen den Berg hinunter ins Tal, wo einst die geschichtsträchtige Abtei der Kleinstadt stand. Die Kaiser und Könige aufgesucht haben. Und wo mein alter Freund Josef Junk jahrelang als Polizeichef gedient hat, bevor er Bitburger Verbandsbürgermeister wurde. Ein Kriminalist reinsten Wassers. Der immer erst alle Fakten klug abwog, ehe er sich in einen Fall verbiss. Ich sollte mir an ihm ein Beispiel nehmen.

Welche Fakten habe ich? Dummerweise habe ich mich bisher zu stark auf den Mordfall Meier konzentriert; über Reinhold Wirzig weiß ich so gut wie gar nichts. Angesichts der anderen dramatischen Entwicklungen hat er mich auch nicht sonderlich interessiert. Ein toter Kölner Ganove, na und. Der hätte überhaupt nichts mit meinem Umfeld zu tun gehabt, wenn er vor seinem Ableben David nicht krankenhausreif geschlagen hätte. Weil dieser zur falschen Zeit am falschen Ort war. Aber es ist nicht auszuschließen, dass David zur falschen Zeit am falschen Ort etwas Falsches gesagt hat.

Nehmen wir mal an, der Mann hat ihn tatsächlich nach Hein gefragt.

Was nicht unbedingt heißen muss, dass Hein selbst den Wirzig auch kannte, versuche ich mich zu beruhigen, als ich am Hahnplatz in Prüm den Motor abstelle. Schon wieder ein Auffahrunfall am Zebrastreifen. Vielleicht sollte sich diese Stadt doch mal eine Verkehrsampel leisten.

Hein könnte dem Wirzig in Köln über den Weg gelaufen sein. Eine flüchtige Bekanntschaft, die er nicht mit dem in Losheimergraben ermordeten Mann in Verbindung gebracht hat. Da Wirzigs Identität schnell geklärt war, brachten die Zeitungen keine Fotos von ihm. In Köln muss es Hunderte von Reinhold W.s geben. Verzweifelt fahnde ich nach Gründen, die Hein entlasten könnten. Reinhold Wirzig war ein Kleinkrimineller, ein Geldverleiher, ein Mann des Milieus. In dem sich auch Hein auszukennen scheint.

Das *Migränestäbchen* macht mir Kopfschmerzen. Wie locker Hein dieses schreckliche Wort aussprach. Und er fährt ein teures Auto und hat Geldsorgen. Siedend heiß geht mir auf, dass ich daran nicht ganz unschuldig sein könnte. Immerhin hat ihm mein Gefühl für Recht und Ordnung im vergangenen Jahr möglicherweise eine lukrative Geldquelle verschlossen. Also leiht sich Hein wie auch Steffen Meier bei Wirzig eine Summe, die er nicht zurückzahlen kann.

Hals über Kopf verlässt er Köln und taucht in der Eifel unter. Zieht in eine Gegend, wo man nachts nicht mal die Bürgersteige hochklappen kann, weil es keine gibt. Ebenso wenig wie Haustürschilder, da die Briefträgerin ohnehin jeden Namen kennt. Hier ist er zu Hause, aber für den Rest der Welt unauffindbar. Auch für Reinhold Wirzig.

Aber so ein Geldverleiher ist schlau. Und Hein redet gern und manchmal recht unbedacht. Kann sein, dass er in besseren Zeiten doch mal den Ortsnamen Kehr erwähnt und sich Wirzig das für alle Fälle gemerkt hat.

Als Wirzig, aus welchem Grund auch immer, seinen anderen Gläubiger, Steffen Meier, auf die Kehr fährt, nutzt er die Gelegenheit, um Hein aufzuspüren. Er hat vielleicht die Leitstelle des Kampfmittelräumdienstes nur deshalb betreten, weil auf der Kehr kein weiteres amtlich aussehendes Gebäude steht, bei dem man unverbindlich um Auskunft bitten kann. Sollte es so gewesen sein, gibt es für den Angriff auf David nur eine Erklärung: Wirzig hatte vor, Hein eine Lektion zu erteilen, und wollte verhindern, dass David seinen Besuch ankündigt.

Am Hahnplatz geht es endlich weiter. Ich stelle den Motor wieder an und fahre um die beiden ineinander verkeilten Autos herum aufwärts Richtung Schneifel. Sehe nahe dem

Schild *Schwarzer Mann* zwischen immer noch leicht überzuckerten Fichten den hohen Antennenturm zur Linken. Davids alter Arbeitsplatz. Der mich im Moment auch dann nicht die Bohne interessieren würde, wenn David mit den zwanzig amerikanischen Atombomben zu tun gehabt hätte, die heute noch in der Eifeler Erde lagern. Was alle Eifeler wissen und sie wenig stört. »Wenn da eine hochgeht, sind wir schneller weg, als wir denken können; also ist es uns scheißegal«, sagte Jupp, als ich ihm vor Kurzem entgeistert einen entsprechenden Artikel aus der *Süddeutschen Zeitung* zeigte.

Was weiß Jupp von Heins Schulden? In der Vergangenheit hat Hein einiges vor seinem Freund geheim gehalten, aber in den meisten Fällen kam der Waldarbeiter intuitiv hinter die Wahrheit. Die er als echter Eifeler natürlich nicht in Worte gekleidet, sondern durch richtiges Handeln zur richtigen Zeit ans Licht gebracht hat. Ohne Hein Vorhaltungen zu machen oder ihn bloßzustellen. Er ist ihm in allen schweren Stunden beigestanden. Das wird wohl jetzt leider auch wieder nötig sein.

Mensch, Hein! Du hättest doch zu mir kommen können! Ich hätte dir doch Geld gegeben. Wütend schlage ich aufs Steuer. Mein Auto beginnt zu schlingern. Ich kann gerade noch verhindern, dass es von der Straße gerät und durch die Umzäunung der Wetterstation Ormont brettert.

Konzentration. Hinter dem Mooshaus geht es nur noch geradeaus, eine Rennstrecke, die zum Rasen einlädt. Wo es gewaltig holpert, wenn man über die Straßenbuckel fliegend Rheinland-Pfalz verlässt und vor dem Willkommensschild von Nordrhein-Westfalen auf ein anderes Straßenpflaster knallt.

Die Temperatursäule am Autohaus zur Linken zeigt neun Grad an. Da könnte man doch glatt an Sommer denken. Ich halte nicht an der *Einkehr*, wo Gudrun gerade Salz und Dreck auf die Straße fegt, sondern biege gleich nach links in meinen belgischen Hof ein. Leider hat mich Gudrun gesehen.

Sie steht schneller vor meiner Haustür als ich.

»Wie geht es David?«, fragt sie.

»Bestens«, erwidere ich. »Er freut sich auf deinen Besuch.«

»Von Daniel hast du ihm nichts erzählt?«

»Nein, aber er hat es irgendwie erraten.«

Sie schaut mich forschend an. Ihren Blick meidend wühle ich in der Handtasche nach meinem Schlüssel.

»Ist offen«, sagt Gudrun und stößt meine Tür auf. »Wie kann er etwas erraten, von dem er gar nichts weiß?«

»Keine Ahnung«, sage ich. »David steckt voller Überraschungen.«

»Du nicht«, entgegnet Gudrun. »Ich habe Regine gleich gesagt, dass es dir rausrutschen wird. Kann man nichts machen. Du hast doch nichts dagegen, wenn Regine nachher auch dabei ist? Sie gehört doch jetzt zu uns.«

»Wo sollte sie dabei sein?«

»Bei unserer Betriebsversammlung. Hein hat gesagt, du willst mit uns allen über die Zukunft der *Einkehr* reden.«

»Hein irrt«, gebe ich grob zurück. »Ich habe mit ihm und Jupp etwas zu besprechen. Das hat mit euch und dem Restaurant gar nichts zu tun.«

»Na denn«, sagt Gudrun ratlos. Ihr Blick schweift durch meine Küche. »Du hast immer noch keine Kaffeemaschine! Nach der Sache mit deiner Hand solltest du dir eine anschaffen. Ich bringe euch nachher ordentlichen Kaffee rüber.« Sie hebt die Hände. »Ich werde ganz bestimmt nicht stören!«

»Mach lieber ein paar Brownies«, sage ich und gebe ihr den Zettel mit dem Rezept.

Gudruns Augen leuchten. »Jetzt wird alles gut«, ruft sie begeistert. »David hat sich erinnert!«

»Das kann man wohl sagen«, gebe ich zurück und bin froh, als sie ohne weitere Aufforderung die Küche verlässt.

»Du hast Besuch!«, ruft sie aus dem Flur.

Ihre Stimme klingt befremdlich. Wohl, weil Marcel nicht allein aus dem Polizeijeep steigt. Er hat seinen Kollegen Erwin

Hannen mitgebracht. Die uniformierten Polizisten sehen sehr ernst und überaus offiziell aus, lässig die Daumen beider Hände in den Gürtel gesteckt, als sie auf mein Haus zuschreiten. Gudrun bleibt unschlüssig neben mir auf der Türschwelle stehen.

»Vielleicht sollte ich doch hierbleiben?«, schlägt sie vor. »Wenn es was mit David zu tun hat …«

»Hat es nicht«, lüge ich. »Bring uns nachher die Brownies rüber. Eine Dröhnung Schokolade werden wir alle brauchen können.«

Hein windet sich. Er ist sichtlich erschrocken, als ihn Marcel mit Davids Aussage konfrontiert.

»Wirklich gekannt habe ich ihn nicht«, sagt er, auf dem breiten Polstersessel herumrutschend. Die beiden Polizisten sitzen ihm gegenüber auf dem Sofa mit dem Rücken zum Fenster.

»Aber Sie haben sich Geld von ihm ausgeliehen?«, fragt Erwin Hannen.

»Ja, schon etwas.«

»Was ist etwas?«, fährt Marcel dazwischen.

Heins Augen flackern unsicher.

»Ein paar Tausend, nicht gerade die Welt.«

»Wie viel Tausend?«

»Achtundachtzigtausendfünfhundertfünfzig Euro«, presst Jupp hervor. Er steht neben dem Kaminofen und ringt die Hände. »Ohne die Zinsen. Eine riesige Menge Geld. Für so viel muss man hundert Jahre lang Bäume fällen. Das ist mehr, als mein ganzes Haus wert ist.«

»Ich habe ihn nicht umgebracht!«, ruft Hein. »Ich weiß überhaupt nicht, wie man eine Pistole benutzt!«

Erwin Hannen hebt die Augenbrauen. Der Blick darunter spricht Bände. Ein Eifeler Jung wird mit dem Wissen um das Handhaben von Waffen geboren. Dies zu leugnen kann einem Geständnis fast gleichgesetzt werden.

Ich aber glaube Hein. Er mag auf dem Land geboren sein, ist aber in seinem Herzen ein Großstadtkind. Und hat bestimmt nie eine Waffe auf Mensch oder Tier gerichtet. Es ist mir unverständlich, dass Marcel offenbar anderer Ansicht zu sein scheint. Weshalb lässt er diese hochnotpeinliche Befragung zu? Weshalb quält er Hein? Zumal der für die Tatzeit ein unumstößliches Alibi hat. Es wird Zeit, die Herren Polizisten daran zu erinnern.

Ich räuspere mich vernehmlich und stehe auf.

»Hein hat den Mann nicht erschossen; das wisst ihr doch auch! Weil wir zum Zeitpunkt des Mordes das Restaurant voll hatten und wie die Irren gearbeitet haben.«

Erwin Hannen lächelt mich mitleidig an.

»Es ist nett, dass Sie Ihrem Freund ein Alibi geben«, sagt er, »aber Losheimergraben ist nicht gerade weit weg.«

»Durchaus machbar«, setzt Marcel finster hinzu.

Ich würdige ihn keines Blickes. Bin jetzt selbst erschrocken. Fünf Minuten hin, bumm, fünf Minuten zurück. Mit der Roten Zora im sechsten Gang vielleicht noch schneller. Hein kennt jede Kurve der waldigen Strecke.

Herrn Pee hatte ich nicht aus den Augen gelassen. Gudrun, Hein und Regine haben serviert. Wäre mir eine zehnminütige Abwesenheit von Hein aufgefallen? Ich glaube schon, aber ich weiß es nicht. Mir war an jenem Abend nur wichtig gewesen, die DNS auf den peeschen Sektgläsern sicherzustellen.

»Hein«, sagt Marcel leise. »Wir müssen dich festnehmen. Es tut mir leid.«

»Was ist mit meinem Alibi!«, fährt er verzweifelt auf. »Fragt doch Gudrun und Regine. Die werden das bestätigen! Selbst wenn ich gewollt hätte, wäre ich nicht weggekommen. Die Frauen hätten mich nicht gelassen. Weil es so viel zu tun gab.«

»Du hast ein Mordmotiv«, erklärt Marcel. Er sagt noch etwas, aber das geht durch das heftige Klopfen am Fenster unter. Hinter der Gardine sehe ich einen strohblonden Kopf.

»Augenblick«, entschuldige ich mich und eile in den Flur.

Vor meiner Tür steht der letzte Mensch, den ich da erwartet hätte. Petra Prönsfeldt. Sie hält mir ein Eiertablett hin.

»Die sind wir Ihnen schuldig«, sagt sie. Ihre Stimme klingt gehetzt.

»Danke«, sage ich, nehme ihr die Eier ab und will die Tür wieder schließen. Sie stellt einen Fuß dazwischen.

»Da ist noch etwas«, sagt sie drängend. »Ich muss unbedingt mit Ihnen reden.«

»Das ist gerade ungünstig«, erwidere ich und beschließe, bei der Wahrheit zu bleiben. »Ich habe die Polizei im Haus.«

»Wegen der Pia?«, fragt sie atemlos.

»Nein«, antworte ich.

»Was hat Ihnen die Pia erzählt? Als Sie meine Suppe gegessen haben?« Die blassblauen Wasseraugen füllen sich mit Tränen. »Meine Tochter ist krank, wissen Sie, die lebt in ihrer eigenen Welt. Sie leidet unter Verfolgungswahn. Erfindet Geschichten. Deswegen hat sie Sie in den Bunker gesperrt. Und Tabletten genommen.«

»Schon gut«, sage ich. »Ich trage ihr nichts nach. Auf Wiedersehen.« Erst jetzt merke ich, dass sich nach dem Fuß der ganze Körper dieser Frau in den Türrahmen geschoben hat. Ich fühle mich bedrängt.

Und ich will schnell wieder ins Wohnzimmer zurück. Um Hein zur Seite zu stehen.

»Danke«, sagt Frau Pee, »dass Sie sich so um die Pia gekümmert haben.«

Ich verkneife mir die Bemerkung, dass es eher andersherum gewesen war, bedenke, dass diese Frau ihre jüngste Tochter fast durch einen Selbstmord verloren hat, und stelle deshalb die Frage, die sich gehört: »Wie geht es Pia jetzt?«

»Sie ist wieder aufgewacht. Und möchte sich bei Ihnen entschuldigen.«

»Ich werde sie morgen besuchen«, verspreche ich und wundere mich, dass es mir nicht gelingen will, diesen fremden Korpus auf den Hof hinauszudrängen. Normalerweise muss ich mich nur positionieren, und schon weicht alles zurück. Nicht Petra Prönsfeldt. Die zieht das gleiche Programm durch. Das nötigt mir einen gewissen Respekt ab.

»Können wir morgen reden?«, frage ich sie und deute hinter mich. Die Stimmen, die aus dem Wohnzimmer in den Flur dringen, klingen zunehmend erregter.

»Natürlich«, antwortet sie und presst ihr teigiges Gesicht in ein gefälliges Lächeln. »Kommen Sie doch bitte um fünf Uhr zum Tee zu uns auf den Gnadenhof.«

Als wolle sie mich beim Earl Grey als Dekoration der Salatgurkenhäppchen verspeisen.

22_VERRAT

Mittwochnachmittag

»Handschellen sind nicht nötig«, sagt Marcel zu Erwin Hannen, als ich ins Wohnzimmer zurückeile. Keiner sitzt mehr. Hein steht zusammengekrümelt gegen Jupp gelehnt und wiederholt unablässig sein Mantra: »Glaubt mir doch, ich war es nicht!«

Ich greife zum ersten Gegenstand, den ich sehe. Das ererbte blaue Kitschobjekt war mir schon immer ein Dorn im Auge. Eine Pietät, die mir jetzt fremd ist, hat es bisher vor dem Mülleimer gerettet. Ich schleudere die Statuette mit Wonne zu Boden. Sie zerschellt in mindestens ebenso viele Stücke, wie Hein dem Wirzig Euros geschuldet hat. Vor Schreck fallen die Polizisten auf das Sofa zurück.

»Doch nicht die Jungfrau Maria!«, flüstert Jupp entsetzt.

»Nein, das da eben war Frau Petra Prönsfeldt«, schreie ich wütend. »Mit der sollte sich die belgische Polizei endlich beschäftigen. Und nicht meine Freunde belästigen.«

Den letzten Satz bringe ich nur keuchend hervor. Ich kann kaum atmen. Ein gewaltiger Druck lastet mir auf der Brust. Fast so wie neulich im Bunker. Mein Kopf ist zu keinem klaren Gedanken fähig. Ich muss zur Ruhe kommen. Aber wie soll das in dieser Lage möglich sein?

Mit einem Blech quadratisch zurechtgeschnittener dampfender Brownies betritt Gudrun das Zimmer. Ihr unruhiger Blick verrät mir, dass sie soeben Petra Prönsfeldt über den Weg gelaufen ist. Dass sie unbedingt wissen will, was das alles mit ihrem David zu tun hat. Diese Erklärung möchte ich gern den Polizisten überlassen. Wie auch die Frage nach Heins

Alibi. Gudrun kann sehr heftig reagieren, wenn man ihr unterstellt, etwas nicht mitbekommen zu haben. Hätte Hein seine Arbeit zehn Minuten lang unterbrochen, wäre ihr das mit Sicherheit aufgefallen.

Unter Gudruns Füßen knirscht es. Sie blickt nach unten.

»Was ist denn hier passiert? Warum räumt das niemand weg?«, ruft sie vorwurfsvoll in die Runde. Erwin Hannen bückt sich, hebt zwei briefmarkengroße Scherben auf und legt sie auf den Wohnzimmertisch. Kopfschüttelnd stellt Gudrun das Kuchenblech daneben ab, greift zu Handfeger und Kehrblech neben dem Kaminofen und geht in die Hocke.

»Lass sein. Ich mach das später«, sage ich und stelle mich ihr in den Weg.

Gudrun drückt sich an mir vorbei und beginnt vor dem Sofa zu fegen.

»Füße hoch!«, bellt sie. Die beiden Polizisten gehorchen sofort.

Es ist sehr still geworden. Das rhythmische Geräusch energischen Fegens beherrscht den Raum. Leise Zischlaute – swusch, swusch, swusch … wie die Ankündigung eines Trommelwirbels. Kehraus für eine Leiche, denke ich, Zapfenstreich; weg mit Herrn Wirzig und den haltlosen Verdächtigungen!

Doch Gudrun trommelt nicht. Ohne aufzublicken, bearbeitet sie ruhig, gleichmäßig und zielgerichtet den Boden.

Wo soeben noch geschrien, geweint und angeklagt wurde, stört kein profanes Wort die heilige Handlung des Kehrens. Konzentriert beschwört Gudrun meine dunklen Dielen. An der frisch gefegten Stelle lässt sie sich nieder und arbeitet sich von da auf den Knien rutschend an die winzigen Marienfragmente überall im Raum heran. Keines entgeht ihr. Nicht einmal Porzellanstaub ist vor ihrem scharfen Blick und dem Besen sicher. Strecken, fegen, zusammenkehren; das immer gleiche Ritual, akustisch begleitet von den Streicheltönen der Bürste und dem anschließenden Klingeln von Blech auf Holz. Andächtig sehen wir der Hohepriesterin des Kehrbesens zu.

Fegen bringt Segen, geht mir durch den Kopf. In dem sich nun das Chaos merklich lichtet und endlich klaren Gedanken Raum verschafft.

Auch der Druck auf meiner Brust lässt allmählich nach. Ich kann wieder regelmäßig atmen. In Heins Gesicht ist das Blut zurückgekehrt und aus Jupps die Röte etwas gewichen. Eine Aura der Milde umhüllt den vor wenigen Minuten noch so unversöhnlich wirkenden Polizeiinspektor Erwin Hannen, und die strengen Linien um den Mund Marcels haben sich geglättet. Er zündet sich einen Zigarillo an. Gudruns Fegen tut uns allen gut.

Endlich bricht die Vestalin selbst das Schweigen: »Schaut mal her, da hat schon jemand eine Kerbe in das Holz getreten«, sagt die Kehrerin und deutet anklagend auf eine Stelle neben Hein und Jupp. »Geht mal zur Seite.«

Gehorsam machen ihr die beiden Platz. Jupp schiebt Hein einen Sessel zu und stellt sich selbst dahinter.

»Fertig«, erklärt Gudrun befriedigt. Vorsichtig die volle Kehrschaufel balancierend, richtet sie sich auf. »Sauber. Was ist hier eigentlich kaputtgegangen?«

Mehr als nur eine krude bemalte Marienstatue, denke ich mutlos, alles fällt hier gerade auseinander, Gudrun, das kannst nicht einmal du zusammenfegen.

»Ein unwichtiges Erbstück«, antworte ich.

»Ich hole mal Teller für die Brownies«, sagt sie.

»Die kleinen Vierecke kann man auch aus der Hand essen«, bemerke ich. Gudrun sieht mich strafend an.

»Wo ich hier gerade gekehrt habe?«

Ich sage nichts mehr und folge ihr in die Küche.

»Erst mal mache ich uns allen einen schönen starken Kaffee«, sagt sie.

»Nein«, weise ich sie in die Schranken. Auch wenn sie sich soeben sehr wohltuend verhalten hat, geht es nicht an, dass sie in meinem Haus das Kommando jetzt ganz übernimmt. »Das mache ich. Bei mir wird er nämlich von Hand aufgebrüht. Was du verlernt hast. Du kannst ja nur noch Knopfdrücken.«

»Und du dir die Hand verbrennen«, gibt Gudrun zurück und füllt den Wasserkocher.

Lautes Gebell vor der Haustür enthebt mich einer Replik. Mein Hund ist heimgekehrt.

»Kann er hierbleiben?«, fragt Daniel, als ich die Tür öffne und mich von einem übermütigen Linus anspringen lasse. Ich klopfe ihm auf beide Flanken, froh, jetzt wieder ein Geschöpf im Haus zu haben, das erfüllbare Träume und keine bösen Geheimnisse hat. »Ich darf ihn zu meinem Dad nicht mitnehmen.«

Hinter Daniel baut sich Regine auf.

»Du hast es David gesagt!«, ruft sie.

Ich drehe mich zu Gudrun um. Die schüttelt fast unmerklich den Kopf.

»Nein. Nicht direkt«, entgegne ich. »Er hat so etwas geahnt, und mich danach gefragt.«

»Wirklich?«

Ich nicke.

»Was genau hat er gesagt?«

Ich zitiere David wörtlich.

»Das heißt doch *Scheiße?*«

»Nein. Nicht direkt«, wiederhole ich. »Das heißt im Klartext *verdammt noch mal, ich hätte es wissen müssen.*«

»Hätte er«, bestätigt sie befriedigt und reckt den Hals Richtung Wohnzimmer. »Was ist denn hier bei dir los?«

»Nichts Wichtiges«, sage ich und streichele Linus. »Grüßt David von mir.«

»Du hast sie angelogen«, erklärt Gudrun, nachdem ich mich an die geschlossene Tür lehne und tief durchatme. »Es ist sehr wichtig. Sonst hättet ihr vorhin doch weitergeredet. Statt mich beim Putzen so dämlich anzuglotzen. Was ist denn so wichtig, dass ich es nicht wissen darf?«

»Vielleicht ist es wichtig, dass du bei David bist, wenn er seinem Sohn begegnet?«, sage ich. »Damit er nicht plötzlich auf die Idee kommt, mit Regine und Daniel die Heilige Familie zu gründen.«

Der Zweck heiligt die Mittel. Die Jungfrau Maria erweist sich als eine Frau von Klasse. Dankbar, dass ich ihr scheußliches Porzellanabbild endlich zerdeppert habe, wirkt sie gnädig auf Gudrun ein. Die ist schneller weg, als Brownies abkühlen können.

Die Herren der Inquisition sind in meinem Wohnzimmer wieder damit beschäftigt, Hein in die Enge zu treiben.

»Natürlich hast du nicht vorgehabt, ihn zu töten«, sagt Marcel. »Nach unseren Erkenntnissen könnte sich der Schuss einfach gelöst haben. Reinhold Wirzig hatte nämlich Schmauchspuren am Körper. Und es gab ein Handgemenge. Nachdem du ihm die Pistole abgeholt hast, mit der er dich bedroht hat, ist das Ding plötzlich losgegangen. Er fiel um und das Geld auf den Boden. Du hast es schnell aufgesammelt, bist davongerast und ins Restaurant zurückgekommen. So war es doch, Hein, oder etwa nicht?«

Aus seiner Polizistentasche zieht er eine Plastiktüte, in der ein Zweihunderteuroschein steckt.

»Den haben wir am Tatort gefunden«, erklärt Erwin Hannen. »Unter dem Auto. Wir gehen davon aus, dass Sie Reinhold Wirzig einen Teil Ihrer Schulden zurückzahlen wollten, ihm das aber nicht genug war und er Ihnen dann auf die harte Tour kam.«

»Nein!«, brüllt Hein. »Bitte, so glaubt mir doch! Ich war es nicht! Ich habe dem Mann kein Geld gebracht. Ich habe ihm keine Pistole entwunden. Ich habe ihn nicht erschossen.«

Er schlägt sich an die Brust und japst so verzweifelt nach Luft, dass ich neben Marcel zum Festnetzanschluss greifen will, um Dr. Knauff herbeizurufen. Doch Marcel ist schneller. Er stellt das Telefon auf die Fensterbank hinter sich.

»Nein«, flüstert er mir zu. »Kein Arzt. Vertrau mir. Es wird alles gut.«

Mir bleibt der Mund offen stehen. Was soll hier noch gut werden? Dass er unseren Freund als Gevatter Hein hinstellt und ihn des Mordes überführt? Der Mann hat nicht mehr alle Tassen im Schrank. Dieser belgischen Polizistenseele zu vertrauen bedeutet lebenslanges Gefängnis!

Bevor er vollends auf seinem Sessel zusammenbricht, schnauft Hein noch einen Satz heraus: »Ich schwöre, ich war die ganze Zeit im Restaurant!«

»Ich aber nicht«, murmelt Jupp. Seine beiden mächtigen Hände krallen sich in die Rückenlehne von Heins Sitzmöbel. Er starrt auf den mehrfarbigen Hinterkopf seines Freundes und redet so leise weiter, dass wir uns anstrengen müssen, um ihn zu verstehen: »*Ich* war nicht im Restaurant. Alles stimmt genau so, wie Ihr das gesagt habt, Herr Polizeiinspektor. Ich habe dem Mann alles Geld gebracht, was ich zusammenkriegen konnte. Am Samstag in so kurzer Zeit. Er hat die Scheine angesehen und mich ausgelacht. Gesagt, dass er Hein fertigmachen wird. Und mich auch, wenn ich ihn dabei störe. Die Pistole habe ich erst gar nicht gesehen. Es war ja schon dunkel. Ich wollte ihn nicht töten. Nur erschrecken. Ordentlich verprügeln. Weil er David zusammengeschlagen hat. Hein bedroht. Wie damals die Kerle in Köln. Ich musste was tun. Bin auf ihn losgegangen. Dass endlich wieder Ruhe ist. Und dann hat es plötzlich geknallt. Der Mann wurde schlapp, und das Geld flog herum.«

Marcel Langer und Erwin Hannen sehen einander an. Unerträglich triumphierend. Ich würde ihnen am liebsten eine reinhauen. Sie haben es die ganze Zeit gewusst. Hein gequält und den Moment abgewartet, an dem der baumstarke gutherzige Jupp zerbricht.

»Und wo ist die Pistole jetzt?«, fragt Marcel leise.

»Im Weiher hinter dem Holzhaus auf der Kehr«, antwortet Jupp, »da habe ich sie reingeworfen.«

Wieder klopft es ans Fenster.

Ich ignoriere es.

»Nur zu, mach auf«, sagt Marcel.

»Ich denke nicht daran«, gebe ich zurück. »Ist dir eigentlich klar, was du da gerade getan hast?«

»Einen Mordfall aufgeklärt«, bemerkt Erwin Hannen nüchtern. »Josef Esch hat soeben gestanden, Reinhold Wirzig auf Losheimergraben erschossen zu haben.«

Jupp nickt. Er lässt den Sessel los, tritt auf Marcel zu und hält ihm die Hände wie zum Gebet zusammengelegt hin.

Ich kann das nicht mit ansehen, weiß nicht, was ich sagen, nicht einmal, was ich denken soll. Ich gehe in den Flur und öffne meine Haustür weit. Meine Hütte braucht frische Luft.

Mit ihr kommt noch jemand rein. Patti. Ich starre sie wie einen Geist an. Ein solcher wäre mir jetzt lieber. Ein Geist, der mir sagt, dass ich mich in einem Albtraum befinde.

»Ich muss mit Ihnen reden, Frau Klein«, fleht Patti. »Ganz dringend. Wegen Pia.«

»Wegen Pia«, wiederhole ich mechanisch. Ich habe keine Ahnung, was das Mädchen von mir will. Es interessiert mich auch nicht. Ich habe eine vage Erinnerung daran, dass mir ihr Besuch vor ein paar Stunden sehr willkommen gewesen wäre. Dass ich ihr sogar hinterhergerannt wäre. Weil ich die Wahrheit über ihr Schicksal und das ihrer Schwester herausfinden wollte.

Doch im Zimmer nebenan wird gerade einer meiner besten Freunde verhaftet. Sein Schicksal liegt mir erheblich mehr am Herzen. Die Pee-Mädchen sind mir mit einem Mal völlig gleichgültig.

»Ich weiß, Sie sind böse auf mich, weil ich Sie angelogen habe, Frau Klein. Aber ich kann Ihnen das erklären. Ich will Ihnen alles erklären. Damit Sie Bescheid wissen und uns helfen. Schicken Sie mich bitte nicht fort! Ich kann nicht nach Hause.«

Ich möchte sie loswerden. Und Marcel auch.

»Wenn es etwas ist, was die Polizei wissen sollte, bitte sehr. Die ist da drin.« Ich nicke seitlich zur Wohnzimmertür.

»Polizei?«, fragt Patti erschrocken.

»Sage ich doch. Hast du das Auto nicht gesehen?« Jetzt nicke ich auf den Hof hinaus.

»Aber der Polizist ist doch nur Ihr Freund.«

»Marcel Langer ist ein gnadenloser Polizist«, sage ich. »Der gerade richtig in Fahrt gekommen ist. Hast du vielleicht auch einen Mord zu gestehen? Dann kann er dich gleich mitnehmen und einlochen.«

Patti rührt sich nicht von der Stelle. Sie erzittert wie eine Pappel im Wind. Sie lässt es sich gefallen, dass ich sie einfach aufhebe. Ich stelle sie wie eine Pflanze nach den Eisheiligen vor dem Haus ins Freie und ziehe die Tür zu. Die kleine körperliche Anstrengung hat mir gutgetan. Ich kann wieder geradeaus denken.

Also öffne ich die Haustür und entschuldige mich bei dem Mädchen, das sich nicht von der Stelle gerührt hat.

»Tut mir leid, Patti; ich bin durch den Wind. Ein guter Freund ist gerade verhaftet worden. Das macht mich ganz fertig.«

»Wie furchtbar, Frau Klein! Was hat Ihr Freund denn getan?«

»Einen Mord begangen.«

Sie schlägt die Hände vor den Mund. Fragt durch die Finger nuschelnd: »Er kannte den Steffen also auch?«

Natürlich, woher sollte das Mädchen wissen, dass ich von dem zweiten Mord spreche? Ich kläre sie nicht auf, sondern schüttele nur den Kopf.

»Lass uns später reden, Patti. Wenn du nicht nach Hause willst, geh solange rüber ins Restaurant.«

Erst als ich wieder ins Wohnzimmer trete, fällt mir ein, dass in der *Einkehr* jetzt niemand ist. Und Gudrun schließt seit Neustem ab. In meinem Auto kann Patti auch nicht auf mich warten. Das habe *ich* abgeschlossen.

Im Wohnzimmer überrascht mich ein äußerst friedliches Bild. Ein Fremder würde denken, hier hätten sich vier Freunde in völlig gelöster Atmosphäre zu Kaffee und Kuchen getroffen, schwatzen über alte Zeiten und verewigen die Vergangenheit in dem kleinen schwarzen Aufnahmegerät, das auf dem Tisch blinkt. Marcel hebt den Kopf.

»Wer war das?«, fragt er mich, als sei er hier der Herr im Haus.

»Unwichtig«, murmele ich. »Nett ist es hier. Wie ich sehe, habt ihr es euch so richtig gemütlich gemacht. Soll ich frischen Kaffee aufbrühen? Oder jemandem ein Schnäpschen schütten?«

Marcel ignoriert mich und fordert Jupp höflich auf, weiterzusprechen.

Empört fahre ich dazwischen. Mein Haus mag zwar in Belgien stehen, aber die hiesige Polizei darf es nicht so mir nichts, dir nichts in eine Verhörzelle verwandeln, in der einem Freund der Strick gedreht wird.

»Sag nichts mehr ohne Anwalt«, zische ich Jupp zu. »Wir besorgen dir den besten, den es gibt. Halt bis dahin bloß die Klappe!«

Jupp schüttelt den Kopf.

»Kein Anwalt. Ich will jetzt sagen, wie es war. Du musst das auch wissen, Katja. Es hat nämlich mit deinem Schild angefangen.«

Er ist nicht zu bremsen. Er will es loswerden. Ich setze mich wieder hin. Und erfahre, dass alles anders gekommen wäre, wenn mein Restaurantschild nicht schief gehangen hätte. Wenn ich es vor einer Woche selbst gerade gerückt hätte, anstatt mich von Pias Adoptivhühnern ablenken zu lassen. Wenn Jupp nicht ausgerechnet am Samstag auf die Leiter gestiegen wäre, um die Arbeit zu vollenden.

Von der obersten Sprosse konnte er die Straße nämlich gut überblicken. Richtung Losheim sah er einen schlammgrünen Geländewagen am Rand halten. Ihm fiel ein, dass ich am Tag zuvor ein solches Fahrzeug am Kampfmittelräumdienst gesehen hatte. Kurz bevor David dort zusammengeschlagen wurde.

Also stieg Jupp von der Leiter, ging auf das Auto zu und überzeugte sich von einem Kölner Kennzeichen. Der Fahrer stieg aus. Es muss zu einem ziemlich heftigen Wortwechsel gekommen sein. Was genau gesagt wurde, weiß Jupp nicht mehr. Er war zu geschockt von der Information, dass ihm Hein seine enormen Schulden verschwiegen hatte. Er rief Hein sofort an, um Gewissheit zu haben, und sagte ihm, er solle jetzt auf keinen Fall zur *Einkehr* kommen, um seinem Gläubiger Wirzig nicht zu begegnen. *Privatleben*, denke ich betroffen; kein Wunder, dass mich Hein aus dem Auto heraus so angeschnauzt hat: Für ihn ist in diesem Augenblick nicht nur ein Kartenhaus zusammengebrochen, sondern die Welt eingestürzt.

Jupp teilte Hein mit, die Sache mit Wirzig auf seine Art lösen zu wollen. Er habe da eine Idee. Und er würde Hein informieren, wenn die Luft wieder rein sei. Also fuhr Hein vom Gnadenhof nach Losheim, wo er zu seiner Überraschung Pia antraf. Mit deren Problemen konnte er sich wahrlich nicht beschäftigen. Deshalb brachte er die Ausreißerin heim.

Jupp wurde Wirzig relativ schnell los, als er ihm mitteilte, Hein sei gerade dabei, das Geld aufzutreiben, und würde es ihm am Abend um Punkt neun Uhr auf Losheimergraben abliefern.

»Warum ausgerechnet da?«, frage ich.

Jupp hebt die Schultern.

»Ich habe einfach die Straße runter gezeigt. Was anderes fiel mir so schnell nicht ein. Immer geradeaus, habe ich ihm gesagt, nach Belgien rein und hinter dem Kreisel noch ein paar Hundert Meter weiter links am Wald anhalten, da wo keine Häuser mehr stehen. Weil Samstag war, konnte ich bei der Bank nur was aus der Wand kriegen. Ich bin den ganzen Tag rumgefahren und habe mir von allen möglichen Leuten Geld geliehen. Fünftausend habe ich zusammengekriegt.«

»Und ich hatte keine Ahnung«, flüstert Hein. »Warum hast du mir nichts gesagt?«

»Ich war sauer auf dich«, brummt Jupp.

»Aber hinterher, ich meine, als du ihn … da hast du auch nichts gesagt.«

»Ich war immer noch sauer auf dich.«

»Warum hast du nicht mit mir gesprochen? Das Ganze war doch meine Schuld! Du hättest mit mir reden sollen.«

»Tot ist tot.«

Jupp sieht entschuldigend zu mir hin.

»Tut mir leid, Katja, mit deinem Jacuzzi. Den kann ich jetzt leider nicht mehr fertig machen.«

Marcel blickt erschrocken auf.

»Mit wem?«, fragt er. »Jacques Uhsi? Wer ist das denn, Katja? Wirst du auch bedroht?«

Ich bringe nur ein sehr trauriges Lächeln zustande.

»Nein«, antworte ich. »Es ist ein Ding. Etwas, mit dem ich dich überraschen wollte. Erkläre ich dir später.«

Wie nur war ich damals auf die Idee gekommen, dass ein alberner Jacuzzi diese beiden tief verbundenen Männer so entzweien könnte, dass tagelang dicke Luft herrscht? Ich hätte misstrauischer sein sollen!

»Gut, dass alles raus ist«, sagt Jupp. »Ich konnte nicht mehr schlafen.« Er drückt die Hand seines Freundes. »Wir haben nur noch gestritten. Das ist endlich vorbei.«

»Alles ist vorbei«, sage ich fassungslos. »Du kommst ins Gefängnis, Jupp. Lebenslang!«

»Ganz bestimmt nicht!«, versichert Marcel. »Es war kein vorsätzlicher Mord; es war reine Notwehr, so etwas wie ein Unfall mit Todesfolge.«

Bis zu seinem Prozess müsse Jupp zwar in der Justizvollzugsanstalt Verviers einsitzen, sagt er, aber diese Zeit würde auf die Gesamtstrafe angerechnet werden. Daher sei nicht auszuschließen, dass er gleich nach dem Urteilsspruch wieder freikomme.

Wir stehen alle auf. Die Polizisten blicken zur Seite, als sich Jupp und Hein zum Abschied umarmen. Sie lassen ihnen Zeit, bis sich Jupp von Hein löst und Marcel zunickt.

»Du hast freiwillig ein Geständnis abgelegt, Jupp«, sagt Marcel, als er in den Flur tritt. »Auch das wird sich strafmildernd auswirken.«

Mir streicht er kurz über die Schulter, als wolle er einen Flusen entfernen. Ich rücke demonstrativ von ihm ab und würdige ihn keines Blickes.

»Ruf mich jederzeit an, wenn du mit mir reden willst, Katja«, sagt er mit einer Samtstimme, die ich nur zu gern gegen den Strich gebürstet hätte. »Auch wenn es erst in einem Jahr ist. Ich warte solange.«

Er verlässt mit Jupp das Haus.

»Willst du nicht mit rausgehen?«, frage ich das Häufchen Elend, das im tiefen Polster zusammengekauert vor sich hinstarrt. Hein schüttelt den Kopf.

»Ertrage ich nicht«, flüstert er. Eine große Träne rollt ihm die Wange hinunter. Damit bricht der Staudamm. Ich ziehe die Wohnzimmertür ins Schloss. Wenn er sich ausgeheult hat, werde ich ihn zusammenfalten. Und zwar so, dass er sich nach den Methoden von Marcels Verhör zurücksehnt. Angesichts dessen, was Hein mit seinem Hang zum Luxus angerichtet hat, ist der belgische Bulle ja geradezu sanft mit ihm umgesprungen!

Vor der Haustür reicht mir Polizeiinspektor Erwin Hannen die Hand.

»Vielen Dank für die Bewirtung«, sagt er und setzt tief ausatmend hinzu: »Das ist ja noch mal gut gegangen.«

»Wie bitte?«, sage ich und frage ihn verwundert, wie das denn gemeint sei.

Er seufzt und kratzt sich am Ohr.

»Ich war skeptisch, ob es funktioniert. Aber Marcel hat mich dazu überredet.«

»Wozu?«

»Darauf zu warten, dass sich Herr Esch selber stellt. Heute Morgen lagen genügend Beweise gegen ihn vor, für ihn festzunehmen. Wenn es nach mir gegangen wäre, hätten wir das auch sofort getan. Aber Marcel wollte ihm die Chance zu einem Geständnis geben.«

»Was für Beweise?«, frage ich misstrauisch.

Erwin Hannen dreht sich um und deutet auf Jupps Füße, die gerade im Polizeijeep verschwinden.

»Die zum Beispiel. Oder gibt es hier viele Männer mit Schuhgröße 52? Außerdem haben wir einen Fingerabdruck von Herrn Esch auf dem Dach des Geländewagens gefunden.«

Jetzt dämmert mir einiges.

Deshalb also klang Marcel so eifrig, als ich ihn heute früh aus dem Krankenhaus angerufen habe. Er konnte sein Theaterstück inszenieren, weil David sein Gedächtnis wiedergefunden hat. Letztendlich zum Wohle des Täters. Wieder einmal habe ich mich in dem Mann geirrt, den ich doch so gut zu kennen glaube. Ich bitte ihm einiges ab. Und werde ihn gleich heute Abend anrufen.

»Kommst du?«, ruft Marcel seinem Kollegen zu.

»Gleich«, ruft der zurück und sieht mich mit hochgezogenen Augenbrauen an. »Leider ist da noch etwas, Frau Klein.«

»Was?«, frage ich höchst beunruhigt.

»Der andere Mord. Der an Steffen Meier. Den werden wir Herrn Esch auch nachweisen können. Marcel hat seine Zweifel, aber ich bin mir sicher. Wir leben in einer friedlichen Gegend, Frau Klein, Mord ist hier die große Ausnahme. Wenn so kurz nacheinander zwei Menschen durch Gewalt ums Leben kommen, muss es da einen Zusammenhang geben. Vielen Dank noch mal, Frau Klein, und auf Wiedersehen!«

Er lässt mich mit offenem Mund zurück.

Jupp bringt Steffen Meier aus was für Gründen auch immer um und hängt sich dann das Kalenderblatt mit dem Abbild des von ihm Ermordeten ins Wohnzimmer? Das kann und will ich nicht glauben.

23_TRAUER

Mittwoch, später Nachmittag

Grimmig ziehe ich den schwarzen Marker über die weiße Pappe. Mein Lokal bleibt heute wegen eines Trauerfalls geschlossen. Wer sich in meine Lage versetzen kann, wird dieses Schild nicht für pietätlos halten. Die Großbuchstaben entsprechen der Wahrheit.

Ich trauere um Jupp, der wahrscheinlich Fliegenlarven aus den Astlöchern pult und Ameisen ins Moos setzt, bevor er einen Baum fällt. Aus Liebe zur Kreatur. Aus Liebe zu der Kreatur Hein hat er einen Menschen umgebracht und sitzt jetzt hinter Gittern. Ich trauere auch um Hein. Sein sonniges Gemüt hat sich verdunkelt. Der Umgang mit ihm war stets von Heiterkeit, Lebenslust und fröhlich schräger Individualität geprägt. Er wird uns nicht mehr zum Lachen bringen, weil er selbst nichts mehr zu lachen hat. Ein bisschen Depression gönne ich ihm schon, kann aber die Tiefe des Lochs, in das er gerade fällt, nicht abschätzen. Ich werde mich um ihn kümmern müssen.

Und um Jumbo, fällt mir plötzlich ein. Wie entsetzlich, wenn Jupp nach der Haft nur noch das Skelett seines Pferdes im Stall finden würde. Es ist Hein zuzutrauen, dass er den großen braunen Ardenner verhungern lässt. Nicht etwa aus Bosheit, sondern aus der gleichen Unbekümmertheit heraus, die ihn einerseits so liebenswürdig macht, andererseits aber auch unsere jetzige Katastrophe heraufbeschworen und einen Menschen das Leben gekostet hat.

Ehrlicherweise kann ich nicht behaupten, dass ich um Reinhold Wirzig trauere. Ich kannte den Mann nicht. Ebenso wenig wie Steffen Meier. Um den die arme Pia so verzweifelt trauert.

Jetzt ist er tot. Für immer! Ihr Wehklagen hallt mir noch in den Ohren.

Steffen Meier wird nie zurückkehren. Jupp schon.

Nachdenklich blicke ich auf die nass glänzende Schrift vor mir. Vielleicht ist dieser Aushang doch übertrieben? Weil Trauer nur in Verbindung mit dem Tod angemessen ist? Aber warum trauern die Menschen dann um ihre vergangene Schönheit oder um eine verpasste Gelegenheit? Diese Trauer ist doch viel banaler als meine jetzige.

Ich werde die Nachricht an die Tür hängen. Auch wenn Pia sie mit größerem Recht an die des Gnadenhofs kleben könnte. Sie hat erheblich mehr Grund zum Trauern. Nicht nur um Steffen Meier, sondern vor allem um ihre verlorene Kindheit und frühe Jugend; vielleicht auch um die nicht vorhandene Liebe ihrer Mutter – wenn Marcel Petra Prönsfeldts Blick auf Patti zutreffend gedeutet hat. Was ich bezweifele. All den jüngsten unheilvollen Erkenntnissen zum Trotz mag ich nicht glauben, dass eine Mutter ihre Kinder überhaupt hassen kann. Auch wenn sie aus demselben Ort stammt wie der sogenannte Musiklehrer, der ihre Kinder ins Desaster gestürzt hat – sofern diese Informationen zutreffend sind. Der Sache werde ich gleich nachgehen. Wenn Petra Prönsfeldt und Patti so dringlich mit mir reden wollen, dann sollen sie mir auch sagen, was ich wissen muss.

WEGEN TRAUERFALLS GESCHLOSSEN. Die Schrift ist trocken. Ich nehme eine Schere und schneide die Pappe nach den ersten beiden Worten ab. Der Tod ist eine sehr ernst zu nehmende Angelegenheit. In der Eifel, so scheint es mir, noch mehr als anderswo. Die Gäste werden wissen wollen, wer aus unserem Kreis gestorben ist. Oder welcher Angehörige. Alle werden zur Beisetzung kommen, vorneweg die Nachbarn in den drei Häusern zur Linken und Rechten des Verstorbenen. Sie pflegen noch immer den lebendigen alten Brauch, den

Sarg zu tragen. Hier ist es undenkbar, nicht zur Beerdigung eines verstorbenen Dorfbewohners zu gehen. Selbst wenn man ihn kaum gekannt oder nicht gemocht hat.

Seine Seele könne bei der Wiederkehr den mangelnden Respekt übel nehmen und sich rächen, verriet mir vor einigen Wochen eine rheinland-pfälzische Nachbarin bei einem Leichenschmaus in Ormont. Mit leuchtenden Augen erzählte sie mir, ihr verstorbener Mann sei sogar schon wenige Tage nach seinem Tod zurückgekommen. Selbst habe sie ihn nur den Bruchteil einer Sekunde nahe dem Munitionsgelände gesehen, aber da habe er ihr ein deutliches Zeichen gegeben. Wieso ich das nicht wisse? Der ganze Landstrich spreche von kaum etwas anderem mehr.

Erstaunt fragte ich nach. Von einem herumirrenden einheimischen Zombie auf der Kehr hatte mir bisher noch niemand etwas berichtet. Die Nachbarin betrachtete mich voller Mitleid.

Wie könnten mir denn die vielen Meldungen über den schwarzen Panther entgangen sein? Über das Tier mit den feurigen Augen, das seit Monaten durch unsere Hügel streife? Ebendessen Körper beherberge jetzt die Seele ihres Mannes, wache über ihr Vieh und sie selbst. Dies habe er ihr bei der Begegnung am Verbotsgelände durch kurzes Heben seines Schwanzes verständlich gemacht.

Gudrun warf mir einen warnenden Blick zu. Aber auch ohne den hätte ich es nicht übers Herz gebracht, der Frau zu widersprechen. Nicht wegen des Panthers. Sondern wegen ihres unbeirrbaren Aberglaubens, der ihr die Trauer um den Mann erträglicher machte.

Der Panther war tatsächlich Gesprächsthema Nummer eins und gilt immer noch als flüchtig. Jupp will ihn auch gesehen haben. Er hielt ihn für eine riesengroße schwarze Katze, die mit weiten Sprüngen über eine Wiese in Losheim gehetzt sei. Leider zu schnell, als dass er ein Foto hätte machen können. Aber davon gebe es inzwischen eh mehr als genug. Jüngsten

Zeitungsberichten zufolge ist das Tier vermutlich aus einem Privatgehege in Frankreich geflohen. Wäre es in der Wildnis aufgewachsen, hätte es sich bestimmt nicht in den kalten Norden abgesetzt, sondern wäre gen Süden ausgewandert, um sich das Fell wärmen zu lassen.

Bedauerlicherweise konnte die Nachbarin ihren Glauben an die menschliche Seele im Raubkatzenkörper den Jägern der Westeifel nicht vermitteln. Die ölten ihre Gewehre und bevölkerten die Hochsitze. Aber dort sollten sie angesichts der Großkatze die Finger leider gerade halten. Die Jäger empörten sich weniger über das polizeilicherseits wiederholt ausgesprochene Schießverbot, sondern vor allem über dessen Begründung: »Panther gehören nicht zum jagdbaren Wild in Deutschland.«

Ausgerechnet am vergangenen Samstag ist auch in der *Einkehr* über dieses Thema hitzig debattiert worden. Ungefähr zum gleichen Zeitpunkt, als auf Losheimergraben ein Schuss fiel und ein Mann starb. Ich hatte mich in das Gespräch eingemischt und unschuldig gefragt, ob Panther nicht unter Artenschutz stünden. Diese unqualifizierte Äußerung sah man mir nur nach, weil ich nicht von hier stamme. Sonst wüsste ich, dass kein noch so strenger Artenschutz einen Eifeler daran hindern kann, mit einem gut gezielten Schuss die Menschen in seinem Haus, die Tiere in seinem Stall und die Forellen in seinem Weiher vor Räubern jedweder Art zu schützen.

In meinem Restaurant muss an diesem Abend niemand geschützt werden. Ich rufe Gudrun an.

»Wir haben heute geschlossen«, informiere ich sie, und als sie mir empört widersprechen will, mache ich es so knapp wie möglich: »Jupp hat diesen Wirzig erschossen und ist verhaftet worden.«

Den Rest soll sie sich zusammenreimen. Ich kann mit ihr jetzt nicht darüber reden.

Sie ist zu erschrocken, um irgendetwas zu erwidern, und reicht das Handy wortlos an Regine weiter. Das ist mir nur recht. Regine kennt Jupp und Hein erst seit wenigen Tagen und ist emotional weitaus weniger betroffen. Ich sage ihr, sie möge Gudrun bitte nicht ans Steuer lassen und mit ihr gleich nach Losheim zu Hein fahren. Der habe sich dort zwar jetzt hingelegt, solle aber weder Abend noch Nacht allein verbringen.

»Glaubst du, er tut sich was an?«, fragt Regine.

»Das wäre atypisch«, sage ich, »genau wie ein Mord für Jupp. Wie du siehst, kann man in diesen üblen Zeiten gar nichts ausschließen. Auch nicht, dass Jupps Gaul verhungert, weil kein Mensch an das arme Tier denkt.«

Sie werde sich mit Gudrun um Hein kümmern, Daniel sich um das Tier, verspricht Regine. Ihr Sohn werde es nicht nur füttern und striegeln, sondern auch in Bewegung setzen. Er kenne sich da aus, habe schon in vielen Ställen ausgeholfen und dafür kostenlos reiten dürfen. Aber als Sohn eines richtigen Texaners brauche er mehr Übung. Dann fällt Regine wieder ein, wem Jumbo gehört.

»Grauenvoll«, sagt sie. »Wenn man sich vorstellt, dass Jupp…« Ich rechne ihr hoch an, dass sie das unvorstellbar Schreckliche schnell in etwas unvorstellbar Banales abwandelt: »… dass Jupp jetzt nicht sein Pferd sehen kann.«

Dankbar für ihre Unterstützung, und weil ich an diesem grauenvollen Tag gern Schönes hören möchte, frage ich sie, wie denn die Begegnung zwischen Vater und Sohn verlaufen sei.

»Märchenhaft«, ruft Regine. Ihre Stimme verlässt das Moll der Trauer und geht gleich zwei Oktaven in die Höhe. »Mein Traum ist in Erfüllung gegangen.«

Aufgeregt schildert sie, wie David gestrahlt, seine Arme ausgebreitet und seinen Sohn ans Herz gedrückt hat. Wie glücklich Daniel war, dass sein Vater Tiere ebenso liebe wie er – diesbezüglich ist mir bisher nur aufgefallen, dass er Linus duldet –, dass er die gleiche Musik höre und nichts lieber wolle, als mit Daniel zu einem Konzert von der Band Revolverheld zu fahren. Er freut sich riesig darauf, Baseballspielen zu lernen und zu seiner Großmutter nach Texas zu fliegen. Daniel hat den Spiegel von der Krankenhauswand *geholt*, sich neben David aufs Bett gesetzt, und dann haben sie die gleichen Grimassen geschnitten.

»Es war wunderschön«, rattert Regine weiter. »Wir haben alle geweint.«

»Wir auch«, sage ich trocken, womit unser Gespräch dann auch sehr schnell beendet ist. Eine Überdosis an Schönem kann ich momentan nicht ertragen.

Ob ich Marcel schon stören darf? Immerhin hat er gesagt, dass ich ihn *jederzeit* anrufen könne. Erwin Hannens Worte haben mich zutiefst verstört. Ich brauche unbedingt Klarheit. Auch wenn ich felsenfest davon überzeugt bin, dass Jupp diesen Steffen Meier nicht ermordet haben kann. Aber vor wenigen Stunden hätte ich auch geschworen, dass er nichts mit dem Tod von Reinhold Wirzig zu tun hat.

»Stör ich?«, frage ich ins Handy.

»Nie.«

Ich verzeihe ihm die Lüge und platze gleich mit meiner Sorge heraus. Er schweigt. Zu lange für meinen Geschmack.

»Jupp hat doch ein Alibi für die Tatzeit!«, erkläre ich drängend. »Er war mit mir und Hein beim Brunch in Kronenburg.«

»Ich weiß«, sagt Marcel seufzend, »und danach?«

»Danach sind wir auf die Kehr gefahren. Ich bin wieder in die Küche gegangen, und Hein hat an den Menükarten rumgebastelt. Das haben wir euch doch alles schon erzählt.«

»Und wo war Jupp?«

Jetzt schweige ich. Wenn sich Jupp mein Auto genommen hätte, wäre das keinem von uns aufgefallen.

»Man kann nicht auf die Minute genau feststellen, wann bei Steffen Meier der Tod eingetreten ist«, fährt Marcel fort. »Theoretisch wäre denkbar …«

»Graue Theorie!«, schleudere ich ihm entgegen. »Welches Motiv sollte Jupp denn haben?«

Er weicht mir aus: »Die meisten Spuren in deinem Auto stammen von ihm.«

»Weil er darin seine dämlichen Steine und Wurzeln spazieren fährt!«

»Das weiß ich doch. Ich bin auch sicher, dass er es nicht war. Aber er hat Reinhold Wirzig umgebracht. Deshalb muss er Erwin Hannen und die Chefs von seiner Unschuld erst noch überzeugen.«

»Was ist denn das für ein Land, wo der Angeklagte seine Unschuld beweisen muss?«, fahre ich auf. »In Deutschland muss seine Schuld bewiesen werden, nicht seine Unschuld.«

»Vor Gericht«, erklärt Marcel müde. »Bis dahin haben wir noch genug Zeit …«

»… um den wirklichen Täter ausfindig zu machen«, ergänze ich seinen Satz, »und ganz genau darum werde ich mich jetzt gleich kümmern.«

»Riskier nichts!«, brüllt er ins Telefon. »Bleib zu Hause, schließ die Tür ab, und lass niemanden rein.«

»Das wäre sehr kontraproduktiv«, gebe ich zurück, »Patti und Petra Prönsfeldt wollen reden. Mit mir, wohlgemerkt, nicht mit der Polizei. Ich betrachte es als meine Freundes- und Bürgerpflicht, nachher zum Gnadenhof zu gehen und …«

»… dich wieder in Lebensgefahr zu bringen?«, fragt Marcel mit ätzender Stimme.

»Ahh«, bemerke ich. »Du glaubst also auch, dass diese Leute gefährlich sind. Dass einer von denen Steffen Meier umgebracht hat?«

»Für dich sind sie ja schon gefährlich, wenn sie sich selbst umbringen wollen.«

Ich unterbreche seinen Vortrag über meinen riskanten fehlgeschlagenen Alleingang vom Montag und über vergleichbar unglückliche Vorkommnisse in der Vergangenheit mit der Frage, wie es Jupp gehe. Er halte sich wacker, sagt Marcel und versichert: »Ich sorge schon dafür, dass es ihm an nichts fehlt.«

»Außer an Hein und an Freiheit«, murmele ich und lege auf.

Marcel kennt mich zu gut, als dass er mich noch einmal anklingeln und seinen Vortrag fortsetzen würde. Er wird sich bei Gudrun melden und sie eindringlich auffordern, sich an meine Fersen zu heften. Aber Gudrun hat Besseres zu tun; dafür habe wiederum ich gesorgt.

Als ich das frisch gemalte Pappschild an die Tür der *Einkehr* hefte, frage ich mich, wie lange es da wohl hängen wird. Vielleicht nur noch einen Tag. Weil ich mich morgen entschließen könnte, das Holzschild oberhalb der Tür für immer herunterzunehmen und zu verbrennen. Das Schild, mit dem das ganze Elend zwar nicht angefangen, aber einen sehr bösen Verlauf genommen hat.

Diesmal werde ich Linus zum Gnadenhof mitnehmen. Erstaunt beschaut sich das Tier die Leine, die ich vom Haken ziehe. Er hockt sich ungläubig fiepend hin und reckt den Hals in alle Richtungen. Nur nicht in die, wo ich gerade stehe. Klar, er hält nach seinem vermeintlich neuen Herrchen Ausschau und mich für keines Blickes würdig.

Daniel hat mir meinen Hund entfremdet. Nach nur vier Tagen weiß das Vieh nicht mehr, wo es hingehört. Sehnt sich nach einem Knaben, der ihm kein Schweinefleisch mit Rosinen gönnt, sondern ihn mit übelriechendem Dosenfutter und ungewürzter Rindfleischpampe füttert.

Natürlich folgt er mir, als ich wieder in die Küche gehe. Im Kühlschrank finde ich hinter der Schüssel mit der von Gudrun angerührten Kartoffel-Knoblauch-Olivenöl-Sesampaste für die marinierte Rote Bete ein Päckchen jener schrecklichen Kondomwürstchen, die Jupp nach getaner Arbeit so gerne kalt verzehrt. Linus auch.

Der Hund springt an mir hoch. Ich halte die Würstchen noch höher.

Ich probiere etwas aus und sage zum ersten Mal: »Sitz!«

Ein Kommando, das mir als unfreiwilliger ungelernter Hundebesitzerin nie in den Sinn gekommen wäre. Erst Daniel hat mich darüber aufgeklärt, weshalb meine *Platz*-Rufe vergeblich waren. *Sitz* käme vor *Platz,* sagte er; erst aus dem einen ergebe sich das andere.

Der Sitzplatz eben. So habe ich mir das gemerkt. Und sehe staunend meinen Hund aufs Hinterteil fallen und schräg nach oben blicken, wo ein Würstchen lockt.

»Platz«, befehle ich.

Der Hund legt sich hin. Toll. Vielleicht ist Linus ein Spätentwickler und einer Erziehung doch noch zugänglich, wie Marcel meint. Vielleicht hat der Herr Polizeiinspektor mal wieder recht.

Aus dem einen ergibt sich das andere. Am liebsten würde ich erst mit Patti reden, dann ihre Mutter konfrontieren. Fürchte aber, dass ich Patti auf dem Gnadenhof nicht antreffen werde. Sie könne nicht mehr nach Hause, hat sie gesagt, aber vor der verschlossenen Tür der *Einkehr* hat sie nicht auf mich gewartet. Ich wappne mich für ein Gespräch mit Petra Prönsfeldt über Hückeswagen und den Musiklehrer.

Schon von Weitem höre ich dumpfe regelmäßige Schläge. Frage mich, ob Herr Pee aus lauter Frust und Entsetzen jetzt seinen Pachthof in Grund und Boden hämmert.

Ich eile um die Biegung.

In ihrem übergroßen Herrenhemd steht Patti am Rand der Weide und schlägt mit einem riesigen Holzhammer auf einen Zaunpfahl ein. Sie sieht mich kommen und haut so fest auf den Holzpflock, dass er sichtlich ein Stück tiefer als seine Nachbarn in die Erde eindringt.

Als sie mich anblickt und ich die Wut in ihren Augen lese, begreife ich, woraus das zierliche Mädchen solche Körperkraft bezieht.

»Hallo Patti, was machst du da?«, frage ich, obwohl es offensichtlich ist.

»Sehen Sie doch«, erwidert sie prompt. »Den Zaun reparieren. Damit die Tiere wieder auf die Weide können. Darüber hatten Sie sich doch auch schon beklagt. Dass die bei so schönem Wetter alle drinnen sind. Keine gute Reklame für einen Gnadenhof.«

Diesem Gnadenhof wird bald keine Reklame mehr helfen, denke ich und falle mit der Tür ins Haus: »Du wolltest mit mir sprechen. Über Pia. Darum bin ich jetzt hier. Vorhin ging es leider nicht. Entschuldige übrigens, ich wusste nicht, dass niemand im Restaurant war.«

Sie wirft einen Blick zum Haus hinüber, stützt sich auf den Hammer und bemerkt: »Ist egal. Sowieso zu spät.«

»Wofür?«, frage ich beunruhigt. »Was ist mit Pia?«

Sie sagt nichts.

»Geht es ihr schlechter? Bitte sprich, Patti, ich mache mir große Sorgen.«

Sie blickt auf. Ihr Gesicht ist tränenüberströmt.

»Es ist vorbei, Frau Klein. War alles umsonst. Habe die Pia verloren.«

24_WUT

Mittwoch, früher Abend

Pia ist nicht tot.

Dahinter komme ich aber erst, als ich Pattis abgehackte Sätze so zusammenbaue, dass sie einen Sinn ergeben. Ihre Schwester ist aus dem Krankenhaus in eine Kölner Nervenheilanstalt verlegt worden, wo sie längerfristig psychiatrisch betreut werden soll. Was ich für sehr vernünftig halte, angesichts der traumatischen Erfahrungen des Mädchens.

Das aber ist Patti nicht zu vermitteln. Ihre Schwester sei völlig normal, heult sie und schwingt aufgebracht den großen Vorschlaghammer. Pia habe, genau wie sie selbst, mit der Vergangenheit längst abgeschlossen.

»In der Klapse wird alles nur wieder hochkommen«, schreit sie, »sie wird alles noch mal durchmachen. Und ich bin dann nicht bei ihr. Um ihr zu helfen. Sie zu beschützen.«

»Was du sonst immer getan hast«, sage ich sanft.

Sie senkt das Haupt.

»Ja«, murmelt sie. »So gut ich konnte. War nicht immer gut genug.«

»Wie auch?«, sage ich. »Du warst selbst doch noch ein Kind. Möchtest du darüber reden? Bist du deshalb zu mir gekommen?«

Sie schüttelt den Kopf.

»Ich möchte, dass Sie mit den Ärzten reden! Sagen Sie denen, dass die Pia nicht verrückt ist. Dass ich mich besser um sie kümmern kann als Leute, die sie nicht kennen. Frau Klein, Sie haben doch mit der Pia gesprochen; Sie wissen, dass sie nicht krank ist. Nur wütend. Und traurig. Aber das geht vorbei.«

»Sie hat mich im Bunker eingeschlossen«, gebe ich zu bedenken.

»Das hat sie nicht so gemeint. War doch nur eine Kurzschlusshandlung!«

Die mich das Leben hätte kosten können. Diese Bemerkung verkneife ich mir. Ich möchte nicht mit Patti streiten. Ich möchte erfahren, weshalb unser Leben auf der Kehr durcheinandergeraten ist. Dahinterkommen, wer Steffen Meier auf dem Gewissen hat. Um Jupp zu entlasten. Um einen ganz normalen Alltag zu führen, in dem es vielleicht doch wieder ein Restaurant geben kann.

Ahnt Patti, wie verdächtig sie sich gerade gemacht hat? Obwohl über Steffen Meier und den Mord kein Wort gefallen ist, beschleicht mich ein sehr ungutes Gefühl. In rasender Geschwindigkeit setzt sich in meinem Kopf ein neues Puzzle zusammen.

Es beginnt mit unserer Begegnung hinter der Leitstelle des Kampfmittelräumdienstes. Als sie mir ein Märchen auftischte, wie ich damals schon vermutet hatte. Aber nicht jedes ihrer Worte war gelogen. Sie begrüßt den Mord an Steffen Meier. *Ich bin froh, dass er tot ist.* Weil er Böses mit ihrer Schwester vorgehabt hätte. Ausgeschlossen ist zwar nicht, dass auch der Meier an Pia verdienen wollte, aber ich halte das im Lichte unserer neuen Erkenntnisse für eher unwahrscheinlich. Alles deutet darauf hin, dass der Mann wirklich sein zwielichtiges altes Leben hinter sich lassen und mit Pia zu neuen Ufern aufbrechen wollte.

Deswegen hat ihn Patti gehasst. Er wollte ihr die Schwester wegnehmen. Was jetzt die Ärzte getan haben. Vielleicht hatte sie für sich und die Schwester bereits ein eigenes Ausstiegs-Szenario aus dem Familienverbund entwickelt. Dauernd kommt ihr jemand zuvor. Reibt ihr das eigene Versagen unter die Nase. Das macht ihren Zorn noch begreiflicher. Und wäre ein sehr starkes Motiv.

Sie hat mir gegenüber zugegeben, Pias E-Mail-Wechsel mit

Steffen Meier gelesen zu haben. Die letzte Mail wurde am vorletzten Samstag verschickt. Darin fleht Pia ihn an, am nächsten Mittag in der Kapelle der Kehr auf sie zu warten, *für sie wegzuholen.* Den letzten Satz des Schreibens hat Marcel mit belegter Stimme zitiert: Es ginge um Leben und Tod.

Wird diese Formulierung Patti später als Vorsatz angelastet werden? In meinem Puzzle zeichnet sich zunehmend deutlich ihr Bild ab. Vieles spricht dafür, dass sie Steffen Meier erstochen hat. So bin ich überzeugt, dass Pia das fatale Schreiben nicht selbst abgefasst haben kann. Nicht nur, weil alle ihre vorherigen E-Mails an Schultagen abgesandt worden sind, sondern vor allem, weil sie ein solches Treffen mit Steffen niemals versäumt hätte. Endlich würde ihr Traum wahr werden und der Liebste mit ihr durchbrennen. Wie hätte ein krankes Pferd sie da aufhalten können? Die letzte Gewissheit werden wir wohl erst erhalten, wenn Pia wieder vernehmungsfähig ist.

Ich habe weder Computer noch Laptop in den Zimmern der Mädchen gesehen. Patti selbst hat mir gesagt, beide benutzten ausschließlich einen Rechner in der Schule. Auch deshalb bin ich bisher davon ausgegangen, Paul Prönsfeldt hätte Steffen Meier zu seinem Rendezvous mit dem Tod eingeladen.

Der Mann hat einen Computer in seinem Arbeitszimmer. Und Patti ist es immerhin gelungen, das Passwort ihrer kleinen Schwester zu knacken. In seinem eigenen Haus wird Herr Pee seine Töchter kaum ständig überwacht haben. Ein paar unbeobachtete Minuten hätten Patti gereicht, um von seinem Computer aus die fatale E-Mail abzuschicken.

Zur Tatzeit soll sie krank im Bett gelegen haben, während Pia und Frau Pee um den Tierarzt herumwuselten. Sie hätte sich bestimmt unbemerkt davonstehlen können; vielleicht im Glauben, Steffen Meier mit Worten davonscheuchen zu können. Das hat nicht funktioniert. Aber sie hatte auf dem Weg zur Kapelle mein unverschlossenes Auto gesehen. Und mein japanisches Messer auf dem Fenstersims.

Die Versuchung, Steffen Meier für immer loszuwerden, war genauso gewaltig wie ihre Wut auf diesen Mann. Verstellung ist ihr zur zweiten Natur geworden; das habe ich ja selbst erlebt. Sie könnte die Taktik gewechselt haben. Hat ihm vielleicht vorgegaukelt, anfangs nur seine lauteren Absichten testen zu wollen. In Wahrheit warte Pia voller Sehnsucht auf ihn. Woanders. Bei Eiterbach, zum Beispiel. Patti schnappte sich also mein Auto und fuhr mit ihm dorthin. An einer geeigneten Stelle hielt sie an, ging ihm ein Stück in den Wald voraus, drehte sich dann um und stieß ihm das Messer so ins Herz wie vielleicht früher den Schweinen auf dem alten Hof in Weckerath.

So könnte es gewesen sein. Alles passt. Jetzt, da ich ihre Schwachstelle und ihre Finten kenne, traue ich mir durchaus zu, dem Mädchen ein Geständnis zu entlocken.

»Lass uns zusammen in Ruhe darüber nachdenken, wie wir Pia helfen können«, sage ich. Und will ihr, wie die Hexe in Grimms Märchen, meine Gastfreundschaft anbieten. Doch wir werden von einem lauten Ruf gestört: »Patrizia! Kartoffeln schälen!«

»Die kann mich mal«, murmelt Patti und schwingt wieder den Vorschlaghammer. Ich halte sie am Arm fest.

»Wie willst du denn den Stacheldraht festmachen, wenn du den Pflock noch tiefer reinschlägst?«

Patti schüttelt meinen Arm ab und behämmert den Zaunpfahl mit voller Wucht.

Petra Prönsfeldt belässt es nicht bei Worten. Mit großen Schritten stapft sie quer über die Weide auf uns zu. Demonstrativ wendet ihr die Tochter den Rücken zu.

»Sei doch nicht so störrisch, Patrizia«, bittet Frau Pee. »Was soll denn Frau Klein von dir denken?«

Etwas, was dir gar nicht gefallen würde, denke ich und begrüße sie bemüht freundlich.

Frau Pee entschuldigt sich für die Störung vom Nachmittag und bittet mich zu einer Tasse Tee ins Haus.

»Ich könnte Ihnen ja dabei die Kartoffeln schälen«, biete ich an, als sich Patti nicht vom Fleck rührt.

»Wo denken Sie hin!«, erklärt die Riesenmade empört, als sie mit mir auf das Haus zugeht. »Nach allem, was Sie wegen meiner Jüngsten durchmachen mussten!«

»Ihre Töchter haben noch viel Schlimmeres durchgemacht«, sage ich.

»Und wer denkt daran, was *ich* durchgemacht habe!«, gibt sie zurück. Sie schüttelt den Kopf so heftig, als könne sie das Durchgemachte damit herausschleudern. Hastig fährt sie fort: »Die Pia ist krank und kommt jetzt in ordentliche Behandlung. Deshalb ist die Patrizia auch so unleidlich. Sie glaubt, dass es unsere Schuld ist.«

»Ist es das?«, frage ich leise, als wir vor dem Haus stehen.

Frau Pee schlägt die Hände zusammen.

»Mein Gott! Natürlich macht man bei der Erziehung Fehler!«

»Welche Fehler?«, hake ich sofort nach.

Unentwegt den Kopf schüttelnd beäugt sie Linus, der hinter uns hergetrottet ist.

»Wir haben eine Regel, liebe Frau Klein. Tiere kommen uns nicht ins Haus. Sperren Sie Ihren Hund also bitte in den Zwinger, oder binden Sie ihn da drüben fest.«

Ich entschuldige mich beim widerstrebenden Linus, als ich seine Leine an einem offensichtlich dafür vorgesehenen Pflock befestige. Dessen Unverrückbarkeit wahrscheinlich auch Pattis Zorn zu danken ist. Mein Hund stimmt ungehalten in das Gebell seiner eingesperrten Artgenossen ein. Er ist eine solche Behandlung nicht gewöhnt, kennt angebundenes Warten nur vom Supermarkt. Den da erforderlichen kurzzeitigen Freiheitsentzug erträgt er in Gelassenheit, voller Vorfreude auf das frische Häppchen, mit dem ich ihn danach immer belohne. Jetzt aber bellt er. Der kluge Hund ahnt, dass ich ihm aus diesem düsteren Haus kein Leckerli mitbringen werde.

An der Küchentür lässt mir Frau Pee den Vortritt.

Ich gebe mir einen Ruck und betrete das Vestibül meines Gefängnisses vom Montag.

»Bitte setzen Sie sich, Frau Klein. Welchen Tee möchten Sie?«

Ich lasse mich auf dem Stuhl nieder, auf dem Pia am Montag gesessen hat, und mustere das Angebot auf dem Holztablett, das mir Frau Pee zuschiebt.

Die Verheißungen der Teebeutel überfordern mich. Sie zwingen mich, Position zu beziehen, zu bekennen, was mir im Leben wirklich wichtig ist.

Schlank und schön. Gesunde Abwehr. Hol dir Kraft. Oase der Inspiration. Freu dich. Basis deiner Seele. Zeit für Energie. Bleib jung. Wach auf. Innere Ruhe. Heiße Liebe. Einfach schön. Klarer Kopf.

Nichts davon möchte ich missen. Dennoch muss ich mich jetzt spontan auf eine Richtung festlegen. Und die gäbe Frau Pee Einblick in meine derzeitige Gemütslage. Was meinen Absichten keineswegs zuträglich wäre. Also lächele ich der Pythia des Säckchen-Orakels unverbindlich zu und bitte sie, das Passende für mich auszuwählen.

Ich rechne damit, dass sie mich mit *Innere Ruhe* einlullen will. Aber leider hängt sie einen Beutel *Schlank und schön* in einen Becher mit Marienkäfermuster. Sehr wenig aufschlussreich.

Ich möchte endlich ein Bekenntnis von ihr hören und wiederhole ihren Satz, dass man bei der Erziehung natürlich Fehler mache. Als Nichtmutter verstünde ich davon nichts und würde gern wissen, an welche Fehler sie dabei denke.

Die *Gesunde Abwehr* wirkt, noch ehe Petra Prönsfeldt den Beutel in der zweiten Tasse übergossen hat. Meine Nachfrage geht im lauten Rauschen des Wasserkochers unter und wird ignoriert.

»Mein Mann ist beim Pastor«, wechselt sie das Thema, als sie die Becher auf den Tisch stellt. »Er will wissen, warum uns Gott so straft.«

»Mit Ihren Kindern?«, entfährt es mir.

»Auch«, antwortet sie. »Die beiden waren immer schon sehr schwierig.«

Ihre Stimme klingt teilnahmslos, und ihr Gesicht ist so starr wie der Teig in einer Schüssel, die zu lange offen im Kühlschrank gestanden hat. Nichts wird diese Frau herauslassen, sich nur von einer Belanglosigkeit zur nächsten hangeln.

Ihre Töchter sind jahrelang missbraucht und schon als kleine Mädchen an Pädophile verkauft worden. Beide brauchen dringend Hilfe, nicht nur Pia. Körper, Geist und Seele sind schwer beschädigt worden. Petra Prönsfeldt scheint von dieser Ungeheuerlichkeit unberührt zu sein. Es juckt mir in den Fingern. Ich würde zu gern diesen blassen Teig vor mir durchwalken, um wenigstens auf ein Körnchen Wahrheit zu stoßen. Auf das Eingeständnis schwerer Schuld, auf einen Hauch von Mitgefühl.

Sie hasst ihre Töchter. Marcels Bemerkung erscheint mir jetzt nicht mehr absurd. Ich bin so entsetzt, dass mir die Worte fehlen.

»Die Polizei glaubt uns nicht«, fährt sie fort. »Dass wir keine Ahnung davon hatten. Was die kleinen Luder in Köln so getrieben haben. Wie sollten wir das auch wissen? Mein Mann war viel unterwegs und ich immer zu Hause. Wir dachten, sie lernen in der Musikschule was für die Zukunft. Belogen und betrogen haben sie uns, das kann ich Ihnen sagen! So etwas ist furchtbar für eine Mutter!«

Sie reicht über den Tisch und greift nach meiner Hand. Die Berührung lässt mich erschauern. Ich zwinge mich, ihr in die Augen zu sehen. Zwei gefrorene Teiche. Unter denen es brodelt. Wut, die herauswill? Oder die nach einer fürchterlichen Entladung wieder mit Eis zugedeckt worden ist?

Aus dem Flur hinter mir höre ich leises Klicken. Als würde die Haustür sacht zugezogen. Es kommt kein weiteres Geräusch. Ich bin sicher, dass Patti lauschend hinter der Tür steht.

Ihre Mutter hat nichts gemerkt. Die hat für subtile Laute jetzt kein Ohr. Ist zu tief in Selbstmitleid versunken. Zelebriert ihren Hass auf die schönen Töchter. Und blickt mich erwartungsvoll an. Als würde ich ihr gleich die Absolution erteilen, Verständnis für ihre bedauernswerte Lage äußern oder zumindest Sympathie bekunden.

Als ich nichts sage, zieht sie ihre Hand zurück.

»Sie glauben mir auch nicht, Frau Klein, Sie halten mich für ein Monster.«

Ihre Stimme trieft vor Wehleidigkeit.

Mir reicht das Drumherumgerede. Es wird Zeit für ein klares Wort.

»Stimmt«, antworte ich. »Wenn Sie Ihre kleinen Mädchen als Sexsklavinnen an Männer verkauft haben, dann sind Sie ein Monster. Dann gehören Sie ins Gefängnis. Für den Rest Ihres Lebens.«

Frau Pee wird noch blasser, als sie ohnehin schon ist. Klappt den Mund wiederholt auf und wieder zu. Jetzt fehlen ihr die Worte.

Aber ich will es wissen. Bin in Fahrt und presche ungebremst vor. Mit einem Bluff: »Wie hat Ihnen der *Musiklehrer* Ihren Anteil an seinen Einnahmen zukommen lassen, Frau Prönsfeldt? Die Mädchen hat er ja immer nur mit einem Taschengeld abgefunden. Irgendetwas müssen Sie von dem Deal doch auch gehabt haben, oder?«

Die Riesenmade beginnt zu schnaufen, stößt ein paar wüste Beschimpfungen aus und fordert mich auf, augenblicklich ihr Haus zu verlassen. Sonst werde sie ihren Mann rufen.

»Der hadert doch grad mit Gott«, gebe ich ungerührt zurück.

»Warum eigentlich? Weil jetzt alles aufgeflogen ist?«

Ich warte ihre Antwort gar nicht erst ab, sondern feure eine weitere Breitseite los: »Oder glaubte er wirklich, dass seine Töchter in Köln Tonleitern übten? Kann durchaus sein, dass er keine Ahnung von der Hückeswagener Connection hatte.

Muss schlimm für Sie gewesen sein, als sich Ihr Freund, der Musiklehrer, so plötzlich abgesetzt hat. Oder waren Ihre Töchter dann eh schon zu alt für Kinderschänder?«

Petra Prönsfeldt springt auf. Die Stuhlbeine quietschen über den Steinboden. Ich halte den Atem an. Hoffe, dass ich ins Schwarze getroffen habe. Bin mit einem Mal entsetzlich unsicher. Was gestern Nacht noch schlüssig klang, erscheint mir plötzlich als eine äußerst gewagte These. Die auch die Polizei noch nicht beweisen konnte. Sonst wäre sie doch längst hier aufgekreuzt. Natürlich nicht Marcel, der ermittelt den ganzen Tag über im Mordfall Wirzig und muss Jupp einlochen. Aber er wird unsere Mutmaßung nach Heerlen weitergeleitet haben, dorthin, wo alle Fäden zusammenlaufen. Hätte man aus denen Frau Prönsfeldt nicht sofort einen Strick gedreht, wenn an unserem Verdacht etwas dran wäre?

»Raus!«, schreit Petra Prönsfeldt. Ein zitternder Zeigefinger weist mir den Weg.

Ich bleibe sitzen. Ihre Reaktion ermutigt mich. Vielleicht bin ich doch auf der richtigen Spur. Ich ignoriere die plötzliche Juckreizwarnung und fahre fort: »Sie kannten den Musiklehrer. Er kam aus Hückeswagen, wie Sie auch. Kaltblütig haben Sie Ihre Töchter diesem Mädchenhändler ausgeliefert.«

Sie stemmt die Hände auf den Küchentisch.

»Habe ich nicht!«, faucht sie mich an. »Ich kenne den Mann überhaupt nicht. Die Mädchen haben das alles ganz alleine gemacht! Die sind durch und durch verdorben!«

»Du lügst!«

Mit blitzenden Augen springt Patti in die Küche.

Petra Prönsfeldt weicht bis an den Herd zurück.

»Sei still!«, fährt sie ihre Tochter an. »Du weißt, was sonst passiert!«

»Ist mir egal! Frau Klein soll es wissen. Ihr Polizistenfreund soll es wissen. Alle sollen es wissen!«

Sie reißt eine Schublade auf. In der habe ich am Montag

die vielen Messer gesehen. So schnell bin ich noch nie von einem Stuhl hochgeschossen. Donnernd fällt er hinter mir zu Boden.

»Nein, Patti!«, rufe ich. Doch ich bin zu langsam. Patti hält ein breites Fleischermesser in der Hand und uns mit ihm auf Abstand.

»Setzt euch!«, befiehlt sie und weist mit blitzender Klinge zum Tisch hin. Ich gehorche. Petra Prönsfeldt rührt sich nicht vom Fleck.

»Es war vor fünf Jahren«, sagt Patti leise. »Da sind wir in Köln in den Zoo gegangen. Es war ein sehr schöner Tag. Als alles anfing. Setz dich wieder hin, Mutter, das wird jetzt dauern. Aber ich muss endlich reden. All die Lügen machen mich fertig. Haben die Pia fertiggemacht. Damit ist jetzt Schluss. Ich will nicht mehr lügen.«

Sie wirft einen Blick zum Fenster hin. Als würde die erlösende Wahrheit gleich hereinfliegen.

Unauffällig ziehe ich mein Handy aus der Jackentasche und versuche unterm Tisch, eine SMS an Marcel zu schicken. Vergeblich. Meine zitternden Finger begreifen die Tasten nicht. Zum ersten Mal beneide ich die jungen Leute, die auf diesen Winzdingern blind herumtippen können wie ich früher auf der Schreibmaschine. Ich wage einen kurzen Blick nach unten.

Der Patti nicht entgeht. Sie begreift sofort.

»Rufen Sie ihn ruhig an«, fordert sie mich auf.

Ich hebe den Kopf. Patti hat einen Arm um die Schultern ihrer Mutter geschlungen. Was sehr fürsorglich aussähe, wenn sie ihr mit der anderen Hand nicht das Messer an den Hals gelegt hätte.

»Ich will dich nicht verletzen«, sagt sie freundlich. »Ich will nur, dass du dich endlich hinsetzt. Und mir zuhörst. Die Wahrheit hörst. Weil du sie vergessen hast.«

Wie eine uralte gramgebeugte Frau lässt sich Petra Prönsfeldt von ihrer Tochter an den Tisch führen. Mit der freien

Hand schiebt ihr Patti den Stuhl hin. Auf dem Frau Pee wie ein Soufflé zusammenfällt.

Patti stellt sich mir gegenüber ans andere Kopfende.

»Rufen Sie Ihren Freund an«, sagt sie. »Legen Sie Ihr Handy so auf den Tisch, dass er alles hört. Damit ich das nicht noch mal erzählen muss.«

Petra Prönsfeldts Stuhl kreischt, als sie ihn ganz nah an den Tisch heranzieht. Sie verschränkt die Arme auf der Platte und lässt ihren Kopf in die Kuhle fallen, als wolle sie ein Nickerchen machen. Nichts hören, nichts sehen, nichts sagen. Die gleiche Affenhaltung, die als Motto über den vergangenen fünf Jahren der Familie Prönsfeldt stehen dürfte, wenn ich alles richtig eingeordnet habe.

»Was soll ich ihm sagen?«, frage ich, als ich Marcels Nummer anklicke.

»Die Wahrheit«, antwortet Patti. Es klingt belustigt.

Der belgische Polizeiinspektor meldet sich gleich nach dem ersten Klingeln. Er überschüttet mich mit allen möglichen Fragen: »Ist alles in Ordnung? Wo bist du? Wie geht's dir? Katja, sag doch was!«

»Wo bist du?«

»Im Auto. Auf dem Weg zu dir. Was ist los? Wo bist du?«

»Wo genau steckst du?«

»Fahre gerade durch Schönberg. Und du? Wo bist du?«

Ich blicke zu Patti und sage: »Er kann in einer Viertelstunde hier sein.«

Sie schüttelt den Kopf.

»Dauert zu lang«, sage ich ins Handy. »Fahr an den Rand, Marcel, und hör gut zu!«

»Oh Gott, was ist passiert?« Ich höre, wie er ordentlich Gas gibt. »Wo steckst du, zum Teufel?«

»In seiner Küche. In Teufels Küche, wenn du es genau wissen willst. Auf dem Gnadenhof. Es geht mir gut. Patti will jetzt ein Geständnis ablegen …«

Aus den Augenwinkeln sehe ich Petra Prönsfeldt. Zur

Flucht bereit. Sie hat sich schon auseinandergefaltet und schiebt leise den Stuhl zurück.

»Nein!« Patti reißt mir das Handy aus der Hand.

»Kein Geständnis! Herr Polizist? Sind Sie dran? Hier ist die Patrizia Prönsfeldt. Ich will jetzt alles sagen. Was wirklich war. Setz dich sofort wieder hin!«, schnauzt sie ihre Mutter an.

Die entlässt einen Piepslaut und sackt wieder auf ihrem Stuhl zusammen.

»Nein, natürlich nicht, das war meine Mutter«, sagt Patti ungeduldig ins Telefon. Sie hört einen Augenblick lang zu.

»Der Steffen?«, fragt sie und verdreht die Augen. »Nein, der hat damit nichts zu tun. Es geht um die Pia und um mich. Wie das alles angefangen hat. Mit den Männern in Köln und so. Sie wissen schon. Nein, ich will nicht warten, bis Sie kommen. Ich werde jetzt reden.«

Ohne das Messer loszulassen, legt sie das Handy auf den Tisch. Sie setzt sich direkt davor hin, holt tief Luft und fängt ganz unvermittelt an: »Der Musiklehrer hieß Onkel Dieter. Die Pia war elf und ich war zwölf. Er war unser erster Mann. Der Mann unserer Tante.«

Sie sieht zu ihrer Mutter hin. Die hat das Gesicht wieder in den Rahmen ihrer Arme gepresst. Pattis Blick wandert zu mir. Wie zum Schlachtengruß reckt sie das lange Messer in die Höhe, lässt es dann in Zeitlupe auf Petra Prönsfeldts Hinterkopf sinken. Ich bewege mich nicht. Bin vom lauernden Blick einer Raubkatze fixiert. *Wenn du dich rührst, ist sie tot,* sagen ihre grauen Augen. Ich lasse mich bannen. Wissend, wie viel schneller als ich das Mädchen ist. Die Schneide verharrt oberhalb des nachlässig toupierten Haarschopfs. Dem sich Patti jetzt mit bitterem Lächeln zuwendet. Langsam taucht sie die Messerspitze in das blondierte Vogelnest, zerteilt mit seltsam zärtlichen Stichen das struppige Wirrwarr. So, als wolle sie ihrer Mutter die Haare schmerzfrei glätten. Petra Prönsfeldt bleibt still sitzen, gibt keinen Mucks von sich, nicht einmal, als kalter Stahl ihre Kopfhaut berührt.

Sie schreckt erst hoch, als Patti das Messer auf den Küchenboden schleudert und in das Klirren hineinbrüllt: »Der Mann von deiner Schwester Sabine! Ich hasse dich, Mutter!«

25_GESTÄNDNISSE

Donnerstagmorgen

Der Ton kommt aus weiter Ferne, hallt in meinem Traum nach und streichelt mir beim Wachwerden die Ohren. Ich setze mich erfreut auf: Mein Kuckuck vom Vorjahr meldet sich zurück.

Linus hat den Ruf auch wahrgenommen. Anstatt sich auf mein Bett zu stürzen, richtet er sich an der Fensterbank auf, blickt hinaus in Belgiens Weite und begrüßt bellend den Neuankömmling im Holunderbusch.

»Still, Linus«, weise ich meinen Hund zurecht. »Wir haben einen Gast, der ausschlafen muss. Der einen sehr anstrengenden Tag hinter sich und einen mindestens so schlimmen vor sich hat.«

Der Hund stellt das Bellen tatsächlich ein und springt aufs Bett. Was ich bei anderen Menschen früher immer eklig gefunden habe, tut mir jetzt gut. Ich kuschele mich an das Tier und kraule ihm den Hals. Dabei sehe ich es. Oder besser gesagt, ich sehe es nicht: Das einzahnige blinzelnde Krokodil auf meiner Hand ist verschwunden. Spurlos. Über Nacht. Ich greife zu meiner Lesebrille auf dem Nachttisch, setze sie auf und halte mir die rechte Hand dicht vor die Augen. Nicht einmal der Hauch einer Rötung. Also kann es kein Brandmal gewesen sein, sagt mein Verstand; sondern wahrscheinlich eine Art von Ekzem, eine allergische Reaktion. Es ist wissenschaftlich nachgewiesen, dass die Haut auf psychische Probleme oder auf Traumata seltsam reagieren kann.

Traurig streichele ich die Stelle, an der sich das Krokodil vom Handrücken gemacht hat. Jetzt, da ich seine Botschaft verstanden habe und mich mit ihm anfreunden wollte.

Ich rücke noch näher an meinen anderen vierbeinigen Freund heran und höre dem Vogel draußen zu. So könnte jeder Tag anfangen.

Nein, ich werde den Kuckuck nicht laut fragen, wie lange ich noch zu leben habe, aber es kann ja nicht schaden, mit dem Zählen schon mal anzufangen. Als ich bei einem Alter angekommen bin, in dem ich Methusalem schon weit hinter mir gelassen habe, und der Vogel immer noch ruft, beschließe ich, dass irgendwann Schluss sein muss, und gehe auf Zehenspitzen ins Bad.

Die Geldbörse auf dem Flurschränkchen strafe ich mit Missachtung. Ein abergläubischer Mensch würde beim Kuckucksruf draufklopfen, damit das Portemonnaie das ganze Jahr über nicht leer wird. Was aber, wenn es schon leer *ist,* wie meins jetzt? Muss ich mich dann das ganze Jahr über mit Ebbe in der Kasse abfinden?

Es ist ja nicht so, dass ich kein Geld hätte, nur eben keine Zeit, um es bei der Bank abzuholen. Weil sich die Ereignisse überstürzen. Heute vor einer Woche habe ich mit großem Brimborium mein Restaurant eröffnet. Wie gern würde ich die albernen Ängste, die mich an jenem Tag geplagt haben, gegen die eintauschen, mit denen ich jetzt zu tun habe.

Eine besonders große Sorge hat Marcel ausgeräumt. Jupp hat tatsächlich ein bombensicheres Alibi für den Mord an Steffen Meier. Das teilte mir Marcel gestern Abend in der Küche des Gnadenhofs mit.

Jupp war mit Heins Auto direkt nach unserem Brunch in Kronenburg zum Flohmarkt nach Hillesheim gefahren. Der Händler aus Euskirchen konnte sich noch sehr gut an die ermüdenden Verhandlungen mit dem baumlangen bärenstarken Mann erinnern, der ihm den Biedermeierschrank zwar doch nicht abgekauft, aber vor Ort ein wackliges Teetischchen repariert und Unmengen an Kaffee und Kuchen ausgegeben hatte.

Wie Marcel gestern Abend in nur zehn Minuten von Schönberg auf die Kehr gekommen ist, will ich auch jetzt nicht wissen. Zumal ich seinen halsbrecherischen Fahrstil schon eingerechnet hatte, als ich Patti sagte, er könne in einer Viertelstunde bei uns sein.

»Wie gut, dass dir nichts passiert ist«, flüsterte er mir zu, als ich ihm die Tür des Gnadenhofs öffnete.

»Danke gleichfalls«, erwiderte ich trocken.

Er hatte Pattis Enthüllungen an seinem Handy in voller Länge mit angehört. Das Mädchen würde keine Nacht mehr mit ihren Eltern unter einem Dach verbringen können, so viel war uns allen klar. Zumal Marcel veranlasst hatte, dass dem Ehepaar Prönsfeldt noch an jenem Abend ein Besuch der Prümer Polizei ins Haus stand.

»Ich rede nur mit der belgischen Polizei«, erklärte Patti, als ihr Marcel auseinandersetzte, dass auch sie den rheinland-pfälzischen Beamten zur Verfügung stehen müsse. Patti lehnte das kategorisch ab: »Damit Sie es gleich wissen, Herr Polizist: Ich bleibe keine Minute länger in diesem Haus. Ich möchte bei Frau Klein übernachten.«

Marcel sah mich an. Mir sank das Herz in die Jeans. Alles in mir schrie nach Ruhe. Es war ein furchtbarer Tag gewesen, mit einem grauenerregenden Ende. Ich wollte nur noch allein in mein Haus zurückkehren, die ganze scheußliche Welt da draußen ausschließen, mich ins Bett legen und nicht länger an all das Grausame denken, das Menschen einander antun können und angetan haben. Nach diesem langen fürchterlichen Tag sah ich mich nicht in der Lage, auch noch ein gestörtes Mädchen, so beklagenswert ihr Schicksal auch war, bei mir logieren zu lassen.

Marcel beriet sich mit mir unter vier Augen in der Diele des Gnadenhofs. Er könne das Mädchen auch in einer Zelle der Polizeizone Eifel in Sankt Vith beherbergen. Eigentlich sei er sogar dazu verpflichtet, gestand er. Schließlich lägen gegen Patti sehr handfeste Verdachtsmomente im Fall Steffen Meier vor. Sie sei derzeit die Hauptverdächtige. Und müsse morgen ohnehin noch einmal offiziell vernommen werden. Seine Vorgesetzten würden sehr beglückt sein, sie schon in Belgien festgesetzt zu wissen. Was sie bei mir in gewisser Weise ja auch wäre, sagte er bittend. Ihm sei einfach wohler bei dem Gedanken, Patti in dieser Nacht in meiner Obhut zu wissen. Als einfühlsamer Mensch würde ich Balsam für die geschundene Seele des Mädchens sein.

Da knickte ich ein. Ich hatte auch schon einmal in der Zelle der Polizeizone Eifel übernachtet und habe keine guten Erinnerungen daran. Nach allem, was Patti am Küchentisch erzählt hatte, wäre es wahrlich herzlos gewesen, das Mädchen in einem kahlen Kerker sich selbst zu überlassen. Marcel versprach, sie um zehn Uhr morgens abzuholen, und fuhr uns beide nach Hause.

Meine Angst vor einer langen Nacht mit finsteren Gesprächen war unbegründet. Wir wechselten kaum ein Wort. Ich zeigte Patti Küche und Badezimmer, dann streckte sie sich gänzlich angezogen sofort auf dem Sofa im Wohnzimmer aus und war eingeschlafen, noch ehe ich ihr eine Decke übergelegt hatte. Worüber hätten wir auch reden sollen? Es war alles gesagt worden.

Ich blieb noch eine Weile neben ihr im Dunkeln sitzen und hörte ihren gleichmäßigen Atemzügen zu. So friedlich hatte sie bestimmt seit Langem nicht mehr geschlafen.

•

Das Böse trat in Gestalt von Onkel Dieter ins Leben der beiden Prönsfeldt-Schwestern. Sie kannten diesen Verwandten nicht, als er an einem schönen Frühlingstag auf dem kleinen Hof im belgischen Weckerath einfuhr. Die zehnjährige Patti hatte gerade die Kühe gemolken und sah den Fremden fragend an.

»Willst du deinem Onkel keinen Kuss geben?«, fragte er, als er aus seinem Wagen stieg. So erfuhr Patti, dass ihre Mutter eine Schwester hatte. Die war aber nicht mitgekommen. Und ihre Mutter schien vom Besuch des Schwagers keineswegs beglückt zu sein. Sie zog sich mit ihm zu einer längeren Besprechung ins Arbeitszimmer von Paul Prönsfeldt zurück. Alte Familiengeschichten, sagte die Mutter, als sie wiederauftauchte, die hätten euch nur gelangweilt. Pia und Patti fanden Onkel Dieter toll. Er spielte Uno mit ihnen und zeigte ihnen Kartentricks. Die Zeit verging wie im Flug. Weil der Vater mit seinem Viehhandel unterwegs war, wollte Onkel Dieter gern über Nacht bleiben. Damit ein Mann im Haus ist. Dabei bin ich gar nicht so mutig, verriet er seinen Nichten, er fürchte sich allein im Dunkeln. Dafür gab es eine Lösung. Nach einer Kissenschlacht krochen die beiden Mädchen zu ihm ins Gästebett. In jener Nacht rührte er sie nicht an.

Am nächsten Morgen hätten die Mädchen eigentlich zur Schule gehen müssen. Onkel Dieter fand einen Besuch im Kölner Zoo schöner. Pia und Patti auch. Eine Ausrede für die Schule werde seine Schwägerin schon finden, meinte Onkel Dieter, als er mit den Mädchen in den Zoo fuhr. Vor dem Elefantengehege fotografierte er seine beiden Nichten.

»Es war der letzte schöne Tag in meinem Leben«, sagte Patti am Küchentisch des Gnadenhofs.

Nach dem Zoo führte Onkel Dieter seine Nichten in eine Konditorei, wo sie den größten Eisbecher ihres Lebens bestellen durften. Und dann zeigte er ihnen, wo er arbeitete. Eine Schule, in der nur Musik gemacht wurde. Er erlaubte Pia und Patti, sich in einer großen Halle auf die Bühne zu stellen und alle Lieder herauszuschmettern, auf die sie gerade Lust hatten. Er war ganz begeistert von ihren Stimmen und sagte, sie würden einmal große Künstlerinnen werden. Wie gut, dass er ihnen dabei helfen könne. Aber der Weg an die Spitze sei weit und steinig. Ob sie bereit wären, den zu gehen? Aber natürlich, jubelten die kleinen Mädchen auf ihrer rosaroten Traumwolke im Kölner Frühling.

Dann fangen wir sofort damit an, sagte Onkel Dieter, ihr seid genau im richtigen Alter dafür, neun und zehn. Nur wer ins Wasser springt, lernt schwimmen, ihr könnt gleich loslegen. Ab ins Auto. Inzwischen war es dunkel geworden. Er fuhr sie zu einem Haus in einer Gegend, wo die Straßenlaternen nicht so viel Licht gaben wie in der Stadtmitte. Sie stiegen aus und gingen durch einen ziemlich finsteren Hof. Keine Angst, sagte Onkel Dieter, gleich wird es hell und ganz doll gemütlich. Im zweiten Haus hinter dem ersten stellte er sich vors Guckloch einer Tür im Parterre und klingelte. Eine Frau öffnete. Sie begrüßte Onkel Dieter mit einem Kuss und Pia und Patti wie sehnlich erwartete Gäste.

Ihr könnt gleich auftreten, sagte Onkel Dieter, müsst euch aber erst frisch machen. Ihr riecht ja nach Zoo. Er stieg mit ihnen in eine große sprudelnde Badewanne und wusch sie gründlich, damit sie auch richtig sauber wurden. Pia und Patti gaben ihm in der Badewanne einen neuen Namen. Sie nannten ihn Henry nach ihrem Hengst in Weckerath. Weil dem auch manchmal ein zusätzliches Bein wuchs. Sie dürften es ruhig anfassen, meinte Onkel Dieter, aber das trauten sich die Mädchen nicht. Sie zogen Badeanzüge an, damit sie nicht zu sehr schwitzten bei ihrem Auftritt. Der fand auf einer kleinen Bühne mitten in einem Saal mit vielen Vorhängen statt. Es war wirklich sehr heiß, denn auch die schönen jungen Frauen und die vielen Männer auf den gemütlichen roten Sitzlandschaften trugen hübsche Badesachen. Pia und Patti sangen die gleichen Lieder wie am Nachmittag in der Musikschule; Patti wagte sich sogar an die zweite Stimme heran. Es gab tobenden Applaus. Es ist zu spät, um heimzufahren, sagte Onkel Dieter und zeigte ihnen ein winziges Zimmer mit einem großen goldenen Bett. Plötzlich gab es ganz viel Lärm. Laute Schreie. Die Frau stürzte ins Zimmer und Onkel Dieter zum Fenster.

Ihr seid von zu Hause abgehauen und von selbst hergekommen, sagte die Frau zu den Mädchen. Nur das sagt ihr, nichts weiter. Sonst kommt ihr ins Heim. Als uniformierte Polizisten das Zimmer stürmten, waren Patti und Pia zu verängstigt, um überhaupt etwas zu sagen. Genau wie später beim Arzt. Da nannten sie nur ihre Namen. Die bei der Polizei mit der Vermisstenmeldung des Vaters abgeglichen wurden. Ihr seid also ausgerissen? Pia und Patti nickten. Sie wurden nach Hause gefahren. Die Mutter wollte nichts hören. Das muss euer Geheimnis bleiben, sagte die Frau, die sie auf die Reise mit Onkel Dieter geschickt hatte, sonst passiert etwas Schreckliches.

»Wäre es doch auch!«, jammerte Petra Prönsfeldt, als Patti an diesem Part der Geschichte vielsagend aufblickte. »Außerdem hat euch damals niemand etwas getan.«

»Damals nicht«, fuhr Patti fort. »Erst zwei Jahre später. Als Onkel Dieter wiederauftauchte. Und Papa die Musikschule zeigte.«

Den Mädchen zeigte er das Casting-Bett im Zimmer über dem Bordell. Der Erfolg verlange Opfer, sagte er. Nachdem er Patti und Pia entjungfert hatte, ließ er sieben weitere Männer über die Mädchen herfallen. Die nach anfänglichem Schreien und Weinen dann wie betäubt alles über sich ergehen ließen. Jetzt seid ihr eingeritten, sagte Onkel Dieter, nachdem am Morgen der letzte Mann gegangen war. Zur Erinnerung an alte Zeiten fuhr er mit ihnen in den Zoo, blieb den ganzen Tag an ihrer Seite. Patti erinnerte sich nicht mehr, wie viele Männer in der folgenden Nacht das Zimmer aufsuchten. Sie flehte ihre kleine Schwester an, es so wie sie zu machen. Den Körper hinzuhalten und dabei den Kopf woandershin reisen zu lassen. Aber wenn mir einer auf den Popo haut, weinte Pia, das tut doch weh. Denk einfach, es ist Papa, weil du böse gewesen bist, sagte Patti, dann ist es nicht mehr so schlimm. Wir sind ja auch wirklich böse Mädchen. Das bestätigte Onkel Dieter am nächsten Morgen. Aber damit könnt ihr sehr reich und unabhängig werden, sagte er und steckte jeder Nichte hundert Euro zu. Nächstes Wochenende machen wir weiter. Bis ihr groß seid. Dann ist eure Ausbildung beendet, und ihr könnt allein weitermachen. Auf der Rückfahrt übte er mit ihnen ein neues Lied mit vielen Strophen ein. Eurem Papa sagt ihr nichts, aber mit eurer Mama könnt ihr über alles reden, beschied er ihnen, als er sie am elterlichen Hof in Belgien absetzte.

»Aber du wolltest nicht mit uns reden«, fuhr Patti ihre Mutter an. »Ich habe es immer wieder versucht. Ich habe dich angefleht. Gebettelt. Ich wollte, dass endlich Schluss ist. Aber du hast gesagt, ich soll den Mund halten und tun, was mir gesagt wird, sonst setzt es was.«

»Ich hätte es nicht ertragen«, murmelte Petra Prönsfeldt. »Ich stellte mir vor, dass ihr wirklich Musikstunden habt. Ich wollte nicht wissen, was der Dieter mit euch tut.«

»Du hast es gewusst. Du hättest es stoppen können!«

»Hätte ich nicht. Dann wäre alles aus gewesen. Und alles umsonst. Papa hätte sich scheiden lassen, ihr wärt getrennt worden und in ein Heim gekommen. Alles wäre kaputtgegangen.«

»So wie die Pia jetzt kaputtgegangen ist?«, fragte Patti bitter.

»Man überlebt so was«, erklärte ihre Mutter. »Habe ich doch auch.«

»Du hast uns verkauft.«

»Nein!«, brüllte Petra Prönsfeldt. »Ich habe nie Geld von ihm genommen!«

Ihr Schwager hatte sich ihr Stillschweigen mit der Drohung erpresst, ihrem Mann ihre eigene Vergangenheit als Hure zu verraten. Zu der er sie als Neunjährige gemacht hatte.

»Ich weiß, wie schlimm das ist«, jammerte Petra Prönsfeldt. »Aber es geht doch vorbei! Man vergisst das alles und fängt sein Leben neu an. Man wird erwachsen. Mit sechzehn dachte ich auch, dass mein Leben zu Ende ist. Bevor es richtig begonnen hatte. Aber dann ist für mich doch noch alles gut geworden. Als ich euren Papa auf der Kirmes in Hückeswagen kennenlernte.«

»Ja«, kam ein tiefer Seufzer von der Tür. Von uns allen unbemerkt war Paul Prönsfeldt ins Haus zurückgekehrt. »Ein liebes unschuldiges Mädchen aus der deutschen Provinz. Dachte ich. So kann man sich irren.«

Die Wahrheit über seine Töchter erfuhr er erst, nachdem er den Brief der Musikschule erhalten hatte. Der übrigens Pattis Idee gewesen war. Aufgebracht fuhr er nach Köln und sprach in der Kölner Musikschule vor. Nur um zu erfahren, dass die Mädchen dort nie angemeldet gewesen waren. Und dass der Lehrer Dieter Koratsch wegen sexueller Handlungen mit Schutzbefohlenen und Mädchenhandels steckbrieflich gesucht wurde. Onkel Dieter wollte keine Goldkehlchen, sagte Patti, als der Vater sie nach seiner Rückkehr aus Köln zur Rede stellte und sie die ganze bittere Geschichte enthüllte, der wollte Goldgruben.

Paul Prönsfeldt ließ sich nicht scheiden. Er gab den Viehhandel auf und pachtete den Gnadenhof. Sorgte mit großer Strenge dafür, dass er von da an jederzeit über alles, was in seiner Familie geschah, genauestens Bescheid wusste.

»Auch über Steffen Meier?«, fragte Marcel wie nebenbei. Nein, von dem habe er nie etwas erfahren. Auch nicht, dass sich Pia mit einem Mann aus ihrer bösen Vergangenheit E-Mails geschrieben hatte. Das hätte er sofort unterbunden.

Hätte ich einen Wunsch frei, würde ich um Pattis Unschuld bitten, denke ich, als ich zum Wohnzimmer gehe, um das Mädchen zu wecken. Marcel wird sie in einer Stunde abholen; sie sollte ordentlich gefrühstückt haben, bevor sie dem Verhör ausgesetzt wird. Leise stoße ich die Tür auf.

Patti ist schon wach. Sie hat sich gerade die Bluse ausgezogen und erschrickt sichtlich, als sie mich sieht.

»Entschuldigung«, sage ich, »ich dachte, du schläfst noch.«

Sie greift zu spät nach der Wolldecke. Denn ich habe ihre Arme gesehen, überzogen von Schnitten, Rissen und Narben.

Ich schlage eine Hand vor den Mund.

»Ritzen hilft«, sagt Patti ruhig. Sie hebt den verknitterten Rock und zeigt mir die zerstörte Haut ihrer Oberschenkel. »Ohne das hätte ich es gar nicht aushalten können.«

»Pia auch?«, frage ich flüsternd.

»Nein«, antwortet Patti, »die hungert.«

Ich weiß nicht, was ich sagen, wie ich reagieren soll, bleibe einfach an der Tür stehen, während mir Tränen in die Augen schießen.

»Haben Sie ein Bügeleisen?«, fragt Patti. »Verknittert mache ich mich bestimmt noch verdächtiger.«

Ich reiße mich zusammen und schlage dem Mädchen vor, ins Bad zu gehen. Während sie sich wäscht, bügele ich ihre fliederfarbene Discounterbluse und den grauen Baumwollrock. Bedauere sehr, dass ihr keines meiner Kleidungsstücke passt. Ich möchte ihr so gern etwas schenken.

Als sie wieder angezogen ist, lege ich ihr meinen violetten Paschminaschal um die Schultern.

»Eine wunderschöne Farbe für dich«, erkläre ich. »Passt auch gut zu deinen Sachen.«

»Für mich?«, fragt sie mit großen Augen und berührt ehrfürchtig einen Zipfel Kaschmir.

»Ja. Ein Glücksbringer«, sage ich. »Den wirst du brauchen können. Und jetzt gehen wir ins Restaurant frühstücken.«

Sie hält Linus am Halsband, als wir die Bundesstraße überqueren.

»Gäste!«, ruft sie überrascht. »Ich denke, Sie haben geschlossen?«

»Habe ich auch«, sage ich und mustere die alte Frau, die gerade vor der *Einkehr* aus einem Taxi steigen will. Das Gipsbein bereitet ihr dabei sichtlich Schwierigkeiten. Das kann eigentlich nur Davids Mutter sein. Aber wie hat sie das so schnell über den großen Teich geschafft? *Beam me up, Scotty.* Wahrscheinlich sind Davids ominöse alte Kontakte reaktiviert worden.

Ich eile an die geöffnete Wagentür.

»Mrs. Quirk, I presume?«

Unter sorgfältig ondulierten blaugrauen Haaren strahlen mich Daniels Augen an.

»Nein, Kind«, sagt sie lachend. »Hier bin ich doch die Mathilde. Und du bist bestimmt die Katja?«

»Katja Klein. Guten Tag und willkommen«, sage ich und reiche ihr einen Arm. »Darf ich Ihnen helfen, Mathilde?«

An das Du traue ich mich nicht heran. Das verbietet in diesem Landstrich ohnehin der Respekt vor dem Alter, wiewohl es üblich ist, dass Ältere Jüngere duzen. Im Zweifelsfall nehmen alle Generationen Zuflucht zum Ihr und Euch, aber das ist mir noch nicht in Fleisch und Blut übergegangen.

Davids Mutter hievt sich an meinem Arm aus dem Wagen.

»Danke«, sagt sie zu uns beiden, nachdem Patti die Krücken vom Rücksitz gezogen und ihr gereicht hat. »Katja Klein«, überlegt sie. »Verwandt mit den Kleins vom Laden in Halzech?«

Der amerikanische Akzent verleiht der Eifeler Bezeichnung für Hallschlag eine seltsam exotische Note.

»Das waren meine Großeltern«, sage ich überrascht, »die ich selbst nie kennengelernt habe.« Ich verkneife mir das *leider*. Weil ich nicht weiß, ob sich nicht nur Gudruns, sondern auch meine Vorfahren an der Frau vor mir versündigt haben.

»Das ist schade«, sagt sie, »waren sehr liebe Leute. Die haben mir immer ein Bonbon zugesteckt.«

Sie blickt über die Straße und deutet auf mein belgisches Bruchsteinhaus.

»Das kenne ich noch«, erklärt sie begeistert, wendet sich dann Patti zu. »Aber dich nicht. Ist das deine Tochter, Katja?«

»Nein«, sage ich, »leider nicht.«

Das Wort, das ich soeben noch vermieden habe, kommt mir jetzt leicht über die Lippen. Das Wort selbst mag im Schmerz wurzeln, aber es zaubert das erste Lächeln in Pattis Gesicht.

Es wird ein unerwartet fröhliches Frühstück. Wir sitzen an einem großen Tisch mitten im Restaurant, und ich habe alles aufgefahren, was gegessen werden muss, bevor es verdirbt.

Mathilde Quirk erweist sich als sehr humorvolle und resolute Dame. Als David sie gestern angefleht hatte, doch bitte nicht ins Flugzeug zu steigen, war sie schon längst in Frankfurt angekommen. Am Nachmittag überraschte sie ihren Sohn im Krankenhaus. Und wurde ihrerseits von Davids Neuigkeiten überrascht.

»Heute sehe ich meinen Enkel!«, ruft sie. »Und Davids Frauen.« Sie bricht in Gelächter aus. »Früher war er so schüchtern«, erklärt sie. »Ich dachte, er findet nie eine Frau. Und jetzt hat er gleich zwei.«

Ich erwäge, sie über die wahren Verhältnisse aufzuklären, aber das hat David schon längst getan. Mathilde freut sich auf Gudrun.

»Die braucht gewiss viel Liebe«, sagt sie, »bei dem Vater, den sie hatte.«

Das weiß Mrs. Quirk also auch schon. Oje.

»Es ist für Sie bestimmt nicht leicht …«, beginne ich um den heißen Brei herumzureden. Davids Mutter legt begütigend eine Hand auf meinen Arm.

»Es *war* nicht leicht«, sagt sie ernst. »Bis ich begriff, dass Hass die Seele vergiftet. Du darfst nie in die Hölle zurückschauen. Sonst verschluckt sie dich.«

Freundlich blickt sie zu Patti hinüber.

»Die Nazis haben meine Familie ausgelöscht«, erklärt sie ihr. »Gute Menschen haben mich damals gerettet. Auch in einer schlechten Welt findest du gute Menschen. Wenn du die Augen aufmachst. Und dein Herz. Du darfst die Hoffnung nicht verlieren. Und vor allem dich selbst nie aufgeben.«

Patti bricht in Tränen aus.

»Sie hat auch in die Hölle geschaut«, flüstere ich der bestürzten Mathilde zu. »Und im Moment hat sie wenig Hoffnung.«

Davids Mutter vergisst ihr Gipsbein. Sie steht auf, geht um

den Tisch und plumpst auf den Stuhl neben Patti. Sie tut, was ich den ganzen Morgen gern getan hätte, aber aus einem mir unerklärlichen Grund nicht getan habe. Sie nimmt das Mädchen in die Arme. Patti klammert sich an die dünne alte Dame und heult ihr die Seidenbluse nass. Mathilde streichelt ihr den Rücken und sieht mich über ihren Kopf hinweg fragend an.

Ich hebe resigniert Hände und Augenbrauen. Für das, was dieses Mädchen hinter sich hat, können meine Lippen kein Wort formen.

Marcel kommt, um Patti abzuholen. Ich stelle ihm Davids Mutter vor.

»Ein hübscher Mann«, sagt sie und schmunzelt mir zu, als hinter den beiden die Tür der *Einkehr* ins Schloss fällt, »gar nicht polizistlich. Der Krawattenknoten ist ganz schief. Der Schnurrbart auch. Und die Haare stehen ab. *Cute*. Und er war sehr nett zu dem Mädchen. Sag, Katja, was will die Polizei von ihr? Die traurige kleine Patti hat doch bestimmt nichts Schlimmes getan!«

»Ihr ist sehr Schlimmes angetan worden«, sage ich ausweichend. »Und vielleicht hat sie deshalb auch etwas Schlimmes getan. Es ist eine lange und entsetzlich böse Geschichte. Sie würde Ihnen an die Nieren gehen.«

»Ich will sie hören«, erklärt Mathilde bestimmt. »Aber dann brauche ich ein Glas Sekt für meinen Kreislauf. Hast du einen?«

»Das hier ist ein Restaurant«, entgegne ich auf dem Weg in die Küche.

»Aber geschlossen«, ruft sie mir hinterher. »Weil mein Sohn nicht hier ist.« Sie wartet, bis ich mit der Flasche zurückkehre, strahlt mich an und sagt: »Ach, Katja, ich bin so froh, dass David wieder arbeitet. Dass er seinen alten Job wieder hat.«

»Er hat einen Job?«, frage ich überrascht, während ich den Sektkorken von seinem Draht befreie. Endlich werde ich die Wahrheit über Davids Vergangenheit erfahren.

In meinem Kopf arbeitet es. Ist David im Krankenhaus von seinen früheren Auftraggebern aufgesucht worden? Oder einem alten Kumpel begegnet? Einem aus den Tagen des Kalten Krieges? Der ihn für neue geheime und gefährliche Aufgaben rekrutiert hat? Die arme Gudrun, wenn er nun nach Afghanistan muss!

»Du machst mir Witze«, lacht Mathilde Quirk. Mit einem Mal verdüstert sich ihr Gesicht. »Oder feuerst du ihn, weil er krank ist? Es war furchtbar für ihn, als er damals seine Arbeit bei der Army am Schwarzen Mann verloren hat. Der Job war sein Leben.«

Atemlos frage ich, was denn dieses Leben ausgemacht habe.

Sie mustert mich kopfschüttelnd.

»Kochen, natürlich«, sagt sie. »Deswegen hast du ihn doch auch eingestellt. Du hast sein Talent erkannt. Er ist ein wundervoller Koch, ein richtiger Künstler! All die Figuren, die er aus Radieschen machen kann. Niemand schält Kartoffeln so fein wie er. Niemand arbeitet so sauber in der Küche. Das hat er bei der Army gelernt. Weil er für den Dienst an der Waffe untauglich war. Zum Glück.«

Sie lacht. Wahrscheinlich über mein dummes Gesicht. Da zerbreche ich mir den Kopf über Davids geheimnisvolle Aktivitäten und habe ihm die ganze Zeit bei seiner erlernten Arbeit zugesehen! Geschockt knalle ich die halb geöffnete Sektflasche auf den Tisch.

»Er hat sich immer ein bisschen dafür geschämt«, fährt Mathilde fort. »Dass er nicht so ein toller Offizier wie sein Vater geworden ist. Aber ich war froh. Dass er etwas macht, was Leben erhält, und nicht was, das Leben wegnimmt. Vor allem nicht seins.«

Der Sektkorken schießt aus der Flasche. Ein großer Teil des Inhalts hinterher. Ich bin immer noch zu platt, um schnell zu reagieren.

»Champagner!«, höre ich vom Eingang. »Genau das Richtige!«

Der Koch ist mit seiner Entourage eingetroffen. Alle schäumen vor ausgelassener Fröhlichkeit. Wie der Sekt auf dem Tisch. Bis auf Hein, der vor Kummer kaum gerade gehen kann und wie ein kaputter Schuh im Schlepptau mitgezogen wird. Er lässt sich auch gleich auf einen Stuhl weitab fallen und verbirgt das Gesicht in den Händen. Und es ist kein Jupp da, der ihn stützen kann.

Jupp. Reinhold Wirzig. Steffen Meier. Pia und Patti. Lauter Tragödien. Die sich zum großen Teil in meiner unmittelbaren Nachbarschaft abgespielt haben. Von denen ich erst erfahren habe, als ich niemandem mehr helfen konnte. Nur für einen dieser Menschen kann ich noch etwas tun. Auch wenn es nur eine unbedeutende Kleinigkeit ist. Ich werde Pia im Krankenhaus besuchen.

»Ich muss jetzt weg«, entschuldige ich mich bei Mathilde Quirk.

»Wegen Patti?«, fragt sie besorgt.

Gudrun steht vor Erwartung bebend neben mir. Ungeduldig stößt sie mich an. Sie will endlich ihrer künftigen Schwiegermutter vorgestellt werden. Die soll sich ihr zuwenden. Und nicht über irgendwelche Fremden reden, die mit ihrem Leben nichts zu tun haben.

»Wer ist Patti?«, macht sie sich bemerkbar. »Ich bin die Gudrun.«

Ich warte vor dem Aufzug im Prümer Krankenhaus. Die Tür öffnet sich, und Petra Prönsfeldt tritt heraus. Ich schaue schnell weg, will mit der Frau nichts zu tun haben und ihr schon gar keinen guten Tag wünschen.

Aber sie packt mich an den Schultern.

»Frau Klein«, sagt sie schwer atmend. »Gut, dass Sie hier sind. Rufen Sie sofort Ihren Freund an, den Polizeiinspektor.«

Ich befreie mich aus ihrem Griff.

»Warum?«, frage ich kalt.

»Ich muss mit ihm reden. Bitte.«

»Er hat genug Lügen gehört.«

»Es ist wegen Patrizia«, fleht sie mich an. »Sie war es nicht. Sie hat diesen Meier nicht umgebracht. Das war ich!«

26_ARGUMENTE

Donnerstagmittag

Auf der Fahrt nach Sankt Vith ist Petra Prönsfeldt sehr schweigsam. Eigentlich ist mir das recht. Der Klang ihrer Stimme ist mir zuwider. Und doch würde ich so gern so vieles von ihr wissen.

Ich fahre sehr langsam am Ortsschild Eiterbach vorbei, sehe sie von der Seite her an und frage leise: »Wo genau haben Sie hier angehalten?«

Sie schaut stur geradeaus und antwortet nicht.

»Die Polizei wird das wissen wollen«, sage ich drängend.

Sie schnauft.

»Ihnen muss ich gar nichts sagen, Frau Klein. Nur der Polizei.«

»Stimmt«, erwidere ich friedfertig.

In Krimis kehrt der Mörder immer gern an den Tatort zurück. Die Mörderin neben mir würdigt ihn nicht einmal eines Blickes.

Marcel wartet schon vor der Tür des steinernen Gebäudes an der Aachener Straße in Sankt Vith auf uns.

»Gut, dass Sie sich endlich zu einem Geständnis durchgerungen haben«, sagt er freundlich zu Frau Pee und nickt einem hinter ihm stehenden Kollegen zu. Der lässt ihr den Vortritt in die Welt der Justiz, die sie so schnell wohl nicht mehr verlassen wird.

Ich rücke Marcels Krawattenknoten gerade und streiche ihm die Haare glatt.

»Wie siehst du nur aus!«, klage ich.

»Keine Zeit für ordentliche Toilette«, entschuldigt er sich. »Nach deinem Anruf bin ich noch einmal alles durchgegangen. Es gibt da ein paar Widersprüche, aber es könnte passen. Komm rein, es regnet gleich wieder.«

Er führt mich in die Verhörzelle und bietet mir einen Platz an.

»Sollte hier nicht Frau Pee sitzen?«, frage ich verwundert.

»Später«, sagt er, »wir lassen sie noch ein bisschen strampeln.«

»Nicht, dass sie sich anders entscheidet«, sage ich alarmiert.

»Besser jetzt als später«, gibt er zurück, und dann legt er die Fakten auf den Tisch.

Alles sprach für Pattis Täterschaft. Die Spurensuche hatte auch DNS von ihr in meinem Auto identifiziert. Dafür hatte sie eine Erklärung: Sie habe sich mal kurz hineingesetzt. Das Auto war unverschlossen gewesen, es hatte geregnet und niemand die Tür des Restaurants geöffnet, als sie mir zum ersten Mal Eier hatte bringen wollen. Wann genau das gewesen sein soll, konnte sie nicht mehr sagen.

»Warum ist sie nicht gleich ins Restaurant reingegangen?«, fragt mich Marcel. »Ihr schließt doch nie ab.«

»Doch, das tun wir«, antworte ich, sehr verärgert, dass er Patti offenbar immer noch nicht von der Liste der Verdächtigen gestrichen hat. »Sie kann es gar nicht gewesen sein, Marcel! Schon deshalb nicht, weil sie gerade erst achtzehn geworden ist und bestimmt noch keinen Führerschein hat!«

»Hat sie auch nicht«, sagt der belgische Polizeiinspektor. Er beugt sich über den Verhörtisch und küsst mich sanft auf die Lippen. »Ich habe meinen ersten Unfall übrigens mit acht Jahren gebaut.«

Natürlich, in einer Gegend ohne jeglichen öffentlichen Nahverkehr kann jedes Kind Auto fahren. Aber nicht jeder Erwachsene einen Computer bedienen. Marcel weist mich sehr deutlich darauf hin.

»Frau Pee unterstützt ihren Mann bei der Arbeit«, erkläre ich. »Da wird sie schon wissen, wie man E-Mails schreibt.«

»Und die von anderen abfängt? Soll sie mir das gleich hier mal präsentieren?«, fragt Marcel beißend.

»Wozu?«, gebe ich zurück. »Ihr kriegt ja ihr Geständnis.«

»Was nicht unbedingt heißt, dass sie die Täterin war. Vielleicht nimmt sie die Schuld auf sich? Weil sie ihre Tochter schützen will?«

»Damit hätte sie sehr viel früher anfangen sollen!«, fahre ich auf.

»Vielleicht ist sie ja von Reue gebeutelt?«

»Ha! Du hättest sie sehen und hören sollen, Marcel, als Patti ihr Martyrium geschildert hat. Keine Träne von der liebenden Mutter! Die hat nur ihr eigenes Schicksal bejammert. Die ist durch und durch egoistisch. Verbittert und verbiestert. Die würde ihre Tochter ans Messer liefern, um ihre armselige Haut zu retten.«

»Nach dem Messer werden wir sie auch befragen.«

Dieser Mann lässt nicht locker.

»Ich möchte es jedenfalls nicht zurückhaben!«

»Wahrscheinlich hat sie es in den Eiterbach geworfen.«

»Bestimmt.«

»Wir haben den Bach abgesucht. Und die Our auch.«

»Na toll. Bei Patti habt ihr es offensichtlich auch nicht gefunden.«

»Die Hausdurchsuchung war erst für heute Nachmittag vorgesehen«, erwidert Marcel. »Möglicherweise hat die sich jetzt erübrigt.«

Möglicherweise? Ich hole tief Luft. Um ihm in einem Rutsch sämtliche Motive aufzuzählen, die Frau Pee veranlasst hätten, Steffen Meier zu beseitigen. Am Ende meiner Ausführungen bin ich selbst davon überzeugt, dass niemand anders für diesen Mord infrage kommen kann.

»Warum bist du nicht Anwältin geworden?«, fragt Marcel.

»Damit wir uns noch mehr streiten?«, gebe ich zurück. »Wenn ich all die Leute raushaue, die du unter so vielen Mühen – und nicht zu vergessen – Entbehrungen«, ich räuspere mich vernehmlich, »hinter Gitter gebracht hast? Es gibt übrigens noch einen Grund, weshalb Steffen Meier für Frau Pee wegmusste: Wie hätte die Familie den Gnadenhof ohne die Arbeitskraft der jüngsten Tochter weiterführen können?« Weil Marcel bestätigend nickt, setze ich unüberlegt noch einen drauf: »Außerdem ist Petra Prönsfeldt eine ganz und gar unsympathische Person.«

Marcel seufzt.

»Würdest du das auch von Jupp sagen?«, fragt er traurig. »Der hat ebenfalls einen Menschen umgebracht.«

»Das war was ganz anderes!«, fahre ich auf. »Wie geht es ihm überhaupt?«

»Sieht recht gut für ihn aus. Totschlag im Affekt und reichlich mildernde Umstände.«

»Und wie ist er drauf?«

»Schlecht. Er besteht auf einer lebenslänglichen Strafe. Weil er einen Menschen auf dem Gewissen hat. Er hat einen phantastischen Pflichtverteidiger. Der redet mit Engelszungen auf ihn ein. Ist doch Wahnsinn, sich selbst viel mehr zu belasten als nötig!«

»Kein Pflichtverteidiger! Wir müssen ihm einen ordentlichen Anwalt besorgen.«

»Nein, Katja, bloß keine Extrawurst. Dann wird er noch störrischer werden.«

Typisch Jupp. Ich werde ihn besuchen. Ihm vorjammern, wie Hein zerkrümelt. Ihm vorhalten, dass sein Freund ohne ihn eingehen wird wie eine Geranie, der man die frische Luft vor den Eisheiligen zugemutet hat. Dass Jumbo ohne ihn völlig aufgeschmissen ist. Verschwendet er überhaupt einen Gedanken daran, wie es seinem jupplosen Pferd zumute sein muss? Wieso will er auf Kosten des belgischen Staats jahrelang nutzlos in einer Zelle dahindämmern? Nur, weil sich ein Schuss aus einer Pistole gelöst hat, von der er nicht wusste, dass es sie überhaupt gab? Weil er mit seinem Gewissen nicht im Reinen ist? Wie egoistisch ist das denn? Wo wir ihn doch alle brauchen. Ich möchte meinen neuen Jacuzzi nicht als Viehtränke auf die Weide stellen. Ich möchte, dass er ihn mir anschließt und ich an kalten Wintertagen in heißes Wasser steigen und über schneebedeckte Hänge schauen kann. Also, gib dir einen Ruck, Jupp, und arbeite mit deinem Anwalt zusammen!

»Was geht in deinem Kopf rum?«, fragt Marcel misstrauisch.

»Kannst du mir eine Besuchsgenehmigung für Jupp besorgen?«, frage ich zurück.

Er nickt, steht auf und reckt sich. Müde sieht er aus.

»Danke, dass du Frau Prönsfeldt hergeholt hast, Katja, ich denke, dass wir das Dossier Steffen Meier jetzt auch schließen können.«

»Nicht denken, sondern tun. Lass Patti in Ruhe!«

»Mal sehen.«

»Mal sehen? Was soll das heißen?«

»Dass Petra Prönsfeldt ihr Geständnis zurückziehen könnte. Wenn sie so ist, wie du sie siehst, wird sie genau das tun. Vergiss nicht, Katja, niemand hat diese Frau zu einem Geständnis gezwungen. Oder zu einem verleiten wollen.« Er lächelt mich traurig an. »Sie hat ohne Not die Schuld auf sich geholt.«

Ohne Not. Auf Frau Prönsfeldt bezogen ist das schon ein sehr starkes Wort.

27_ABSCHIED

Ich traue meinen Augen nicht, als ich das Schild an der Tür der *Einkehr* sehe.

GESCHLOSSENE GESELLSCHAFT

Musik und Stampfen dringen durch die gekippten Fenster bis auf die Straße hinaus. Offensichtlich wird in meinem Spezialitätenrestaurant getanzt.

»'n Abend, Frau Klein!«

Eine belgische Nachbarin aus der Gruppe der Coujon-Spielerinnen strebt eiligen Schrittes auf mich zu und hält mir einen Strauß frisch erblühter Narzissen hin.

»Dat sinn meine Ersten«, sagt sie. »Wollte se eigentlich in die Kapelle bringen. Aber ich will se lieber Ihnen geben. Weil Se doch so viel Ärger hatten und dat jetzt vorbei iss. Jood, dat alles wieder in Ordnung iss.«

»Ja«, sage ich, »das ist gut so.«

»Polka«, sagt sie und nickt zur lärmenden Front meines Lokals hin.

Ich nehme dankend den Strauß entgegen und verhalte mich, wie es sich gehört: »Wollen Sie nicht mit reinkommen?«

»Oh nee, Frau Klein, ich wollt net stüren.«

»Sie stören überhaupt nicht. Ich freue mich.«

»Nee, nee, dat jeht jahr net. Dat oss en jeschloossen Jesellschaft.«

»Sie gehören dazu«, sage ich.

»Do kenn ech doch kee Mensch.«

»Sie werden alle kennen«, versichere ich. »Bis auf die Mutter von David. Vielleicht erinnern Sie sich, das ist unser Koch.«

»De nette Amerikaner? De von dat Gudrun?«

»Genau.«

»On seng Mamm oss hej? Ze wollt secher dat Denkmol zien, dat meng Älteren vür't amerikanisch Soldaten opjestallt hahn?«

»Das Denkmal Ihrer Eltern wird sie bestimmt gern sehen wollen«, sage ich und öffne der Nachbarin die Tür zur *Einkehr.*

Erst als sie eintritt, geht mir auf, dass sie in etwa so alt wie Mathilde Quirk sein muss. Und sie hat ihr ganzes Leben auf der Kehr verbracht. Es läuft mir eiskalt den Rücken herunter. Aber jetzt ist es zu spät.

Ein paar Stühle und Tische sind an die Wand gerückt. Davor hopst eine kleine Gruppe hin und her. Ich verstehe. Die Echternacher Springprozession steht vor der Tür.

»Oh nee, wie schööööhn!«, ruft die belgische Nachbarin und reiht sich sofort ein. Neben meinem Personal hüpfen auch zwei der Waldarbeiter mit, die mir den Jacuzzi gebracht haben.

Mathilde Quirk sieht mich als Erste. Sie winkt mich an ihren Tisch heran. Ich komme mir vor wie ein Eindringling in meinem eigenen Restaurant.

»Dass ich das noch einmal sehen darf!«, ruft sie begeistert. »Wusstest du, dass die Springprozession zur Zeit der Besatzer verboten war?«

Ich lasse mich still auf dem Stuhl neben ihr nieder. Eine einstmals verfolgte Jüdin freut sich über das Weiterleben eines erzkatholischen Brauchs, den die Nazis verboten haben. Und bringt es fertig, das so zu formulieren, dass sich niemand verletzt zu fühlen braucht. Mathilde Quirk ist wahrlich eine große Dame.

Sie beugt sich zu mir hin.

»Was ist mit dem Mädchen?«, flüstert sie mir ins Ohr.

»Sie ist frei«, sage ich. »Ihre Mutter hat den Mord gestanden.«

»Mord?«, ruft sie entgeistert. »An dem Mann, der David verletzt hat? Was hat Patti damit zu tun?«

»Nichts«, sage ich, »das war ein anderer Mord.«

»Was denn, gleich zwei Morde auf der Kehr?«

Sie ist lange nicht mehr hier gewesen.

»Nein«, antworte ich und setze besten Gewissens hinzu: »Die beiden Männer sind ganz woanders umgebracht worden. Aber einen davon hat Patti gekannt.«

»Erzähl mir alles«, bittet Mathilde. »Aber nicht hier. Zu laut für meine alten Ohren.«

Ich reiche ihr die Krücken und gehe mit ihr in die Küche. Wo wir auf Gudrun stoßen, die gerade eine Portion kleiner Teigrollen in den Ofen schiebt.

»Was ist das?«, frage ich.

»Oh, Katja«, begrüßt sie mich voller Entsetzen und lässt den Ofenhandschuh fallen. »Wir haben gedacht … weil David doch … wir können doch nicht einfach zumachen … und Hein ist auch … der will übrigens zurück nach Köln, ist das nicht furchtbar, setz dich doch, hier ist ein Stuhl, Mutter.«

Gudruns letztes Wort überwältigt mich.

Nie zuvor in ihrem Leben hat sie einen Menschen Mutter nennen dürfen. Ich hebe den Ofenhandschuh auf und frage mit erstickter Stimme, was zum Teufel sie denn in den Teig gerollt habe.

»Was noch da war«, antwortet sie eilig. »Rindfleisch, habe ich in Streifen geschnitten, Süßkartoffeln, Äpfel, Pekannüsse, Honig, Ziegenkäse, und dann habe ich noch frische junge Brennnesseln gepflückt …«

»Wunderbar«, erkläre ich. »Jetzt geh rein und hüpf, damit du für Pfingsten in Form kommst. Ich pass schon auf, dass hier nichts anbrennt.«

»Du bist nicht böse, dass wir einfach wieder aufgemacht haben?«

»Nein, Gudrun, das habt ihr ganz prima gemacht. Das Leben geht weiter.«

»Genau.«

»Das Leben geht weiter«, sagt auch Mathilde Quirk, als ich am Ende von Pattis Leidensgeschichte angelangt bin. »Mit ordentlicher professioneller Hilfe wird es das Mädchen hoffentlich schaffen. Moment mal …« Sie legt den Kopf zur Seite, um besser hören zu können, und deutet zum Fenster. »War da nicht was?«

Jetzt höre ich das Klopfen auch. Ich öffne das Fenster.

»Guten Abend«, sagt Patti. An den Sims geklammert stellt sie sich auf die Zehenspitzen und schaut hinein. Mathilde Quirk winkt ihr zu.

»Komm doch rein«, fordere ich das Mädchen auf.

Sie schüttelt den Kopf.

»Zu laut«, sagt sie. »Zu viele Menschen.«

Sie spricht mir aus dem Herzen.

»Ich wollte nur Danke sagen und mich von Ihnen verabschieden.«

»Wo gehst du denn hin?«, frage ich beunruhigt.

»Zu der Pia«, sagt sie.

»Die ist doch im Krankenhaus.«

»Nicht mehr, sie ist heute Nachmittag in die Psychiatrie verlegt worden«, antwortet Patti. »Ich muss los.« Sie nickt hinter sich, wo ich einen vertrauten Wagen sehe. Der Motor läuft.

»Da sitzt Ihr Polizist drin«, erklärt Patti.

Ich beuge mich weit aus dem Fenster und winke.

Marcel blendet zweimal auf, bleibt aber im Wagen sitzen.

»Herr Langer bringt mich zu Pia. Wahrscheinlich muss ich auch erst mal in die Geschlossene. Aber das macht nichts. Ich will mich nicht mehr ritzen. Wir müssen richtig gesund werden. Das geht nur zusammen.«

»Viel Glück, Patti«, sage ich.

»Tschö, denn«, sagt sie und lässt den Sims los.

Ich drehe mich zu Mathilde Quirk um.

»Warum lasse ich sie einfach so gehen?«, frage ich hilflos. »Warum fällt mir nichts anderes ein, als ihr Glück zu wünschen?«

Mathildes Antwort höre ich nicht.

Weil ich mein Santoku-Messer auf dem Fenstersims sehe.

Sprachlos hebe ich es auf und halte es wie einen Schlachtengruß Mathilde Quirk entgegen.

Sie begreift schneller als ich.

»Freu dich, dass es wieder da ist«, sagt sie. »Es war bestimmt sehr teuer.«

»Aber …«

»Nein, Katja, lass es ruhen. Du wusstest es doch die ganze Zeit. Sie wohnt auf einem Gnadenhof, sagst du?«

»Wohnte«, murmele ich.

»Sei gnädig.«

»Marcel hatte also doch recht: Petra Prönsfeldt geht für ihre Tochter ins Gefängnis!«

Davids Mutter erhebt sich von dem Stuhl, den ihr Gudrun vorhin zugeschoben hat. Sie stützt sich auf meiner von der Gewerbeaufsicht genehmigten stahlkalten Anrichte ab, arbeitet sich zu mir vor und schließt das Fenster. Mit einer unendlich zärtlichen Gebärde zieht sie meine erhobene Hand nach unten, nimmt mir das Messer ab, stopft es tief in den Eimer für den Restmüll hinein und sagt leise: »Ach, Kind, du hast es ja eben gehört. Jeder Mensch sucht sich sein Gefängnis selbst aus.«

Ich danke

den üblichen Verdächtigen, die mich schon bei den beiden anderen Kehr-Krimis beraten und unterstützt haben; vor allem Polizeiinspektor Erwin Hannen aus Sankt Vith, der mir nicht nur wertvolle Informationen über Marcel Langer und belgische Polizeiarbeit vermittelt, sondern mir auch erlaubt hat, ihn in diesen Fall höchstpersönlich mit einzubeziehen.

M. K., Januar 2011